KB209834

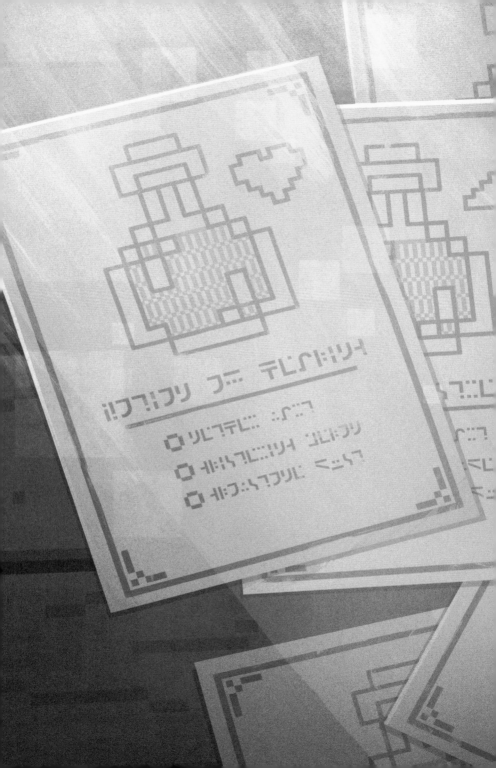

MINECRAFT

엔더 드래곤 길들이기

엔더 드래곤 길들이기

MINECRAFT
마인크래프트

니키 드레이든 글 | 윤여림 옮김

OFFICIAL PRODUCT

MINECRAFT

경이로운 세계의 건축가이자
놀라운 장치의 창조자인 알렉스에게.
당신의 아이디어와 상상력은 나를 기쁘게 합니다.

1장

    제타는 마을 광장 모퉁이에 있는 선인장 뒤에 숨어서 일을 마친 마을 사람들이 저녁을 먹으러 집으로 돌아가길 기다렸다. 하늘 저편으로 해가 지면서 사막 마을 시에나 듄스에는 어둠이 길게 드리워졌다. 제타의 발밑 모래도 슬슬 차가워지고, 한낮의 열기가 식어 가면서 바람도 순식간에 선선해졌다.

    제타는 한 손으로 파란색 긴 윗옷의 옷깃을 여미며 다른 손으로는 유리병, 네더 사마귀 그리고 소중한 양조기가 든 가죽 주머니를 꼭 쥐었다. 제타는 시에나 듄스의 위대한 물약 제조사였다. 아니, 시에나 듄스의 유일한 물약 제조사였다. 그리고 언젠가는 위대한 물약 제조사가 될 것이다. 그러기 위해선 지금 당장 연습이 필요했고, 연습을 하기 위해서는 들키지 않고 물병을 채워야만 했다.

    마을 광장 한가운데에는 사암으로 만들어진 탑이 있다. 이 탑에는 작은 창문들이 아래서부터 위까지 나 있고, 꼭대기에는 위급한 상황이 발생했을 때 마을 사람들에게 이를 알려 주는 황동 종이 달려 있다. 이 종탑의 그림자가 마을의 유일한 우물에 드리워졌다.

사막에서 물은 신성하고 귀한 것이다. 그래서 누구든 정해진 몫보다 많이 가져가면 눈총을 받기 십상이었다. 만약 마을 사람들이 제타가 너무 자주 병에 물을 채우는 걸 본다면 분명 이상하게 생각할 것이고, 나아가 그녀가 도대체 왜 우물에 자주 출몰하는지에 대해 괜한 참견을 할 것이다. 제타가 물약 만드는 걸 연습하고 있다는 사실을 들켜서는 안 됐다. 아직까지는 말이다. 특히 아버지에게는 더더욱 들켜선 안 됐다.

제타는 광장의 상인들이 가게 밖에 진열해 놓은 물건을 치우는 모습을 숨죽이며 지켜보았다. 과일 가게 아주머니는 과일 가판대를 치우고, 다음 날 장사를 위해 멜론, 베리, 사과를 조심스럽게 정리했다. 슬라임 가게 주인아저씨는 슬라임 덩어리들을 묶어 두었고, 진열대에 있는 슬라임을 상자에 넣었다.

광장 북쪽 마을 회관 바로 옆 책방 상인은 마지막 책장을 넘기며 한숨을 쉬더니 텅 빈 책장에 책을 꽂았다. 이 상인은 시에나 듄스 마을 사람들이 세상에 대한 호기심을 잃고 자기만의 세상에 갇히기 전까지 마을 전체 도서관을 운영했다. 이제 그 오래된 도서관은 선인장 농장이 되었다. 시에나 듄스에는 선인장이 더 필요하지 않은데도 말이다.

마침내 광장이 텅 비자, 제타는 조심조심 우물가로 달려갔다. 수상하게 보이지 않으려고 노력했지만 성공적이진 못했다. 제타의 손은 덜덜 떨렸고, 초조한 눈은 사방팔방을 훑었다. 제타는 조심스레 가죽 주머니 속 유리병을 꺼내 뚜껑을 열었다. 병을 채우기 위해 몸을 구부리는데, 모래 밟는 소리가 점점 가까워졌다. 제타는 몸을 바로 세우고는 물병을 얼른 주머니 속에 넣었다. 돌아보니 맥신 시장이 다가오고 있었다.

"아름다운 시에나 듄스의 저녁이 또 하루 저무는구나."

맥신 시장이 지나가는 말처럼 말했다. 시장은 위엄 있는 자세로 사막의 강렬한 햇살 한 방이면 단박에 시들어 버릴 여린 꽃의 향기를 맡았다.

"굉장히 아름답죠."

제타는 재빨리 시장의 말에 동의했다.

"저는 여기 앉아서 선선한 바람을 즐기고 있었어요."

물약 제조사를 인정하지 않는 이 마을에서 물약을 만들기 위해 물을 훔치려고, 아니 빌리려던 건 당연히 아니었어요.

"내 입으로 이런 말하긴 그렇지만, 벽이 아주 근사하게 지어지고 있단다. 테라 코타 광산에서 일해 줘서 고맙구나. 너 같은 사람들 덕분에 이 마을을 안전하게 지킬 수 있는 거란다."

맥신 시장은 제타를 내려다보며 이렇게 말하는 듯했다.

그래, 내가 바로 이 마을의 시장이란다. 알겠지?

제타는 적갈색의 테라 코타 먼지가 자신의 구릿빛 살결을 뒤덮는 걸 느꼈다. 속눈썹 위, 구불거리는 검은 머리카락, 양말 속까지 모래 알갱이가 들어갔다. 제타는 테라 코타 광산에서 일할 때 먼지를 너무 많이 마셔서, 재채기를 할 때 입에서 테라 코타 벽돌이 통째로 나온다 해도 놀라지 않을 것 같았다.

"벽이 참 인상적이네요."

제타는 이를 악물며 말했다. 솔직히 제타는 마을 둘레에 새로 세운 저 벽이 거슬렸다. 하지만 시장이 애착을 갖고 있는 이 사업을 위해 테라 코타를 채굴하게 되었고, 그 덕분에 제타는 에메랄드를 모아서 양조기를 살 수 있었다. 그래서 사실 크게 불평할 일은 아니었다.

"그럼 잘 있으렴, 제타."

이렇게 말한 맥신 시장은 성큼성큼 멀어졌다.

제타는 안도의 한숨을 내쉬었다. 그러고는 다시 뒤돌아서 재빨리 병에 물을 채웠다. 제타는 왜 이게 문제가 되는지 도저히 이해할 수 없었다. 마을의 우물은 절대 마를 것 같지 않아 보였으니까. 예전에 제타는 할아버지를 도와 양동이를 채운 적이 있는데, 열 개나 채웠는데도 우물의 물은 조금도 줄지 않았다.

제타는 누군가 자신의 어깨를 만지는 듯한 느낌에 소스라치게 놀랐다. 하마터면 우물 속으로 물병을 떨어트릴 뻔했다. 제타는 가까스로 병을 잡고 뒤를 돌아봤다. 제타의 아버지였다. 아버지는 떡 벌어진 가슴을 가진, 군중을 제압할 듯한 카리스마를 강렬하게 풍기는 사내였다.

"아빠! 저는……."

제타는 입안의 혀가 갑자기 아주 커진 느낌이었다. 빨리 변명거리를 생각해 내야 했다. 아버지가 물병에 대해 묻기 전에.

우물 바로 건너편에는 대장장이의 가게가 있었다. "마법 금지"라는 표지가 붙은 가게 정면 유리창 너머로 돌과 철로 된 수십 개의 무기와 도구들이 전시되어 있었다. 제타는 그 가게에 다이아몬드로 만든 도구도 있다는 걸 알고 있지만, 그런 도구는 가게 안쪽 안전한 곳에 숨겨져 있었다.

"철 곡괭이 가격을 확인하려던 참이었어요."

제타가 대뜸 소리쳤다.

"광산에서 더 효율적으로 작업할 방법에 대해서 생각하고 있었거든요!"

아버지의 근엄한 얼굴에 옅은 미소가 번졌고, 눈에서는 빛이 났다.

"마침내 네가 성실하게 일을 하기로 결심했구나, 제타."

제타의 마음이 안 좋아질 정도로 아버지는 제타를 뿌듯해했다. 제타의 아버지는 광산 현장 감독이었기 때문에, 모두 그의 딸인 제타가 광산 일을 좋아하고 그녀의 아버지만큼 일을 잘하리라 기대했다. 하지만 지금 제타에게 있어 광산 일은 뒷전이었다. 아니, 언제나 뒷전이었다.

제타는 목청을 가다듬었다.

"그래서 가게가 문 닫기 전에 가 봐야 할 것 같아요. 저녁 식사 때 뵐게요!"

제타는 황급히 대장장이 가게로 들어가 사지도 않을 철 곡괭이를 보는 척했다. 제타는 창문 너머로 아버지가 마을 광장을 가로질러 걸어가는 모습을 지켜봤다. 아버지는 항상 움직이고 있었지만, 언제나 서두르는 법은 없었다.

아버지가 밖에 있는 한, 물병을 더 채울 방법은 없었다. 할아버지 농장으로 가는 것도 한 가지 방법이긴 했다. 그 방법 역시 위험이 따랐지만 제타에게는 선택의 여지가 많지 않았다. 제타는 아버지가 시장과 이야기를 나눌 때까지 기다렸다가 슬쩍 가게를 빠져나와 마을의 남쪽 끝으로 달려갔다.

모래와 먼지뿐인 시에나 듄스 같은 사막 마을에서 농장은 작은 오아시스 같은 존재였다. 선선하게 불어오는 바람을 맞으며 사탕수수가 곧게 서 있었고, 당근 줄기는 부드럽게 흔들렸다. 닭들은 우리 안을 이리저리 돌아다니며 꼬끼오 울면서 모이를 달라고 보챘다. 낡은 울타리 기둥과 건초 더미로 만든 허수아비 그리고 속을 파낸 호박에 얼굴을 새겨 등으로 만든 잭오랜턴이 나이트 할아버지의 감자밭을 지키고 있었다. 할아버지의 밭은 마을 사람들의 공용 감자밭보다도 훨씬 컸다.

제타와 육 미터도 안 되는 거리에서 제타의 사촌 동생 애슈턴이 사막의 열기를 뚫고 용케 허리 높이까지 자란 밀을 향해 열성적으로 돌괭이질을 하고 있었다. 곧 있으면 애슈턴도 일을 마칠 것이다. 하지만 해가 지고 있었고, 제타는 물이 필요했다. 게다가 여기까지 왔으니 물약에 필요한 재료를 더 모을 수 있을지도 모르겠다.

제타는 이번만큼은 실패하지 않을 자신이 있었다. 첫 물약 제조 때 폭발로 태워 먹은 눈썹도 이제는 다 자랐고, 어색한 물약은 꽤 능숙하게 만들 수 있었다. 다만 그런 물약으로 할 수 있는 일이라고는 하루 종일 방에서 고약한 냄새를 풍기는 것뿐이지만 말이다.

마침내 애슈턴은 떨어진 밀을 주워서 보관함에 담고 빈 자리에 씨앗을 심었다. 그러고는 몸을 돌려 닭 우리를 향해 걸어갔다. 제타는 안도의 한숨을 내쉬며 몸을 숙인 채 사막 마을의 바삭한 빵과 케이크, 쿠키를 책임지는 밀밭으로 다가갔다. 들끓는 태양에도 불구하고 발아래의 땅은 익숙한 뜨거운 모래에서 어느새 질척질척하고 차가운 갈색 흙으로 바뀌었다.

제타는 까치발을 세운 채 밀밭을 지나 관개용 작은 시냇물에 다다랐다. 물가 옆에 무릎을 꿇고 앉자 죄책감에 걱정이 밀려왔다. 제타는 물을 많이 담지는 말아야겠다고 생각했다. 신속의 물약을 연습할 수 있게 딱 세 병만 담자고 말이다. 제조법이 단순하니 운이 따르길 바랐다.

어제 저녁에 만든 투명화 물약은 왠지 이상해 보여서 실험해 볼 용기가 나지 않았다. 어쩌면 네더 사마귀가 상했던 것일지도 모른다. 썩은 버섯과 땀 찬 겨드랑이 그 중간 정도의 냄새가 났다. 사실 네더 사마귀는 갓 땄을 때도 상한 듯한 냄새가 나긴 하지만. 발효된 거미 눈도 마찬가지인데, 보기에도 징그럽고 항상 노려보는 것만 같아서 제타는 그것을 상자에 따로 보관했다.

신속의 물약에 필요한 사탕수수는 농장 맞은편에 있었고, 애슈턴은 그 방향에서 우리를 탈출한 닭 두 마리를 쫓고 있었다. 모이 한 움큼 덕분에 애슈턴은 재빨리 닭들을 우리로 유인할 수 있었다. 애슈턴은 동물을 잘 다뤘다. 돼지, 양, 닭들도 모두 애슈턴을 좋아했다. 특히 마을의 유일한 소인 진저가 애슈턴을 무척이나 좋아했다. 그건 모두 애슈턴이 동물들에게 늘 사랑을 퍼붓기 때문이었다. 지금도 애슈턴은 다리를 꼬고 앉아서 닭 한 마리 한 마리를 차례로 쓰다듬으며 작게 노래를 부르고 있었다. 노래는 끝이 나지 않을 것 같았다.

설탕을 얻으려면 기다릴 수밖에 없었다. 시에나 듄스의 사암 집들은 서로 다닥다닥 붙어 있어서, 제타가 창밖으로 손만 뻗으면 이웃집 창문 너머로 설탕 한 컵을 얻을 수 있을 정도였다. 제타의 이웃들은 대부분 친절했다. 넉넉하진 않아도 뭐든 나누려 했다. 하지만 다른 사람에 관한 이야기라면 목숨이 달린 일인 듯 떠들어 댔다. 그래서 제타는 자신의 의심스러운 행동이 괜히 이웃들의 입방아에 올라 아버지의 귀에까지 들어가지 않도록 하고 싶었다. 만약 아버지가 자신이 마법을 연습하고 있다는 사실을 알게 되면 맥신 시장에게 말할 것이고, 그러면 시장은 진지하게 제타에게 물약이니 레드스톤이니 마법이니 하는 것들은 집어치우고, 단순하게 사는 삶이 얼마나 중요한지에 대해 다시 한 번 각인시켜 줄 것이었다.

그래서 제타는 새로 세워진 벽이 거슬렸다. 시장은 마을 바깥에 있는 사나운 괴물들로부터 마을을 지키기 위해서라고 했지만, 허스크, 해골 그리고 가끔 일어나는 약탈 말고는 시에나 듄스는 완벽하게 안전했다. 제타는 저 벽이 괴물이 들이닥치는 걸 막기 위한 것이 아니라, 마을 사람들을 가두기 위한 것은 아닐까 의심했다. 이 작은 마을 밖에는 너무도 흥미로운 일들이 많았지만, 감히 이 마을을 떠나는 사람은 많지 않았다. 제타의 고모 메릴은 그 많지 않은 사람들 중 한 명이었다. 하지만 메릴 고모가 북쪽 산으로 도망쳤을 때 제타는 아직 어렸기 때문에 고모에 대한 기억이 거의 남아 있지 않았다.

마침내 제타는 좋은 생각이 떠올랐다. 어쩌면 좋지 않은 생각일 수도 있다. 하지만 시에나 듄스 최고의 물약 제조사가 되고 싶다면, 제타는 지금부터라도 자신을 믿어야 했다. 투명화 물약을 마시면 애슈턴이 자리를 뜰 때까지 기다리지 않고 그 곁을 몰래 지나갈 수 있을 것이다. 제타는 보관함에서 유리병을 꺼냈다. 병 속의 내용물은 옅은 라벤더 색으로 반짝였다.

색은 예뻤지만 병뚜껑을 열자마자 지독한 냄새가 풍겨 와 속이 메슥거렸다. 숨을 크게 몇 번 들이마시고서야 정신을 차릴 수 있었다. 제타는 손으로 코를 막고 병째로 물약을 들이마셨다. 온몸이 따끔거리면서 좀벌레 떼가 간지럼을 태우는 것 같은 기분이 들었다. 마법이 이런 느낌인가? 자신의 물약이 효과가 있는 걸까? 정말로 투명 인간이 된 걸까?

제타는 눈앞에서 자신의 손을 흔들어 보았다. 하지만 아무것도 보이지 않았다. 으스스한 기분이 제타를 감쌌다. 마치 가파른 절벽 끝자락에 서 있는 것처럼 배 속이 울렁거렸다.

제타는 더 이상 황금빛 밀대 사이에 숨을 필요가 없었다. 이제 애슈턴에게 들키지 않고 안전하게 지나갈 수 있다. 만약 애슈턴이 제타를 봤다면 그 사실을 할아버지와 할머니에게 말할 것이고, 할아버지와 할머니는 또 그 사실을 제타의 아버지에게 알릴 것이다. 그러면 모든 게 끝이었다. 하지만 이제는 안심할 수 있다. 제타는 밀밭을 건너 감자밭을 지나 애슈턴 뒤로 지나갔다. 물약의 효과가 얼마나 갈까? 확실하지 않았다. 제타는 아직 물약 만드는 일에 서툴렀다. 애슈턴은 이런 제타를 두고 초짜라고 했을 테지만, 지금 제타는 물약이 효과가 있다는 그 사실만으로 잔뜩 들떠 있었다.

"누가 착한 닭이지? 누가 착한 아기 닭이지?"

애슈턴이 닭의 턱 밑으로 늘어진 붉은 아랫볏을 쓰다듬으며 물었다.

"살마지! 살마고말고!"

살마는 꼬끼오 하고 울면서 날개를 푸덕거렸다.

"오버월드에서 가장 착한 닭은 누구지?"

애슈턴은 이번에는 다른 닭에 대고 속삭였다.

"넬라지! 넬라고말고!"

넬라가 애슈턴의 품으로 파고들었다.

"넬라는 세상에서……."

순간, 애슈턴은 말을 멈추고는 몸을 돌렸다. 그리고는 제타가 서 있는 곳을 정확하게 쳐다봤다. 제타는 돌처럼 몸이 굳은 상태로 숨을 멈췄다.

"어……, 제타 누나?"

애슈턴이 물었다.

아뿔싸. 제타의 위장이 들통난 순간이었다.

"내가 보여?"

제타가 실망스러운 듯 물었다.

"응, 일부만. 누나 머리만 보여."

안 그래도 큰 애슈턴의 갈색 눈이 더 크게 휘둥그레졌다.

"그러니까…… 일종의 공중 부양 같은 거야?"

"양조할 때 너무 서둘렀나 보군."

제타가 중얼거렸다.

"아니면 네더 사마귀를 충분히 사용하지 않아서인가. 할머니, 할아버지께는 내가 여기 왔었다고 말하면 안 돼. 알겠지? 약속할 수 있지?"

"약속할게……. 만약 다음 괴물 사냥에 나도 데려가 준다면 말이야."

제타는 한숨을 쉬었다. 그러고는 실패한 물약의 효과를 없애기 위해 우유 한 양동이를 얻으러 소 우리를 향해 갔다. 애슈턴이 제타의 뒤를 따라갔다.

"너는 아직 밤늦은 시간에 사막 한가운데를 돌아다니기에는 너무 어려."

제타가 말했다.

"네가 좀 더 크면 그때……."

"그 말은 내가 여덟 살 때부터 해 왔잖아! 나도 이제 다 컸단 말이야. 준비가 됐다고!"

"너는 준비가 다 됐다고 생각하겠지만 바깥은 정말 위험해."

제타는 빈 양동이를 들면서 중얼거렸다. 그러고는 진저의 우리 문을 열었다. 몸통 없이 머리뿐인 제타가 들어서자 진저는 흠칫 놀라 초원을 가로질러 쌩하니 달려갔다. 제타는 소의 말을 알아듣지는 못하지만, 저 성난 음매 소리는 자기 근처에 얼씬도 하지 말라는 뜻임이 분명했다.

제타는 애슈턴을 쳐다봤다. 애슈턴은 어느덧 청소년이 다 되었다. 가녀렸지만 제타만큼 키가 컸고, 선한 눈빛에 구불거리는 풍성한 검은 머리카락을 가지고 있었다. 하지만 애슈턴은 여전히 순진무구했고 환상에 사로잡혀 있었다. 독을 뿜어내는 용이나 불 공격을 하는 블레이즈, 무시무시한 가스트에 대해 조잘거리길 좋아했고, 너덜너덜한 낡은 공책에 괴물 그림을 그렸다. 이는 모두 모험을 원하는 아이들이 집을 떠나는 걸 막기 위해 어른들이 지어 낸 상상 속 괴물들일 뿐이었다.

제타는 더 이상 그런 것들을 믿지 않았다. 여하튼 애슈턴도 이제 많이 컸으므로, 자신과 친구들의 모험에 끼워 줄 때라는 걸 인정해야 했다. 제타는 다시 한숨을 쉬고는 애슈턴에게 양동이를 건넸다.

"알겠어, 우유나 좀 갖다줘. 그리고 할머니, 할아버지한테는 내가 여기 왔었다는 이야기 절대 하면 안 돼. 리프트하고 레인한테 다음에는 너도 우리 모험에 끼워 주자고 이야기해 놓을게. 개네들이 허락할지는 모르겠지만 일단 너에 대해서 좋게 이야기해 볼게. 알겠지?"

"약속!"

애슈턴이 말했다.

제타는 거래가 성사되었다는 의미로 악수를 하기 위해 팔을 뻗었지만, 어차피 눈에 보이지 않았기 때문에 쓸데없는 짓이었다. 그러나 제타의 머리만 보였으므로 애슈턴은 제타의 실수를 알아차리지도 못했다. 애슈턴은 진저를 진정시킨 후, 양동이 가득 따뜻한 우유를 가지고 돌아왔다.

우유를 벌컥벌컥 들이켜고 나니 혈관에서부터 마법이 서서히 빠져나가는 느낌이 들었고, 마침내 제타는 온전히 원래의 모습을 되찾을 수 있었다. 미연의 사고를 방지하기 위해서라도 앞으로는 우유를 갖고 다니는 게 좋겠다고 제타는 생각했다. 그리고 이제부터는 아무 문제없이 물약을 제조할 수 있으리라 확신했다. 제타는 애슈턴에게 양동이를 돌려줬다. 애슈턴은 활짝 웃고 있었지만, 설탕까지 얻는 것은 무리라는 생각이 들었다. 신속의 물약은 다음에 만들면 그만이었다.

"제타!"

뒤쪽에 있는 닭 우리 근처에서 리프트의 목소리가 들려왔다.

뒤를 돌아보니 제타의 가장 친한 쌍둥이 친구인 리프트와 레인이 사냥을 마치고 돌아오고 있었다. 리프트는 직접 만든 초록색 토끼 가죽 갑옷을 머리부터 발끝까지 뒤집어쓰고 있었다. 리프트의 검은색 머리는 뾰족하게 솟구쳐 있었는데, 아침마다 녹색 슬라임 젤을 한가득 발라서 고정시켜 놓은 것이다. 입꼬리가 한쪽만 올라가도록 미소를 띠고 있는 걸 보니 리프트에게 무슨 꿍꿍이가 있는 게 분명했다.

레인은 평범한 흰색의 긴 윗옷을 입고 있었고, 연두색 스카프를 목에 둘렀다. 그리고 등에는 화살을 한가득 짊어지고 있었다. 제타는 친구들이 좀비들 사냥에 성공했다는 걸 알 수 있었다. 친구들이 챙겨 온 허스크의 썩은 살점 냄새가 제타에게까지 풍겼기 때문이다.

"리프트, 레인, 안녕!"

친구들에게 인사를 건넨 제타는 좀 전에 애슈턴에게 했던 약속이 문득 떠올랐다. 아이참. 난처한 상황이 되었다.

레인은 보관함에서 뼈를 꺼내 애슈턴에게 던졌다. "여기, 작물 기르는 데 써."라고 말하고는 눈을 가린 검은 머리를 매끈하게 쓸어 올렸다. 저 굵은 머리카락이 늘 시야를 가리고 있는데도 활을 어쩜 그리 잘 쏘는지 제타는 알 수가 없었다.

"고마워, 레인 형!"

애슈턴이 말했다.

"제타 누나, 나도 사냥에 끼워 줄 수 있는지 언제 물어볼 거야?"

애슈턴의 흥분 어린 목소리에 제타는 속이 울렁거렸다.

"애슈턴."

제타가 명랑하게 애슈턴을 불렀다. 물론 연기였다. 제타 스스로도 자신의 목소리에 진정성이 없다는 걸 알았지만 이대로 밀고 나가야 했다.

"농장 끝에 있는 곡물 창고 뒤쪽 횃불이 꺼진 것 같던데, 가서 확인해 볼래? 꺼져 있다면 교체해야지. 마을에 허스크가 나타나면 안 되잖아."

애슈턴이 인상을 썼다.

"나 따돌리려고 그러는 거지? 다 알아!"

"아니, 나는⋯⋯."

"애슈턴 혼자 저 먼 농장 끝으로 보내면 안 되지."

리프트가 음흉한 미소를 지으며 껴들었다.

"혹시라도 살인 토끼나 다른 괴물이라도 만나면 어떡해? 애슈턴은 아직 너무 어리잖아."

그러자 애슈턴은 한껏 씩씩한 태도로 말했다.

"나도 이제 다 컸어. 저 정도는 늘 다니는 곳이라 괜찮아. 내가 가서 횃불을 확인하고 올게. 그리고 만일 살인 토끼를 만난다고 해도 혼자 해결할 수 있어."

애슈턴은 돌검을 꺼내 흔들어 보였다. 가상의 괴물에 잔뜩 들떠 있는 애슈턴은 확실히 상상력이 과한 아이였다. 지금 애슈턴의 머릿속에서는 온갖 모험을 하는 상상의 나래가 펼쳐지고 있을 게 뻔했다.

"빨리 갔다 올게!"

애슈턴이 소리쳤다.

해는 거의 저물었고, 머지않아 괴물들이 전력을 다해 나타날 것이다.

"애슈턴이 오늘 밤 우리와 함께 괴물 사냥을 가고 싶어 해."

제타가 친구들에게 속삭였다.

레인이 눈썹을 치켜올리며 말했다.

"애슈턴도 이제 다 컸으니 내 생각에는 오늘 밤 우리랑 같이 가는 것도 괜찮을 것 같아. 내가 잘 지켜볼게."

리프트가 고개를 끄덕였다.

"그럼 나도 괜찮아."

제타는 머리를 절레절레 흔들었다. 애슈턴의 합류에 대해 친구들이 약간이라도 난색을 표할 것이라 생각했기 때문이다.

"하지만 밖은 너무 위험한걸. 특히 애슈턴의 부모님에게 일어난 일을 생각하면……."

세 친구들은 애슈턴의 부모님에게 어떤 일이 일어났는지 생생하게 기억하고 있었다. 애슈턴의 부모님은 광부였는데, 커다란 흉터처럼 사막을 길게 가로지르는 멀고도 거대한 협곡인 그레이트 리프트까지 일을 다녔다. 협곡 아래로는 용암이 졸졸 흘렀고, 수직으로 떨어지는 깊고 깊은 절벽 아래에는 금, 철, 다이아몬드 광맥이 드러나 있어서 그걸 본 사람이라면 누구라도 그곳에 가 보고 싶다는 생각이 들게 했다. 애슈턴의 부모님 역시 이런 생각으로 그곳에 갔다가 그대로 영영 돌아오지 못하게된 것이다. 그 사건은 제타의 가족 전체에게 협곡만큼이나 깊은 상처로 남았다.

"다녀왔어!"

애슈턴이 숨을 헐떡이며 외쳤다. 애슈턴은 놀라울 정도로 빨랐다. 이마는 땀으로 번들거렸다.

"물어봤어?"

제타는 애슈턴의 어깨에 손을 올렸다.

"물어봤어. 우리 모두 네가 아직은 조금 어리다고 생각해. 하지만 조만간, 정말 조만간 널 데리고 갈게. 알겠지?"

제타는 슬픈 얼굴로 자신을 쳐다보는 애슈턴을 보고 있자니,

지금 당장 투명 인간이 되고 싶을 정도였다. 제타도 이게 애슈턴에게 얼마나 의미 있는 일인지 알고 있었다. 바닥에 있는 자갈을 보이는 대로 발로 차며 터덜터덜 걸어가는 애슈턴의 모습을 보며 제타는 얼굴을 찌푸렸다. 애슈턴은 화가 났고 실망했다. 하지만 애슈턴은 분명 여기에 있는 게 안전했다.

"자, 어서 가자."

제타는 친구들이 자신의 거짓말에 대해 무어라 한마디씩 거들기 전에 이렇게 말했다. 시에나 둔스의 사람들에게는 가족이 전부였다. 그래서 친구들도 가족 문제에 끼어드는 게 현명하지 않다는 걸 알고 있다.

"괴물 사냥하러 가야지."

세 친구는 테라 코타 벽을 껑충 뛰어넘었다. 벽을 넘자마자 여러 개의 횃불이 무시무시한 괴물 출몰 지역이라고 적힌 낡은 나무 경고판을 비추고 있었다. 하지만 레인의 활만 있으면 제타는 무서울 게 없었다. 리프트와 제타는 돌검을 들고 있었다. 그 검들이 얼마나 버텨 줄지는 의심스러웠지만 말이다. 돌은 붕괴될 위험이 있는 모래층보다 더 깊이 파야만 찾을 수 있을 만큼 구하기 어려운 물질이었다. 나무는 더더욱 찾기가 어려웠기 때문에 제타와 친구들은 지나던 길에 죽은 나뭇가지가 땅에 박혀 있는 걸 발견하면 돌아가서라도 그것을 주워 왔다.

얼마 지나지 않아 제타는 가까운 곳에서 달려오는 거미 소리를 들었다. 어둠 속에서 여러 쌍의 붉은 눈동자가 나타났다. 무섭긴 해도 유용한 재료들이었다. 물약 재료를 모으기 위해서는 시간과 정성이 많이 든다. 그렇기 때문에 제타는 자신을 도와

주는 이 든든한 두 친구들에게 감사할 따름이었다. 혼자였다면 도저히 해낼 수 없었을 테니 말이다.

"이건 내가 처리할게."

제타는 땀으로 축축해진 손으로 검을 세게 쥐며 말했다. 이미 거미라면 수십 마리도 더 죽여 봤지만, 결코 만만한 상대는 아니었다. 제타는 눈을 찡그린 채 떨리는 팔로 다리가 여덟 개 달린 괴물을 향해 검을 휘둘렀다. 거미는 제타의 공격에 조금도 타격을 받지 않았는지 뒤로 물러섰다가 송곳니를 드러내고는 다시금 제타에게 달려들었다.

"도와줄까?"

레인이 활을 들며 물었다.

"아니야, 크리퍼를 대비해서 활은 아껴 둬!"

제타는 이렇게 소리치고는 또 한 번 거미를 향해 검을 휘둘렀다. 이번에도 공격에 실패했다. 제타가 전투보다는 물약 제조에 더 일가견이 있다고 말할 수 있으면 좋겠지만, 사실은 둘 다 비슷한 수준이었다.

거미는 삽시간에 제타를 공격했다.

"아야!"

거미에게 물렸지만 심각한 정도는 아니었다. 팔꿈치를 긁힌 정도의 통증이었다. 아픈 것보다는 창피했다. 이제 이 싸움은 제타의 명예가 걸린 설욕전이 되었다. 제타는 검을 높이 들었다. 리프트도 검을 들고 제타 옆으로 다가왔다.

"어떻게 처리하는 건지 내가 한 수 보여 주지."

리프트가 제타를 옆으로 밀며 말했다.

"그럴 순 없지."

제타 역시 긁힌 팔꿈치로 리프트를 밀며 말했다. 제타는 순간 통증에 움찔했다.

"저 거미는 내 상대야. 게다가 지난주에 사격 연습용으로 쓰려던 갑옷 거치대한테서 널 구해 준 게 나 아니었나?"

"굉장히 공격적인 갑옷 거치대였어."

리프트가 변명을 했다.

"그리고 나보다 더 좋은 무기를 갖고 있었단 말이야."

제타와 리프트는 동시에 거미를 향해 검을 휘둘렀다. 리프트의 검이 먼저 거미 몸에 닿았고, 거미는 연기가 되어 사라졌다. 덕분에 조금 늦게 움직인 제타의 검은 공기만 가른 꼴이 되었다. 허공을 가른 제타는 중심을 잃고 빙글빙글 돌다, 결국 리프트의 정강이를 베고 말았다.

리프트는 정강이를 움켜쥐고 바닥에 주저앉았다.

"윽. 괜찮아, 난 괜찮아."

리프트가 말했다.

"정말 미안해!"

제타가 소리쳤다. 제타는 검을 멀리 치운 후 리프트 옆에 무릎을 꿇고 앉았다.

"피 나?"

"아니야, 네 칼끝이 무뎌서 다행이야. 그나저나 새로 검을 만들려면 돌을 좀 찾아봐야겠다."

"무시무시한 괴물이랑 싸울 게 뭐가 있니? 이렇게 너희 둘이 싸우고 있는데."

레인이 처참한 전투의 끝을 보기 위해 다가오며 말했다. 상처 입은 정강이 하나, 자존심 상한 영혼 둘.

제타는 리프트가 일어나는 걸 도왔다. 그리고 옆에서 리프트가 조심스럽게 몇 걸음 떼는 걸 지켜봤다.

제타는 움찔했다.

"그렇게 아프면 돌아가는 게 낫겠어. 밤새 끙끙거리면서 다닐 순 없잖아."

"나 끙끙거리지 않았⋯⋯."

갑자기 주변이 어두워진 걸 알아차린 제타와 친구들은 주변을 두리번거렸다. 일 킬로미터 남짓 떨어진 거리에 크리퍼가 서 있었다. 얼룩덜룩한 초록색 피부는 이미 하얗게 빛나고 있었다. 크리퍼는 머리를 기울인 채 제타를 조롱하듯 뚫어지게 쳐다봤다.

"뛰어!"

레인이 외쳤다.

제타도 도망치려 했다. 정말 노력했다. 하지만 겁에 질려 몸이 말을 듣지 않았다. 제타는 크리퍼를 가까이에서 본 것이 이번이 처음이었지만, 크리퍼의 어마어마한 파괴력은 전에도 본 적이 있었다. 깊이 삼 미터에 너비 사 미터 이상의 큰 구멍을 말이다. 리프트가 제타의 이름을 외쳤다. 그 소리는 아주 멀게만 느껴졌다. 리프트가 제타를 두고 혼자 가 버린 걸까? 아니면 공포심 때문에 모든 소리가 작고 멀게 느껴지는 걸까?

제타가 생각에 잠기기도 전에, 레인이 자신의 활로 크리퍼의 가슴팍을 쏴 쓰러트렸다. 레인의 화살을 한 방 더 맞은 크리퍼는 사라졌고, 화약만 그 자리에 남았다. 오 분 전까지만 해도 제타는 투척용 물약에 쓸, 구하기 어려운 재료를 얻었다는 사실에 신이 났겠지만, 지금은 공포에 휩싸여 있었다.

레인이 화약을 주워 제타에게 건넸다. 제타는 화약을 받아 들었지만, 레인의 눈을 똑바로 쳐다볼 수가 없었다.

"나 때문에 우리 모두가 폭파당할 뻔했어."

제타가 기어 들어가는 목소리로 말했다. 만약 애슈턴이 같이 왔다면 어땠을지 상상하는 것만으로도 온몸이 떨려 왔다.

"내가 있는 한 그럴 리 없지."

레인은 자신감에 찬 목소리로 말했다.

"이것보다 잘 대처할 수도 있었겠지만, 그리 위험한 상황은 아니었어. 제타, 지금 양조기 갖고 있어?"

제타는 고개를 끄덕이며 자신의 주머니를 탁탁 쳤다. 제타는 항상 양조기를 갖고 다녔다. 언제 급하게 물약을 제조해야 할 상황이 올지 모르니 말이다. 그리고 아버지가 자신의 방에 있는 양조기를 발견하는 위험을 감수할 수는 없었다.

"좋았어. 그러면 네가 말한 투척용 물약이 어떻게 작동하는 건지 시험해 보자."

"지금? 여기서?"

제타가 물었다.

"내가 안전한 곳을 알고 있어."

리프트가 말했다. 리프트는 다친 다리를 모래 위로 질질 끌며 친구들을 데리고 천천히 움직였다. 그들은 허스크로부터 안전하고 마을과도 멀리 떨어진 곳으로 향했다. 리프트의 신음 소리는 밤의 침묵을 깼다. 거의 한 시간 즈음 지났을 때 마침내 사막을 가르는 그레이트 리프트가 시야에 들어왔다.

제타의 가슴이 빠르게 뛰었다. 제타는 마을 밖을 이렇게까지 멀리 벗어난 적이 단 한 번도 없었다. 하지만 사람들이 이 거대한 협곡에 왜 매료되었는지 그 이유를 알 수 있을 것 같았다. 이곳은 굉장히 아름다웠다. 내리꽂을 듯한 경사면 위에는 모래와 사암이 있었고, 그 밑으로는 회색 돌이 있었다. 절벽은 깊어질수록 더욱 가팔라졌다. 제타는 절벽 밑바닥 용암 줄기 부근에서 푸른색 광석을 발견했다.

"저기 있는 게 다이아몬드야?"

흥분과 호기심으로 가득 찬 제타는 목구멍에 마치 주먹이라도 걸린 것 같은 긴장감을 느끼며 물었다. 테라 코타를 채굴하는 육 개월 동안 제타는 석탄과 철 말고 다른 광물은 본 적이 없었다. 혹시 다른 광물이 발견된다 하더라도 그 즉시 마을의 금고로 옮겨졌다. 하지만 광부들에게는 최소 네 블록 이상 되는 광맥에서 찾은 광물의 경우 첫 블록을 가질 수 있는 권리가 있었다. 제타는 다이아몬드 광맥의 '우선권'을 갖는 상상에 빠졌다. 제타의 상상이 지나쳤는지, 레인은 절벽 끝자락에서 멍하니 서 있는 제타를 안쪽으로 끌어당겨야 했다.

"조심해."

레인이 말했다.

"이것 좀 봐."

리프트가 절벽 표면을 가리키며 외쳤다. 마치 모래가 집어삼킨 것 같은 고대 건축물의 일부가 협곡 측면에 튀어나와 있었다. 달빛은 정확히 테라 코타로 장식된 밝은 사암을 비췄다.

"사막 피라미드야."

리프트가 말했다.

"우리 저기까지는 안 내려갈 거지?"

제타가 물었다.

"당연하지. 저긴 너무 어둡고 위험해. 하지만 멀리서 보면 꽤 아름답지. 안 그래?"

"맞아."

제타가 대답했다. 그리고 여전히 말을 잃었다. 이 협곡은 제타의 가족에게 가슴이 저미도록 고통스러운 곳이었다. 애슈턴의 부모를 앗아 간 곳이기 때문이다. 하지만 리프트에게는 이 협곡이 자부심의 원천이라는 걸 제타는 알고 있었다. 리프트의 이름도 바로 이곳에서 따온 것이었다. 리프트와 레인의 부모님은 지금으로부터 수십 년 전, 이곳에서 처음 만났다. 한 사람은 시에나 듄스 출신이었고, 다른 한 사람은 사막을 돌아다니며 무역을 하는 유목민 출신이었는데, 두 사람은 서로의 반대편에 숙소를 세웠다. 오글거리는 이야기이긴 했지만, 덕분에 제타는 발밑의 아픔을 잊고 이곳의 아름다움에만 집중할 수 있었다.

제타와 친구들은 삼면이 가로막힌 절벽 가장자리에 자리를 잡았다. 리프트는 작업대를 꺼내서 혹시 모를 괴물들의 접근을 막기 위해 신속하게 사암 벽을 만들었다. 벽을 다 만든 후에는 모닥불을 피웠고, 레인은 그 속으로 토끼를 몇 마리 던져 넣었다. 고기 익는 냄새에 제타의 입에 곧장 침이 고였다.

토끼가 익어 가는 동안 제타는 양조기를 설치했다. 그리고 재료를 꺼내려고 주머니를 뒤졌지만, 있는 게 별로 없었다. 신속의 물약을 위한 설탕도 없었다. 있는 것이라고는 발효된 거미 눈과 몇 시간 전 처참하게 죽은 거미의 눈, 시들시들한 당근, 금괴, 제타가 여름 내내 아끼고 아껴 온 네더 사마귀 더미, 화약이 전부였다. 제타는 물약을 만들고 싶어서 몸이 근질거렸다.

"혹시 도약의 물약을 만들 생각이면 나한테 토끼 발 있어."

레인이 제타에게 토끼 발을 흔들어 보이며 말했다.

"아니야, 괜찮아."

제타는 재빨리 대답하고는 인상을 썼다. 제타는 토끼 고기를 아주 좋아했지만, 토끼 발만큼 징그러운 것도 없다고 생각했다. 어째서 사람들이 토끼 발을 행운의 상징으로 지니고 다니는지 이해할 수가 없었다. 발을 빼앗긴 그 토끼로서는 정말로 운이 없었던 걸 텐데 말이다.

"정말?"

레인이 물었다.

"협곡 가장자리에서 도약의 물약을 만드는 건 좋지 않은 생각 같아. 하지만 투척용 독약은 만들 수 있겠어."

제타가 말했다. 그건 그렇게 어렵지 않을 것이다. 물약들을 만들 땐 대체적으로 구하기 어려운 재료들이 필요하다. 제타는 마을 금고에 희귀한 재료들이 보관되어 있단 걸 알았지만, 맥신 시장은 아무리 부탁을 하고 졸라도 피스톤 장치가 설치된 금고 의 문을 결코 열어 주지 않을 것이다. 그 문은 철로 만들어진 데 다가 몹시 두꺼웠고, 그것을 열기 위해선 열쇠와 이 마을에서는 찾아볼 수 없는 고급 기술이 필요했다. 제타는 가끔 그 문 너머 에 있는 보물에 대한 꿈을 꾸기도 했다.

그래서 제타는 시장의 도움 없이 몇 달에 걸쳐 블레이즈 막대 기를 교환해 줄 사람을 찾았고, 리프트가 그걸로 양조기를 만들 어 준 것이다. 제타는 책방 주인인 리드가 해 주는 이야기나 소 문을 통해 물약을 제조하는 방법을 터득해 왔다. 가끔씩 리드 는 도서관에 실제 지식이 담긴 책들로 가득했던 과거의 날들을 회상하며 그때의 이야기를 제타에게 해 주곤 했다. 하지만 지 금 리드가 파는 책은 《모래로 할 수 있는 101가지 일》, 《행복한 선인장 화분 키우는 방법》, 《모래로 할 수 있는 또 다른 101가 지 일》 같은 것들뿐이었다.

제타는 물약을 제조할 때 참고할 만한 책을 구할 수 없었기 때문에 정확한 양이나 제조 시간을 모두 추측해야만 했다. 하 지만 제타는 열정적으로 실험에 임했다. 비록 그 실험이 엉망 으로 끝난다 해도 말이다.

"그래, 무시무시한 괴물한테 독약을 던져서 효과가 어떤지 보면 되겠다."

레인이 말했다.

"너 투명화 물약인지 뭔지 만든다고 하지 않았어?"

리프트가 물었다.

"만약 우리가 서로 가까이 서 있으면 투명화 물약을 우리 모두에게 작용시킬 수 있잖아. 그러면 마을 근처에서 칠 수 있는 장난이 많겠는걸."

"장난이라면 이미 충분히 치고 있잖아."

제타가 말했다.

리프트는 시에나 듄스 사람 모두에게 장난을 치겠다는 목표를 갖고 있는 장난꾸러기였다. 대체로 크게 위험하지는 않은 장난들이었다. 마을 사람들이 모두 합쳐 325명 정도 되니, 이들 모두에게 장난을 치려면 아직 한참 남았지만 지금까지는 들키지 않고 성공했다. 리프트는 현재까지 서른일곱 명의 마을 사람에게 장난을 쳤다. 식당 화로 바닥에 깔때기를 달아서 음식이 다 됐을 즈음 음식을 사라지게 하거나, 레인의 옷장에 있는 갑옷 거치대에 크리퍼 머리를 붙여서 튀쳐나오게 했다. (레인은 여전히 그 일만 생각하면 분해했다.) 그리고 리프트가 한 장난 중 최고라 할 만한 것은 시장 사무실 문에 있는 압력판을 조작해서 주크박스를 숨겨 놓고, 듣기 싫은 노래가 흘러나오도록 한 것이었다. 사람들은 귀에 거슬리는 그 노래가 어디서 흘러나오는 것인지 찾아내느라 하루를 꼬박 보내야 했다.

제타는 아직까지 리프트의 장난에 당하지 않은 사람 중 하나였으므로 긴장을 늦추지 않았다. 물론 리프트가 몇 번 시도하긴 했지만, 매번 제타에게 들켜 실패했다. 리프트가 주변에 있을 때면 제타는 조금의 틈도 보이지 않았다. 리프트는 똑똑하고 멋진 친구였다. 다만 그 능력을 좋은 곳에 쓰면 좋으련만.

"제발, 응?"

리프트가 제타를 보며 눈을 깜빡이면서 말했다.

"사실 어젯밤에 투명화 물약을 몇 개 만들었는데 문제가 좀 있었어."

제타가 말했다. 제타도 뭐가 문제인지 잘 몰랐지만 그래도 대체적으로 효과가 있긴 했다. 조금만 수정을 하면 이번에는 성공할지도 모른다.

"네가 장난만 치지 않는다고 약속하면 다시 시도해 볼게."

"그런 약속은 절대 못한다는 거 너도 알잖아. 그건 나한테 숨을 쉬지 말라는 것과 같은 거야. 대신 내가 이번 달 내내 레드스톤을 제공하는 걸로 하면 어때?"

리프트는 레드스톤을 이용한 작업을 배우기 위해 꽤 많은 양의 레드스톤을 모아 놨다. 그래서 그 레드스톤이 리프트에게 얼마나 소중한지 제타도 잘 알았다. 레드스톤 가루만 있어도 만들 수 있는 물약의 종류가 훨씬 많고, 효과가 지속되는 시간도 늘릴 수 있었다. 나쁜 제안은 아니었다. 다만 언젠가는 리프트의 장난에 당할지도 모른다는 점 말고는 말이다. 리프트의 반짝반짝 빛나는 눈을 보니 시시한 장난은 아닐 것 같았다.

"좋아."

제타가 작게 대답했다.

리프트는 붉게 빛나는 가루 세 뭉치를 제타에게 건넸다.

"일 회분이야. 내 투명화 물약을 만드는 데 사용해."

"**내** 투명화 물약이겠지."

제타가 리프트의 말을 정정했다.

"너는 그 물약의 영광만 맛보는 것뿐이야."

리프트가 투덜거렸다.

"빨리 만들기나 해."

제타는 재료들을 펼쳐 보았다. 긴장감이 온몸을 감쌌다. 일반 투명화 물약도 제대로 성공한 적이 없는데 재료를 더해서 만들어야 한다니. 제타는 발효된 거미 눈을 꺼냈다. 다들 그 지독한 냄새에 숨이 막히는 듯했다.

"썩은 달걀하고 불우렁쉥이가 싸울 때 나는 냄새 같아."

리프트가 코를 손가락으로 집은 채 말했다.

"불우렁쉥이한테 어떤 냄새가 나는지 알고 하는 말이야?"

레인이 못 믿겠다는 눈초리로 물었다.

"아니, 하지만 나는 상상력이 좋거든. 너랑은 다르게."

리프트가 받아쳤다.

"과한 거겠지."

레인이 중얼거렸다.

쌍둥이들은 서로를 매섭게 노려봤다. 둘은 서로에게 화를 낼 때 어느 때보다 더 똑같이 닮아 있다.

"곧 냄새에 익숙해질 거야."

제타가 분위기를 누그러트리기 위해 말했다. 제타는 친구들

앞에서 제조가 능숙한 척했다. 양조기에 물병 세 개를 올려놓자, 잠시 후 물이 튀기며 부글거렸다. 이제 네더 사마귀를 넣어도 되는 걸까? 찬물이 아니라 뜨거운 물에 넣어도 상관없을까? 제타는 사마귀를 한 주먹 가득 집어 물속에 넣고는 가만히 기다렸다. 만약 아직도 어둠 속을 어슬렁대는 괴물들이 있다 하더라도 선선한 공기 사이로 퍼지는 이 물약 냄새를 맡는다면 발길을 돌릴 것이다.

이제 제타는 금괴를 작은 덩어리로 부순 뒤 황금 당근을 만들었다. 조금 엉성하긴 했지만 제대로 작용하길 바랐다. 제타는 물약 속에 당근을 넣었다. 파란색 액체는 아주 조금 더 진해졌고, 표면에는 독특한 반짝임이 번졌다.

"야간 투시의 물약이야."

제타는 쌍둥이들이 화해를 했으면 하는 마음으로 말했다. 레인은 흥미를 갖는 듯했지만 리프트는 고개를 저었다.

"우리에겐 횃불이 있잖아."

리프트가 말했다.

"다음은 뭐야?"

리프트의 코가 양조기에 거의 닿을 지경이었다.

"뒤로 조금만 물러나. 연기 때문에 네 속눈썹이 거미로 변해도 난 모른다."

제타가 으름장을 놓았다.

"그게 가능해?"

리프트가 재빨리 뒤로 물러나서 주먹으로 눈을 비비며 물었다. 그러고는 눈썹이 거미로 변한 게 아닌지 확인이라도 하려는 듯 빠르게 눈을 깜빡거렸다.

제타는 슬며시 미소를 지었다.

"다음 재료는 발효된 거미 눈이야."

제타는 리프트의 걱정 따위는 깡그리 무시한 채 말했다. 눈알들이 제타를 노려보고 있었다.

제타는 몸서리를 치며 거미 눈을 물약 속으로 던졌다. 물약은 번쩍 빛을 내며 쉬익 소리를 냈다. 물약 색이 옅은 보랏빛으로 변하자 제타는 완성에 가까워졌음을 직감했다. 제타는 이마에 흐르는 땀을 훔쳤다.

그다음은 레드스톤을 넣을 차례였다. 얼마나 넣어야 하지? 한 움큼을 집어넣었지만 아무 일도 일어나지 않았다. 물약은 칙칙한 색 그대로였다. 만약 이 물약이 효과가 없다면 리프트는 앞으로 제타가 물약에 대해 떠들도록 두지 않을 것이다. 사실 제타는 물약 제조에 대해 아는 게 별로 없었다. 하지만 리프트는 제작에 능했고, 레인은 활을 잘 쐈다. 그래서 제타도 테라코타 채굴 말고 자신이 잘하는 걸 찾고 싶었다.

제타는 끝까지 해 보자고 혼잣말을 한 후, 나머지 레드스톤을 물약 속으로 던졌다. 화약을 넣어야 할 때를 기다리던 제타는 확실하진 않지만 지금 화약을 넣기로 했다. 그러자 즉시 물약이 번쩍이더니 위로 솟아올랐다. 제타는 물약이 피부에 닿지 않도록 뒤로 펄쩍 물러났다.

"아주 잘되어 가고 있는 중이야."

제타는 두려운 내색을 하지 않고 말했다. 물약이 다 만들어지자 유리 너머로 반짝이는 은빛이 잔잔하게 비쳤다. 병을 만지지 않아도 열기가 느껴졌다.

"조금만 이대로 식혀 두자."

제타는 물약이 잘 완성되었음을 확신했다. 그리고 양조기가 폭발할지도 모른다는 두려움 같은 것은 없다는 듯 양손에 묻은 먼지를 탁탁 털었다.

"음식 다 됐어."

레인이 모닥불에서 토끼 고기를 꺼내며 외쳤다. 고기에서 육즙이 흘러나오자 불이 지글거렸다.

마을에서부터 이곳까지 먼 길을 오는 동안 제타는 배고픈 것도 잊고 있었다. 마침내 제타의 배 속은 평온과 안정을 되찾았다. 제타는 토끼 고기를 한 입 베어 물고 맛을 음미했다. 제타는 만찬을 좋아했다. 시에나 듄스에서 제타가 좋아하는 점이 바로 그것이다. 마을 사람들은 무슨 일만 있으면 잔치를 벌였고, 그때마다 성대한 저녁을 차리곤 했다.

두 종류의 버섯이 든 토끼 스튜나 아버지가 만드는 버섯 스튜는 언제 먹어도 완벽했다. 구운 감자와 신선한 채소도 훌륭한 먹을거리였다. 또 가끔은 채소가 풍성하게 자라는 곳에서 가져온 붉은 사과나 멜론, 수박 같은 이국적인 과일을 먹기도 했다.

보름달이 뜨면 만찬이 열렸고, 초승달이 떠도 만찬이 열렸다. 생일, 결혼식, 창립자의 날이나 광부의 날 혹은 어린이들이 가스트, 좀비화 피글린, 크리퍼 가면을 쓰고 이웃집에 가서 사탕을 얻어 오는 날인 괴물의 날 전야제 같은 연휴에도 만찬이 열렸다. 괴물의 날에는 종이꽃을 장식한 수레 퍼레이드가 펼쳐지고 게임, 경품 추첨, 폭죽놀이 등이 열리기도 했다.

제타는 이제 사탕을 받으러 다닐 나이는 지났지만, 작년에는 애슈턴이 쓸 전설의 흑룡 가면을 만드는 걸 도와줬다. 다만, 애슈턴이 쓰기에는 지나치게 커서 두 손으로 가면을 잡고 있어야 했다. 그래서 제타가 집집마다 따라다니며 애슈턴의 사탕 봉지를 들어 줬다. 제타는 애슈턴 몰래 사탕 봉지에 손을 댄 적이 없다고 말하고 싶지만, 그것은 사실과 달랐다.

제타는 달을 올려다봤다. 달이 아주 작아졌다. 조만간 괴물의 날이 다가온다는 뜻이었다. 운이 좋으면 치유의 물약에 넣을 수박을 슬쩍 훔칠 수 있을지도 모른다. 수박을 반짝이게 만들 금도 손에 넣을 수 있으면 좋겠다. 제타는 이제 물약의 냄새마저 느껴지는 것 같았다. 수박의 달콤한 냄새 말이다. 발효된 거미 눈의 냄새는 조금도 나지 않았다. 그랬다면 이 투명화 물약처럼 물약 전체에서 악취가……

완전히 잊고 있었다! 제타는 재빨리 몸을 일으켜 양조기로 달려갔다. 얼마나 오랫동안 음식과 축제 생각에 빠져 있었던 거지? 물약을 너무 오래 끓였나? 이제 은빛은 완전히 사라졌다. 물약은 도로 칙칙한 색을 띠고 있었고 보라색보다는 잿빛에 가까웠다. 오래 끓여서인지 물의 양도 줄어들었다. 분명 잘못되었다. 완전히 잘못된 것이다.

"냄새가 고약한걸. 다 됐어?"

리프트가 물었다.

"아, 그럴걸?"

제타가 대답했다. 제타의 불확실한 답에 리프트가 눈썹을 의심스럽게 치켜뜨자 제타는 손끝으로 약병을 두드리며 말했다.

"다 됐고말고."

제타는 물약 한 병을 들고 친구들에게 손짓했다. 잘못돼 봤자 얼마나 잘못되겠어. 만약 완전히 이상한 마법에 걸린다 해도 진저한테 우유를 얻어 마법의 기운을 빼내면 그만이다. 아무도 다치지 않으면 아무 문제도 없는 거 아니겠어?

제타가 병을 높이 치켜들었다. 그때 화살이 제타의 귀를 스쳤고, 그 바람에 제타는 병을 떨어트렸다. 레인은 거의 즉각적으로 화살을 꺼내서 화살이 날아온 방향을 향해 쐈다. 급히 만들었던 사암 벽 바로 아래, 해골 셋이 모여서 제타와 친구들을 노려보고 있었다.

해골들의 첫 번째 화살은 아무도 맞히지 못했다. 하지만 이내 리프트가 고통에 비명을 내지르는 소리에, 제타는 해골들이 쏜 두 번째 화살이 빗나가지 않았음을 알 수 있었다.

3장

당황할 것 없어. 제타는 자신을 다독였다. 제타와 친구들이 상대해야 할 대상이 적어도 크리퍼는 아니니 말이다. 세 친구는 해골을 무찌르고 무사히 돌아갈 수 있을 것이다. 아주 높은 확률은 아니지만 그렇다고 적은 것도 아니다. 해골 중 하나는 희미한 보랏빛이 감도는 활을 휘둘렀다. 마법이 부여된 활이었다. 시에나 듄스 사람들은 저런 종류의 마법을 못마땅하게 여겼으므로, 제타는 이렇게 가까이에서 마법을 마주한 적이 없었다. 다만 그 순간이 지금이 아니기를 바랄 뿐이었다.

리프트는 참을 수 없는 고통에 이를 꽉 다물고 주먹으로 땅을 내리쳤다. 리프트가 괜찮은지 확인하려고 제타가 몸을 기울이는 순간 화살 하나가 제타를 스쳤다. 화살은 두 개로 묶은 봉긋한 머리 사이로 날아들었는데, 화살 끝에 달린 깃털이 제타의 두피를 스치고 지나갔다.

"고개 숙여!"

레인이 다급하게 외치며 해골들을 향해 활을 쐈다. 화살은 빗나가지 않았다. 해골 중 하나가 가슴에 화살을 맞고 뒤로 넘어갔다. 하지만 해골은 곧바로 몸을 일으켜 다시 활을 쏘았다.

"물약……."

리프트는 가까스로 입을 열었다. 목소리가 떨렸다. 리프트는 손가락으로 제타 옆에 있는 반쯤 증발한 탁한 색의 투명화 물약을 가리켰다.

괴물들로부터 몸을 숨기겠다는 건 좋은 생각이었다. 그리고 만약 리프트가 다치지 않고 몸 상태도 좋았다면 제타도 저 물약을 사용하는 걸 걱정하지 않을 것이다. 하지만 혹시라도 물약 때문에 리프트의 상태가 더 나빠지면 어떡하지?

"사실 나 물약 같은 거 잘 못 만들어!"

제타가 버럭 외쳤다.

"내가 만들었던 물약 중에 효과가 있었던 게 하나도 없었어. 이번에도 어떻게 될지 몰라. 위험을 감수할 수 없어."

대신 제타에게는 다른 좋은 수가 있었다. 제타는 리프트를 작업대 뒤로 끌어당겨서 함께 쭈그려 앉았다. 작업대의 나무판에 화살이 날아와 꽂혔다. 만약 해골들이 쏜 화살에 작업대가 망가지면 리프트는 꽤나 화를 낼 것이다. 새 작업대를 만들기 위한 나무는 찾기가 어렵기 때문이다. 하지만 만약 여기서 죽게 된다면 리프트는 더 화를 낼 게 분명했다.

제타는 패배자가 된 기분이 들었다. 물약 만드는 일에 젬병이었고, 싸움에도 젬병이었으니 말이다. 하지만 잘하는 게 있긴 했다. 마음에 썩 들진 않지만. 제타는 주머니에서 튼튼한 돌 곡괭이를 꺼냈다.

"뭐 하려고?"

레인이 어깨로 날아드는 화살을 피하며 물었다.

"만약 싸울 거면 검을 써."

"싸우려는 게 아니야."

제타가 대답했다.

"해골들을 교란시키려는 거야."

"뭘 하든 빨리 서둘러. 이제 화살도 다 떨어져 가."

제타는 최대한 빨리 손으로 모래를 팠다. 모래 속은 붕괴될 위험이 있긴 하지만 지금 그걸 걱정할 시간이 없었다. 사암이 나오자 제타는 곡괭이로 사암을 내려쳤다. 제타는 땅을 네 겹 이상 더 팠고, 그 정도 깊이면 머리 위로 모래 더미가 떨어지는 걸 피할 수 있을 것 같았다. 그런 후 제타는 해골들이 서 있는 방향으로 사암을 채굴해 나갔다.

레인의 화살이 다 떨어져 가는 마당에 횃불을 꺼내 불을 밝힐 시간은 없었다. 그리하여 제타는 자신의 감에만 의지한 채 충분히 멀어졌다는 느낌이 들 때까지 앞으로 나아갔다. 그런 후 제타는 땅 위를 향해 직선이 아닌 계단식으로 채굴했다. 그게 바로 채굴 작업의 두 번째 규칙이었다. 하지만 그런 수고에도 얼마 못 가 모래 때문에 숨이 막힐 뻔했다. 제타는 뒤로 물러서서 모래 더미를 파내고 다시 나아갔다.

마침내 제타의 머리 위로 밤하늘이 드러났다. 별빛으로 수놓인 밤하늘에는 달도 작게 떠 있었다. 제타는 화살이 날아가는 소리를 들었다. 땅 위로 살짝 고개를 내밀고 보니 해골 둘의 모습이 보였다. 이로써 놈들을 물리칠 확률이 약간 올라갔다. 하지만 리프트는 여전히 제대로 움직일 수 없었고, 레인의 화살은 거의 동이 나 버렸다. 그렇기 때문에 이들에게 해골 둘은 적은 수가 아니었다.

제타는 이제 모든 준비를 마치고 검을 꺼내 들었다.

"이봐!"

제타가 외쳤다.

"거기 뼈다귀! 여기야, 여기!"

마법 활을 든 해골은 제타를 발견하고는 그쪽으로 움직였다. 두 번째 해골도 그 뒤를 따라왔다. 제타는 달렸다. 하지만 전속력으로 달리진 않았다. 해골들이 제타를 쫓는 걸 포기하고 다시 레인을 공격하면 안 되기 때문이다. 그렇다고 너무 느리게 달려서도 안 됐다. 해골들에겐 화살이 있으니까. 제타는 지그재그로 달리며 화살을 피했다. 제타는 화살이 자신의 귀를 훅하고 스치는 소리를 들었다.

언제까지 이렇게 달릴 수만은 없었다. 저 해골들은 절대 지치지 않을 것이다. 제타는 마법 활을 든 해골이 다른 해골보다 몇 발자국 앞서 달려오고 있는 걸 봤다. 제타는 앞서 오는 해골이 자신과 뒤를 따라오는 해골 사이에 정확히 일렬로 들어오도록 신중하게 방향을 바꿔 가며 달렸다. 드디어 셋이 일렬로 선 그때 뒤에 있던 해골이 활을 쐈고, 화살은 앞에 있던 해골의 두개골에 꽂혔다. 화살을 맞은 해골은 몸을 휙 돌렸다. 눈도, 눈썹도 없었지만 화가 단단히 난 듯한 표정이었다. 그러고는 앙갚음을 하기 위해 뒤따라오는 해골에게 활을 쐈다.

피바다가 되었다. 아니, 뼈 바다가 되었다고 하는 게 맞을까?

두 해골 사이로 화살이 날아다녔고, 둘이 정신이 팔린 사이 제타는 친구들에게로 달려갔다. 레인은 리프트의 어깨를 받치고 부축하며 마을로 돌아가고 있었다.

"근처에서 두 해골의 싸움이 끝나길 기다리고 있다가 해골이 마법 활을 떨어트리면 한번 확인해 보고 싶은데 말이야."

레인이 말했다.

"힘을 강화하는 마법이 부여된 것 같았거든."

"맞아, 확실히 힘 강화 마법 같았어."

리프트가 중얼거렸다.

"아야."

제타와 친구들은 천천히 걸어갔다. 시에나 듄스 마을에 우뚝 솟아 있는 종탑이 눈에 들어오기도 전에 해가 떠올랐다. 그리고 곧바로 종이 울렸다. 이른 아침에 종이 울린다는 것은 딱 한 가지를 의미했다.

시에나 듄스가 위험에 처했다는 것.

4장

종은 계속해서 울렸고, 종소리를 들을 때마다 제타의 심장은 빠르게 뛰었다. 애슈턴은 괜찮은 걸까? 아까만 해도 제타는 애슈턴이 집에 있는 게 안전하다고 생각했지만, 지금 그렇게 생각한 자신이 바보처럼 느껴졌다. 아버지는 괜찮을까? 제타는 아버지에게 쌍둥이들과 사냥을 간다는 말을 하긴 했지만 얼마나 멀리 가는지, 또 얼마나 오랫동안 나가 있을지는 말하지 않았다. 아버지도 분명 제타를 걱정하고 있을 것이다.

"조금 더 빨리 걸을 순 없어?"

제타는 리프트에게 물었다. 배가 잔뜩 부른 리프트는 지금쯤이면 상처가 회복되고 몸 상태도 정상으로 돌아왔어야 한다. 하지만 리프트는 집에 가는 발걸음을 서두르지 않았다.

"분명 약탈자 정찰대일 거야. 흥분할 거 없어."

리프트가 말했다.

"그래, 제이든 대장님이 처리하시겠지."

레인도 걱정할 것 없다는 듯 고개를 끄덕이며 말했다.

제타도 마음을 진정시키려고 노력했다. 쌍둥이들의 말이 맞았다. 시장은 시에나 듄스 마을을 안전하게 지키기 위해 몇 년 전 옆 마을의 제이든 대장을 고용했다. 그리고 제이든 대장은 약탈자들에 맞서기 위해 전사들을 모으고 이끌었다.

말은 그렇게 했지만 제타와 친구들은 점점 걸음을 재촉했다. 마을 벽에 도착했을 즈음에는 거의 달리는 수준이었다.

동이 트면서 마을 전체가 황금빛 안개로 뒤덮였다. 마치 모래 폭풍이 지나간 것처럼 말이다. 다만 이것은 완성되지 않은 벽의 빈 곳을 사람들이 서둘러 메우려다가 생겨난 모래 먼지일 뿐이었다. 사람들은 더 이상 노란색, 주황색, 황금색 테라 코타의 문양 따위에는 신경 쓰지 않았다. 그 대신 자갈, 사암 혹은 나무처럼 귀한 블록으로도 벽의 빈 곳을 메웠다. 심지어 본인 집의 블록을 가져다가 벽을 메우는 사람도 있었다. 마을을 둘러싼 벽은 하나의 거대한 모자이크처럼 보였다. 의미 없는 블록 조각이 되어 버린 것이다.

제타는 갑자기 공포에 사로잡혔다. 고작 석궁을 든 괴물이나 마녀 때문에 마을 사람들이 이렇게까지 난리를 칠 리 없었다. 분명 다른 일이 일어난 것이다. 무언가 큰일이 말이다.

마을로 들어서자 제이든 대장이 격식을 차린 듯 옷깃에 금빛 물방울무늬로 장식한 짙은 녹색 제복을 입고 큰 소리로 명령을 내리고 있었다. 슬라임 가게의 주인인 벤저민은 그레이트 리프트에 있는 깊은 동굴에서 슬라임을 사냥하거나 가게를 돌보느라 바쁘지 않을 때는 부대장 역할을 했다. 둘은 전투력이 있는 마을 사람들을 모아 벽 주변 요충지로 이동시켰다.

"무슨 일이에요?"

레인이 제이든 대장에게 다급하게 물었다.

"저희가 도울 일이 있을까요?"

"동쪽에서 우민들이 접근하고 있는 걸 발견했다. 규모가 커. 이 정도로 대대적인 습격은 처음 본단다."

제이든 대장의 몸은 경직되어 있었다. 마치 검을 꺼내들 시간을 초 단위로 세고 있는 것처럼 말이다.

"너희는 우선 벽의 빈 곳을 메우는 것부터 돕고, 그다음에 무기를 들고 오렴. 꽤나 흥미로운 전투가 되겠는걸."

제타와 친구들은 고개를 끄덕인 후, 제이든 대장이 더 많은 전사들을 모으러 자리를 뜨자마자 한자리에 모였다.

"너희는 어떤 블록 갖고 있어?"

리프트는 자기 주머니를 꺼내 벽을 지을 만한 아이템을 찾으며 물었다. 그러고는 사암 블록을 몇 개 꺼냈다.

"벽 따위는 생각하지 말고 무기에나 집중해."

레인이 말했다.

"갖고 있는 막대기를 모두 줘. 제타는 할아버지 농장에 있는 닭 털 좀 가지고 와."

제타는 레인이 명령을 내리는 게 마음에 들지 않았다. 게다가 그깟 화살 몇 개로는 별 도움이 될 것 같지 않았다. 지금 이 마을에 필요한 것은 전투에서 이길 확률을 높이는 것이었다. 그렇다. 시에나 듄스에는 물약 제조사가 필요했다.

"그렇게 멀리까지 갔다 올 시간 없어."

제타가 소리쳤다.

"만약 내가 시간 내에 물약을 만들 수 있으면 이 전투는 우리한테 유리할 거야. 시장님께 마을 창고에서 블레이즈 막대기를 내어 달라고 하면 돼. 그러면 힘의 물약을 만들 수 있어."

"시장님이 허락 안 하실 거야."

리프트가 말했다.

"그리고 만약 시장님이 허락하신다고 해도 제대로 된 힘의 물약을 만들어 본 적은 있어?"

제타는 볼이 벌겋게 달아올랐다.

"없어. 하지만 어떻게든 도움이 될 수 있을 거야. 넌 원하면 가서 벽이나 메워. 벽이 무너지고 나서 도와달라고 쪼르르 달려오지나 마."

제타는 화를 삼켰다. 의도했던 것보다 말이 더 세게 나왔다. 친구들이 어떤 의도로 말한 것인지는 알았지만, 자신이 친구들을 믿는 것만큼 친구들도 제타를 믿어 주길 바랐다.

제타는 씩씩대며 마을 건물로 갔다. 그곳에 다다르니 맥신 시장이 정문 계단에 서서 전투에 참여하지 않은 넋 빠진 마을 사람들을 건물 안쪽의 마을 창고로 안전하게 피신시키고 있었다. 제타가 시장에게 블레이즈 막대기에 대해서 물어보려는데, 제타의 아버지가 숨을 헐떡이며 달려왔다.

"제타! 여기 있었구나, 천만다행이야."

이렇게 말하고는 제타에게 테라 코타 한 무더기를 안겼다.

"자, 동쪽 벽 끝에 아직 메워야 할 커다란 구멍이 있단다. 이걸 들고 가서 구멍을 메우고, 그다음에 여기 있는 걸 더 들고 가렴. 습격 전까지 십오 분 정도 시간이 있을 것 같구나."

"안 돼요, 아빠. 저는……."

제타는 입술을 깨물었다. 하지만 물약에 대해서 말을 해야 했다.

"그동안 물약 제조를 해 오고 있었어요. 그러니까 제가 만든 물약이 도움이 될……."

"제타, 쓸데없는 마법 따위에 낭비할 시간이 없단다. 벽에 집중해. 시장님의 명령이야."

"네 아버지 말씀이 옳단다, 제타."

맥신 시장이 근엄하게 말했다. 시장의 목소리는 평소에도 지나치게 날카롭고 위협적이어서 제타는 가끔 저 목소리 때문에 시장에 당선된 게 아닐까 생각한 적도 있다. 시장에게 맞서려는 사람은 아무도 없었다. 하지만 제타는 단념하지 않았다. 제타는 자신을 믿었다. 비록 아무도 제타를 믿어 주지 않았지만.

"맥신 시장님, 블레이즈 막대기가 필요해요. 막대기를 가루로 갈아서 최전방에 있는 전사들에게 필요한 힘의 물약을 만들수 있어요!"

시장이 눈썹에 힘을 주자 제타를 노려보는 것처럼 보였다. 시장은 누구든 자신에게 맞서는 걸 싫어하는 게 분명했다.

"제발요, 시장님……."

제타는 한 번 더 부탁했다.

"마을에서 마법을 사용하는 걸 좋아하시지 않는 건 알아요. 하지만 만약 저에게 기회를 주신다면 마법으로 얼마나 큰 변화를 가져올 수 있는지 꼭 보여 드릴게요."

시장은 제타의 아버지와 의미심장한 눈빛 교환을 했다. 제타는 무슨 일이 벌어지고 있는지 알아챌 수 없었다.

"아버지 말씀 들으렴, 제타."

시장은 이렇게 말하고는 몸을 돌려 가 버렸다.

"쓸데없는 마법."

제타는 읊조렸다. 아버지와 시장은 마법을 시시한 시간 낭비라고 생각했지만, 제타는 기회라고 여겼다. 하지만 어떤 이유에서인지 두 사람은 마법을 받아들이려 하질 않았다.

제타의 아버지는 제타를 쳐다보지도 않은 채 그녀의 발밑에 테라 코타 블록 예순네 개를 내려놓았다. 그러고 나서 아버지는 북쪽 벽을 향해 달려갔다. 제타는 테라 코타 블록을 들고 동쪽 벽 끝으로 향했다. 벽에 난 구멍은 꽤 컸다. 제타는 손을 최대한 빨리 움직여 블록 세 개를 구멍 위쪽에 채워 넣었다. 제타의 심장은 화로 가득 차 있었고, 그 덕에 일을 빨리 할 수 있었다.

멀리서 나팔 소리가 들려왔다. 제타는 벽 꼭대기로 올라가 눈을 가늘게 뜨고 햇빛이 뜨거운 모래에 반사돼 신기루처럼 반짝이는 광활한 사막 언덕 너머를 바라봤다. 그 언덕 너머로 잿빛 깃발이 나타났다. 제타가 있는 곳에서 이백 미터도 안 되는 거리였다. 습격자의 규모는 대단했다. 여덟, 아홉, 열……. 숫자는 셀수록 커져만 갔다. 스물이 넘는 침입자들은 도끼나 석궁을 들고 있었고, 사이사이에 마녀도 끼어 있었다.

그때 무언가를 본 제타는 벽 아래로 균형을 잃고 떨어질 뻔했다. 사실 발밑에서 느껴지는 우레와 같은 진동과 어금니까지 전해 오는 충격 때문에 그 무언가를 보기 전에 이미 눈치를 채긴 했다. 네 발 달린 거대한 괴물이 쿵쾅거리며 다가오고 있었다. 괴물의 두꺼운 잿빛 가죽 위에는 쇠사슬 갑옷이 둘러져 있었고, 단단한 물질로 단련한 것 같은 뿔도 달려 있었다. 제타는 지금까지 저런 괴물에 대해서는 들어 본 적도 없었다.

제타가 서 있는 곳 바로 아래에 마지막 블록이 채워졌다. 사람들은 때맞춰 벽을 완성하였다. 하지만 제타는 그 벽만으로는 부족할 것 같은 기분이 들었다. 아니, 어림도 없을 것 같았다.

제타는 벽에서 뛰어내려 다시 시장에게 달려갔다.

"시장님! 다시 한 번만 생각해 주세요. 언덕 너머로 괴물이 다가오고 있다고요! 아직 힘의 물약을 만들 시간은 충분해요."

침입자들이 이미 마을 아주 가까이까지 왔는지 우레와 같은 발자국 소리에 땅은 더욱 심하게 흔들렸다. 제타의 발 주변에 있던 자갈들이 통통 튀어 올랐다.

"네 말은 잘 들었다. 하지만 저 벽이 버텨 줄 거야. 이미 실험도 했단다. 벽은 반드시 버텨 낼 거란다."

같은 말을 두 번씩이나 하는 맥신 시장을 보며, 제타는 혹시 시장이 자신의 말을 사실이라고 믿기 위해 노력하는 건 아닐까 생각했다.

"왜 허락해 주시지 않는 거예요? 어째서 아무도 마법을 쓸 생각을 안 하는 거죠?"

시장은 인상을 찌푸렸다.

"그건 네 아버지께 여쭤봐야 할 질문 같구나."

제타의 눈이 커졌다. 왜 아빠에게 물어보라는 거지? 시에나 듄스의 문제는 모두 시장님이 알아서 할 일 아닌가? 제타는 시장에게 더 많은 질문을 하려고 했지만, 그 순간 동쪽 벽을 쿵쿵 치는 큰 소리가 났다. 마을 사람들은 일제히 멈춰 서서 다시 한 번 벽이 울리는 걸 지켜봤다. 마치 문을 열어 달라고 커다란 주먹이 노크를 하는 것만 같았다.

"제발 버텨 줘."

제타는 스스로에게 속삭였다.

또 벽이 울렸다. 이번에는 벽에 금이 생겼다.

"벽이 부서진다!"

제이든 대장이 외쳤다. 대장은 마치 눈앞에서 벌어지고 있는 상황을 믿을 수 없다는 듯이 머리를 흔들었다.

"알 수가 없군. 이렇게까지 우민들이 많이 쳐들어 온 적이 없었는데 말이야. 앞쪽에는 도끼를 든 변명자들이 있고, 그 뒤에는 석궁을 든 약탈자들이 있어. 그리고 저 괴물까지……."

대장은 무너지기 직전의 벽 쪽으로 전사들을 보냈다. 또다시 크게 쿵쿵거리는 소리가 들렸고, 테라 코타 먼지 구름은 순식간에 하늘을 가득 메워 실제 피해의 규모를 가렸다. 몇 초 후, 제타는 우민들의 쿵쿵거리는 소리와 점점 커져 가는 벽의 구멍으로 쏟아져 들어오는 침입자들의 무기가 서로 부딪히는 소리를 들었다. 마을 사람들은 비명을 질렀고, 무너지면서 깨진 블록 파편을 피하기 위해 사방팔방으로 도망쳤다. 화살이 날아들었다.

눈앞에서 대학살이 벌어지는 것을 목격한 제타는 손이 떨렸다. 지금쯤 양조기가 데워지고 있으면 좋겠다고 생각했다. 제타는 사람들에게 자신이 도움을 줄 수 있다고 믿었다. 상처를 치료하거나 속도를 높여 줄 수도 있고, 전사들이 위험을 피하거나 적을 혼란에 빠뜨릴 수도 있었다.

"아아아아!"

약탈자들 중 하나가 소리쳤다. 잠깐, 약탈자는 석궁을 들었지? 그러면 소리를 친 건 변명자인가? 제타는 각각의 우민들을 정확히 뭐라고 불러야 할지 몰랐다. 하지만 우민들이 마을에 쳐들어오지 않기를 원한다는 것만큼은 정확히 알았다. 약탈자들은 제타로부터 이 미터도 채 안 되는 곳에 있었다. 제타는 자신이 만들 물약에 대한 상상에 빠진 나머지 약탈자들이 가까워지는 걸 알아차리지 못했다. 약탈자들은 이제 제타를 향해 도끼를 휘두르고 있었다.

그때, 화살 하나가 제타의 어깨를 스치고 날아가 약탈자의 가슴에 꽂혔다. 곧이어 또 다른 화살이 뒤따랐고, 약탈자는 제타의 바로 앞에서 쓰러지더니 연기가 되어 사라졌다. 제타가 뒤를 돌아보자 레인이 종탑 창가에 서 있었다. 레인은 이미 다음 목표물을 향해 열심히 활을 쏘고 있었다.

제타는 심장이 땅으로 꺼지는 것 같았다. 제타는 친구들을 도와야 했다. 아까는 제대로 된 도움이 되지 못했지만 이번에는 잘할 수 있었다. 제타는 레인이 쏜 빗나간 화살들을 모으러 다녔다. 그러고는 서둘러 종탑 위로 이어지는 삐걱거리는 다리를 올라 레인에게 갔다. 이렇게 하면 레인의 화살이 조금이나마 천천히 줄어들 것이다. 제타는 또다시 화살을 주우러 내려가서 허리를 숙여 사암에 박힌 화살을 끙끙거리며 **빼냈다**. 몸을 일으키자 제타는 제이든 대장과 정면으로 마주쳤다.

"네 친구가 아주 명사수구나. 이걸 친구에게 주렴."

대장이 제타에게 보랏빛으로 빛나는 활을 건네며 말했다.

"이거 혹시……."

"마법을 부여한 활이란다."

제이든 대장이 재빨리 대답했다.

"이 활은 화살이 무한으로 나오고 게다가 강력하지."

"그런데 시장님이……."

제타가 입을 뗐다.

"시장님의 반응은 전투에서 이기고 나서 걱정하자꾸나."

제타는 입을 벌린 채 대장을 쳐다봤다. 이 일로 대장이 곤란해질 수도 있다는 걸 알고 있었다. 시장은 마법이라면 무엇이든 사용하는 걸 싫어했다. 반면에 제이든 대장은 시에나 듄스 출신이 아니었기 때문에 마법에 악감정을 갖고 있지 않았다.

제타는 이 활을 받고 무척 기뻐할 레인을 떠올리며 고개를 끄덕였다. 제타는 보랏빛 활을 친구에게 전달하기 위해 종탑으로 발길을 돌렸다.

하지만 전투 현장을 가로지르면서 제타는 시에나 듄스 마을 사람들이 전사가 아니라 그저 평화로운 일상을 살던 사람들이란 걸 명백하게 알 수 있었다. 식료품점에서 일하는 젊은 글로리아나는 약탈자들의 화살을 피해 당근과 사과를 던져 댔고, 마을 최고의 광부 중 한 명인 밀로는 마녀를 향해 두툼한 철 곡괭이를 휘둘렀다. 이처럼 마을 사람들은 싸울 준비도 되지 않았을 뿐더러, 우민들의 적수도 되지 못했다.

비록 머릿수에서는 마을 사람들에게 밀리지만, 전투 능력에서는 유리한 위치에 있는 우민들은 마을을 쑥대밭으로 만들었다. 마을 사람들이 힘을 합쳐 우민들에게 맞서려고 할 때마다 갑옷을 입은 괴물이 달려드는 바람에 사람들은 뿔뿔이 흩어져 도망갈 수밖에 없었다.

우민들은 손에 닿는 모든 것들을 부쉈고, 값이 나가 보이는 것들은 모조리 챙겼다. 물론 마을에서 가장 귀중한 것들은 창고 안에 숨겨져 있었다. 제타는 그런 사실에 안심했다. 다행히도 우민들은 그 사실을 모르거나 열쇠 잠금 장치가 된 피스톤 문을 작동시키는 방법을 알지 못했다.

레인에게 활을 전달하려던 제타가 종탑에 도착하기 전, 갑옷을 입은 괴물이 도서관이었던 건물의 정면 벽을 들이받아서 수십 개의 아기 선인장을 망가뜨리는 모습이 보였다. 괴물은 퇴비 통까지 망가뜨리고는 농장이 있는 남쪽으로 향했다. 할아버지의 밀밭이 괴물의 발에 짓밟히는 걸 본 제타는 움찔했다. 마을 사람들에게는 밀이 필요했다. 저 밀은 유일하게 창고에 보관하지 않은 마을의 귀중품이었다. 비축은커녕 마을 사람들이 먹기에도 충분하지 않은 양이었다.

제타는 마을의 농장을 구하기 위해 무엇이든 해야 했다. 그 순간, 제타는 자신에게 마법이 부여된 활이 있음을 깨달았다. 한 번도 활을 쏴 본 적은 없지만 레인이 쏘는 건 수백 번도 더 봤다. 어려워 봤자 얼마나 어렵겠어? 그리고 저 괴물은 화살이 빗나가기에는 덩치가 너무도 컸다.

제타는 화살을 활시위에 걸고 최대한 팽팽하게 줄을 당겼다. 그러고는 줄을 놨다. 그런데 어찌된 일인지 제타의 손에는 활이 아닌 화살만 남아 있었다. 활은 정면으로 날아가 괴물의 네모난 이마를 쳤다. 괴물은 짜증이 난 듯 제타를 쳐다봤다. 짐승은 넓은 콧구멍을 벌렁거리더니 세차게 발을 굴러 보랏빛 마법 활을 산산조각 냈고, 제타를 향해 다가왔다.

제타는 이를 악물었다. 이 사실을 알면 레인은 절대 제타를 용서하지 않을 것이다.

하지만 적어도 짐승은 밀밭을 망가뜨리는 일에 흥미를 잃었고, 그 대신 제타를 목표로 삼은 듯했다.

제타는 소리를 질렀다. 레인은 괴물에게 화살을 여러 발 쐈다. 하지만 괴물은 조금도 당황하지 않는 듯했다. 반짝이는 보랏빛 활에 얼굴을 맞아서 자존심에 상처만 입었을 뿐.

제타는 최대한 빨리 마을 광장으로 달려갔다. 중간중간 뒤를 돌아보면서 괴물과 얼마만큼 떨어져 있는지 확인했다. 보통 때 같으면 괴물을 따돌릴 수 있었겠지만, 지금은 넘고 피해야 할

장애물이 너무도 많았다. 반면 괴물에게 그것은 별다른 장애물이 되지 않는 듯했다.

다시 정면을 바라보았을 때, 제타는 자기 앞에 서 있는 맥신 시장을 봤다. 시장은 달려오는 제타를 막기 위해 양팔을 벌리고 있었다. 제타는 너무 빨리 달려오는 바람에 멈추지 못하고 시장과 부딪혔다. 괴물이 가까워지자 땅이 천둥 치듯 울려 댔다. 시장은 벌떡 일어서서 뛰었고, 괴물은 제타를 지나쳐서 이번에는 맥신 시장에게 집중했다.

안 돼. 시장은 빠르지 못했다. 괴물은 날아오는 화살에 조금도 움찔하지 않고 시장을 따라잡았다. 제타는 떨어트린 주머니를 주워서 투명화 물약을 찾았다. 물약이 제대로 효과를 보여 줄지 확신은 없었지만 지금으로써는 선택의 여지가 없었다. 조금만 더 지체했다가는 시에나 듄스는 시장을 잃을 판이었다.

제타는 맥신 시장을 향해 물약을 던졌고, 바라던 결과가 나오기만을 바랐다.

유리병은 크게 포물선을 그리며 공중을 날아서 시장의 어깨에 부딪혔다. 유리병에 맞은 시장은 "아야" 하는 소리를 냈고, 이내 주변은 마법 가루 안개에 갇혔다. 적어도 무슨 일이 벌어지고 있는 것 같긴 했다. 바닥 부근에 있던 안개가 걷히자, 시장의 발이 보이지 않았다.

제타가 해낸 것이다! 하지만 안개가 점차 더 걷히자 제타는 당황했다. 맥신 시장의 상반신은 여전히 그대로였다. 다만 머리는 없었다. 그 모습을 본 괴물은 기겁하더니 겁에 질린 돼지 울음소리를 내며 동쪽 벽에 있는 구멍을 통해 사라졌다.

제타의 마법 덕분에 상황이 유리해진 것이다. 비록 제타가 바라던 결과는 아니었지만. 가장 강력한 무기가 사라지고 나니, 마을 사람들이 남은 우민들을 손쉽게 처리했다.

결국 해냈다! 마을 사람들은 본인의 마을을 약탈로부터 지켜낸 것이다. 하지만 그들의 승리에는 대가가 따랐다. 전투로 인한 피해를 깨끗이 정리하기까지 최소 몇 주는 걸릴 것이다. 또 얼마나 많은 목숨이 희생되었는가. 모든 게 먼지투성이였고, 마을은 슬픔에 잠겨 있었다.

"나한테 무슨 짓을 한 거니?"

시장이 제타에게 소리를 질렀다. 시장은 무척 화가 난 듯 보였고, 여전히 무서워 보였다. 그리고 비록 팔 두 개와 상체뿐이었지만 자신을 분명 노려보는 것 같았다.

"저…… 그게……."

제타는 말을 더듬었다. 제타는 자신이 시장의 목숨을 살리고 삼 톤짜리 살인 맹수를 마을에서 쫓아냈다는 사실을 알고 있었지만 그렇게 대답하면 안 될 것 같았다.

"저도 모르겠어요. 하지만 고칠 수 있어요!"

제타는 종종걸음으로 농장에 가서 양동이를 들고 소가 있는 목초지를 두리번거렸다. 애슈턴이 모퉁이에 앉아 있었고, 그의 무릎에는 커다란 소고기 덩어리가 놓여 있었다.

"진저?"

제타는 진저의 이름을 소리 내어 말하자마자 목에 무언가가 걸린 기분이 들었다. 애슈턴은 고개를 들어 눈물이 고인 눈으로 제타를 쳐다봤다. 입술이 떨리고 있었다. 마을의 유일한 소였다. 즉, 이젠 마법을 되돌릴 우유를 구할 수 없었고, 시장은 마법의 기운이 사라질 때까지 하반신이 보이지 않는 채로 지내야만 했다. 하지만 제타가 걱정하는 건 그게 아니었다. 제타는 애슈턴의 등을 쓸어내리며 꼭 안아 주었다.

"미안해, 애슈턴."

"진저는 착한 소였어."

애슈턴이 중얼거렸다.

좀 전까지만 해도 제타는 우민들 때문에 겁을 먹었지만, 지금은 제타의 내면에서 무언가가 끊어지는 듯한 느낌이 들었다. 복수가 하고 싶었다. 우민들은 애슈턴의 소를 죽였고, 애슈턴에게 큰 상처를 남겼다. 우민들은 제타의 마을을 망가트렸다. 이들은 죗값을 치러야만 한다. 제타는 배울 수 있는 모든 걸 배우고, 특히 제대로 된 물약 제조 방법을 배우겠다고 다짐했다.

"제타, 다행이구나. 거기 있었어!"

제타의 아버지가 제타를 향해 달려왔다.

"다친 데는 없니?"

"없어요, 전 괜찮아요. 애슈턴도 괜찮고요."

제타가 말했다.

"제타가 약탈자들로부터 저희를 구해 줬어요."

레인이 활을 거두고 달려왔다. 레인이 경계를 늦추고 활을 거뒀다면 다들 안전하다는 뜻이었다. 적어도 지금은 말이다.

"제타는 영웅이에요!"

"아니요, 제타는 우리 마을의 위협거리입니다! 말썽꾸러기일 뿐이라고요."

어디선가 시장의 목소리가 들려왔다. 시장의 머리 없는 상반신이 지나갈 때마다 비명이 터져 나왔다.

"제타가 나에게 한 짓을 보세요!"

제타의 아버지는 뒤로 휘청하며 자신이 무엇을 보고 있는지 어리둥절해했다.

"맥신 시장님? 시장님이세요?"

"제타, 네가 분명 고칠 수 있다고 했으니 당장 고쳐 놓으렴!"

시장이 말했다.

"우유만 마시면 돼요."

제타는 양동이를 가슴팍에 끌어안으며 작은 목소리로 말했다. 시장이 양동이를 집어서 들이마시려고 했지만 양동이는 비어 있었다. 제타는 맥신 시장의 눈이 여전히 보이진 않았지만 자신을 강렬하게 노려보고 있는 것처럼 느껴졌다.

"그런데 우유가 없어요. 마을의 유일한 소가 우민들의 습격을 받아 죽었거든요."

"그러면 난 도대체 언제까지 이 상태로 있어야 하는 거지?"

시장이 물었다.

"저도 모르겠어요, 시장님."

제타가 소심하게 대답했다.

"그래서 마법을 쓰면 안 된다고 한 거란다."

제타의 아버지가 말했다.

"쓸데없고 거짓된 희망만 줄 뿐이거든."

"하지만 우민들이 다시 공격하면 어떡해요? 제가 연습을 더 해서 실력이 좋아지면 도움이 될 수 있을 거예요. 제발요!"

"마을을 지키는 문제는 어른들에게 맡기렴."

제타의 아버지는 가슴을 활짝 펴며 말했다.

"우리는 다시 벽을 세울 거란다. 이번에는 더 두껍게 세울 거야. 시에나 듄스에 마법 따윈 필요 없어. 예전에 네 고모한테도 이 이야기를 수천 번이나 했지만 결국은 그렇게 돼 버렸지! 정신이 나갔어. 산골짜기 집에 혼자 처박혀 지내면서 온통 머릿속에는 네더 잡초니 발광석이니 마그마 소스 같은 것들에 관한 생각뿐이잖니. 나는 마법 때문에 누나를 뺏겼단다. 그런데 내 딸마저 **빼앗길** 수 없어."

아버지가 손을 내밀었다.

"양조기 이리 주렴. 네가 갖고 있는 거 다 알고 있단다."

제타는 아버지의 말을 거역하기 싫었다. 특히 이렇게 많은 사람들이 지켜보는 앞에서는 말이다. 주변에 서서히 구경꾼들이 모였고, 여기저기서 수군대는 소리가 들렸다. 제타가 영웅이라는 사람도 있었고, 위협거리라는 사람도 있었다. 다들 무슨 말을 믿어야 할지 몰랐다. 제타는 양조기를 건넸다.

"블레이즈 가루가 얼마나 위험한지 알기나 하니?"

아버지는 머리를 절레절레 흔들며 물었다.

"폭발을 일으킬 **뻔했어**!"

62

제타는 눈썹을 비비며 어깨를 으쓱했다. 폭발에 그슬려 까슬까슬해진 눈썹은 블레이즈 가루의 폭발력을 당혹스럽게도 잘 상기시켜 줬다. 그렇기 때문에 이 가루는 물약을 만들거나 축제 때 폭죽을 만들 때 훌륭한 연료로 쓰이는 것이다. 하지만 양조기 안에 있는 블레이즈 가루는 겨우 한 줌 정도 밖에 되지 않았다. 큰 피해를 입히기에는 충분하지 않은 양이었다.

"다들 그만 쳐다보고 마을을 좀 치웁시다!"

시장은 소가 없는 목초지를 가득 메운 불편한 침묵을 깼다. 그러고는 두 팔을 공중으로 높이 들고 소리쳤다.

"누가 가서 우유 좀 찾아와요!"

제타는 발을 끌며 집으로 갔다. 기운은 없었지만 포기하고 싶진 않았다. 더 두꺼운 벽을 세운다고 해도 별로 도움이 되진 않을 것이다. 어째서 아버지는 소용도 없는 일에 그처럼 단호한 걸까? 시에나 듄스가 제타를 포기할지라도 제타는 자신의 마을을 포기하지 않을 것이다. 여기는 제타가 자란 곳이다. 친구들과 가족이 있는 곳이다. 그래서 제타는 최선을 다해 마을을 지키리라고 맹세했다.

제타의 아버지는 자신의 누나 메릴에 대해 언급했다. 제타는 고모에 대한 기억이 거의 없다. 메릴 고모는 제타의 어머니가 병으로 시름시름 앓다가 세상을 떠난 지 얼마 되지 않았을 때 마을을 떠났다고 들었다. 제타는 가족 중에 물약 제조사가 있다는 사실도 몰랐다. 어쩌면 제타는 고모에게서 가르침을 받을 수 있을지도 모른다. 그럴 가능성이 조금이라도 있다면, 시도

해 봐야 했다.

제타 아버지가 언급해 온 산은 단 하나뿐이었다. 제타는 침실 창문 너머를 바라봤다. 테라 코타 벽 위로 저 멀리 산꼭대기가 희미하게 보일락 말락 했다.

제타는 급히 아버지에게 애매모호한 내용의 메모를 남긴 뒤, 집 안을 뒤져서 음식을 챙겼다. 복도 옷장에는 먼지를 뒤집어 쓴 상자가 있었는데, 그 안에는 온갖 잡동사니가 들어 있었다. 그 안에서 제타는 낡고 갈라진 가죽 공책을 꺼냈다. 그것은 분명 제타 어머니의 공책일 것이다. 공책을 펼쳐 보니 사용하지 않은 듯 텅 비어 있었다. 이 공책에 고모로부터 배우게 될 물약에 대한 지식을 적으면 좋을 것 같았다.

상자 안에 있던 많이 신어서 편한 장화도 집어 들었다. 그 장화라면 사막 저편에 도사리고 있는 괴물들로부터 발을 보호할 수 있을 것이었다. 제타는 자주 접해 본 허스크보다 좀비는 더 짙은 녹색이고 살점이 많다는 이야기를 들은 적이 있었다. 그 밖에 또 어떤 위험들이 제타를 기다리고 있을까?

제타는 근심을 털어 내기 위해 머리를 흔들었다. 무서워할 시간 따위는 없었다. 제타는 갈 길이 멀었다. 높은 산도 올라야 했고, 마을도 구해야 했다.

5장

울창하게 우거진 가파른 산을 오르면서 제타는 벌써 다섯 번이나 정강이를 긁었다. 무작정 집을 뛰쳐나온 자신의 행동이 조금은 후회스러웠다. 하지만 제타는 포기하지 않고 걸어가는 내내 자신을 다독이며 사기를 충전했다. 터덜터덜 두어 시간을 걷고 나서야 사막을 가로지를 수 있었다. 그래도 사막에 있는 괴물들은 꽤 익숙했다. 비록 제타를 죽이고 싶어 안달이 난 괴물들이긴 했지만.

발밑으로 풀이 밟히기 시작하자 모든 게 변했다. 제타는 지금까지 한 번도 사막 밖을 나가 본 적이 없다. 지평선이 끝없이 이어진 사막에서는 제아무리 멀리 있는 크리퍼나 허스크도 눈에 잘 띄기 마련이었다. 하지만 이곳은 덤불과 수풀이 우거져서 괴물들이 몸을 숨기기에 안성맞춤이었다. 잔뜩 긴장한 제타는 걸음을 재촉해 나갔다.

잠시 후, 제타는 숨이 멎을 정도로 아름다운 꽃밭을 발견했다. 꽃들 사이로 작은 벌레들이 날아다녔다. 그 벌레가 벌이란 걸 제타는 뒤늦게 깨달았다. 벌은 꿀을 만든다. 꽃가루로 뒤덮인 벌의 엉덩이가 귀엽고 신나 보였다. 제타는 꽃을 하나 꺾어 벌에게 건넸다.

벌은 제타 바로 옆으로 날아와 꽃을 빨아 먹었다! 제타는 벌을 따라 벌집으로 갔다. 벌집에 가까워지자 벌집의 구멍구멍마다 황금빛 꿀이 흘러나오는 게 보였다. 자기도 모르게 입에 침이 고인 제타는 빈 병에 꿀을 조금 담았다. 이것이 큰 실수였다.

얌전했던 벌들이 별안간 사나워졌다. 벌들의 눈은 벌겋게 달아올랐다. 그 순간 제타는 벌에 대해 잊고 있던 사실을 하나 기억해 냈다. 벌에게는 침이 있다는 것 말이다.

두 마리의 벌에게 쏘인 제타는 고통에 비명을 질렀다. 그러고는 통증을 가라앉히기 위해 시원한 시냇물로 달려갔다. 시냇물에 몸을 담근 제타 옆으로 물고기가 지나가면서 발가락을 간질였다. 제타는 평온한 지금 이 순간을 만끽하며 해안가를 훑었고, 괴물들이 없다는 걸 확인했다.

그런데 제타의 발가락을 부드럽게 간질이던 느낌은 어느새 날카로운 허벅지 통증으로 바뀌었다. 고개를 숙여 물속을 쳐다보니 물 밑에서 좀비가 제타를 쫓고 있었다. 굉장히 질척질척한 형태의 허스크였다.

제타는 뭍으로 재빨리 헤엄쳐 나와 상처를 살폈다. 치유의 물약으로 상처를 치유할 수 있지만, 지금 제타에게는 치유의 물약이 없었다. 양조기도 없었다. 아버지에게 화가 난 나머지, 제타는 마을 사람들을 도울 수 있게 되면 그때 돌아오겠다는 쪽지만 남겨 두고 급하게 집을 떠났다. 몇 주가 걸릴지, 몇 달이 걸릴지도 모른다. 고모에게서 물약 제조에 관한 모든 지식을 전수받아 마을로 돌아올 수도 있고, 아니면 노력만 하다 자칫 목숨을 잃을 수도 있다. 벌에 쏘이고, 정강이는 간지럽고, 이젠 좀비까지 달려드니 후자가 되지 말란 법도 없어 보였다.

제타는 산을 샅샅이 살펴봤다. 하지만 주변은 모두 하나같이 똑같이 생긴 커다란 나무들뿐이었다. 그리고 지나갈 수 없는 구역도 있었다. 고모나 고모의 집 같은 건 흔적조차 찾을 수 없었다. 시간이 계속 흐르자 제타는 이대로 영영 고모를 찾지 못할 수도 있다는 현실을 깨달았고, 지금까지 이 모든 게 시간 낭비였다는 생각이 들었다. 제타는 자리에 주저앉아 울음을 터뜨렸다. 뜨거운 눈물이 제타의 뺨을 타고 흘렀다. 눈에서 흐르는 것보다 더 많은 물방울이 떨어졌다. 팔이며 목에도 흘렀다. 그리고…… 이마에서도?

제타는 눈썹을 만지작거리며 하늘을 올려다봤다. 비다! 비가 내리고 있었다! 제타는 살면서 비를 한 번도 본 적이 없었다. 제타는 자리에서 일어나 방방 뛰며 입을 벌린 채 빙글빙글 돌았다. 빗방울이 혀에 닿았다. 짜릿한 기분이었다. 빗방울이 떨어질 때마다 잎사귀들이 흔들렸다. 발밑에는 작은 웅덩이도 생겼다. 사막에서 물이란 생명과도 같은 것이다. 그리고 지금 여기에는 물이 잔뜩 있었다. 이것만으로도 이미 가치 있는 여행이

된 것이다. 설령 고모 집을 못 찾게 된다 해도, 오늘만큼은 영원히 기억에 남을 것이다.

비가 그치고 걷힌 구름 사이로 햇살이 비추자, 제타의 눈에 무언가가 들어왔다. 집이다! 분명 집이었다. 짙은 나무와 자갈로 지어진 집은 독특하면서도 깔끔했다. 창가 화단에는 꽃이 가득했고, 작은 정원에는 당근과 사탕수수 그리고 수박이 잔뜩 있었다! 잠금 장치가 되어 있는 울타리 너머에는 토끼들이 뛰놀고 있고, 현관 아래 어두운 모래에서는 네더 사마귀가 자라고 있었다.

"메릴 고모!"

제타는 이렇게 외치며, 고모가 무단 침입을 한 자신에게 독약을 던지는 일만은 제발 일어나지 않길 속으로 빌었다.

"메릴 고모, 저 제타예요. 칼의 딸 제타요."

아무 일도 일어나지 않았다.

토끼들은 제타가 다가가자 뿔뿔이 흩어져 도망쳤다. 제타는 집 안에서부터 풍겨 나오는 발효된 거미 눈 냄새를 맡을 수 있었다. 거미줄이 잔뜩 쳐진 창문 너머로 안을 들여다보니 양조기 네 개가 부글부글 끓고 있었다. 물약들은 제각기 다른 색이었고, 벽을 따라 쌓여 있는 저장 상자에는 블레이즈 가루, 팬텀막, 마그마 크림이라고 적힌 이름표들이 붙어 있었다.

제타는 흥분을 억누를 수가 없었다. 배울 게 너무나 많았다! 주머니 속에서 공책을 꺼내려는 순간, 단단한 손이 제타의 어깨를 잡고선 휙 돌렸다. 제타는 고모의 얼굴을 올려다봤다. 피부

색은 제타나 제타 아버지보다 짙은 갈색이었고, 풍성한 구름 같은 흰머리 사이에 검은 머리카락이 듬성듬성 남아 있었다. 고모는 제타 아버지보다 열다섯 살이나 많았지만 묘하게 아버지와 닮은 모습이었다. 확실히 유전의 힘이 강하긴 했다.

제타는 유전자만큼 가족의 정도 끈끈하길 바랐다. 만약 친고모한테 마법 공격을 당하면 제타는 정말이지 슬플 것 같았다. 물론 그만큼 끔찍한 죽음이 되기도 할 것이다.

고모는 말이 없었지만 화난 듯 노려보는 표정으로 보아 어떤 말을 하고 싶은지 알 것 같았다. 고모는 한때는 파란색이나 보라색이었을 테지만 이제는 색이 바랠 대로 바래 잿빛이 되어 버린 긴 드레스를 입고 있었다. 그리고 목에는 발광석이 금줄에 매달려 있었다. 고모에게서 풍기는 냄새는…… 자연 친화적이었다. 이것이 제타가 생각할 수 있는 가장 적절한 표현이었다. 흙이나 젖은 풀잎, 이끼 냄새가 났다.

"메릴 고모? 저는……."

"네가 누군지는 이미 충분히 들었단다. 여기까지 혼자 찾아온 걸 보니 돌아가는 방법도 알겠구나. 밤이 오기 전에 서두르는 게 좋을 거야."

메릴 고모는 잡고 있던 제타의 어깨를 놓아 줬다. 하지만 여전히 고모의 손바닥 힘이 느껴졌고, 어깨에는 끝내 멍이 생겼다. 고모는 제타에게서 등을 돌렸다. 엉성한 드레스의 끝자락이 땅바닥을 쓸었다.

"저를 쫓아내지 마세요."

제타는 절망적으로 말했다.

"저한테 물약 만드는 법에 대해서 알려 주세요! 마을이 우민들로부터 공격을 당했어요. 스무 명이 넘게 쳐들어왔다고요. 약탈의 규모는 갈수록 커지고 강해진다는 거 고모도 아시잖아요. 만약 제가 물약 제조법에 대해서 더 많이 알면 우민들을 마을에서 영원히 쫓아내는 데 보탬이 될 수 있을 거예요."

메릴 고모가 천천히 몸을 돌렸다.

"우민들……."

고모가 작게 말했다.

제타는 고개를 너무 세게 흔들어서 머리가 떨어질 수도 있겠다고 생각했다. 제타는 고모를 설득하기 위해 뭐라도 해야 했다.

"그동안 저 혼자서 물약 제조 연습을 했어요! 완전히 초짜는 아니지만, 그래도 아직 모르는 게 많아요. 종종 실수를 하거든요. 아니, 아주 많이요. 하지만 제 물약 덕분에 뿔 달린 커다란 짐승한테 깔려 죽을 뻔한 시장님을 구하기도 했어요."

"파괴수."

메릴 고모가 말했다. 고모의 목소리는 그동안 거의 말하지 않았던 것처럼 갈라져서 나왔다.

"그 정도 규모의 마을을 약탈하다니, 우민들이 대담했네. 우민들은 보통 자신들과 맞서 싸우지 못할 정도로 작은 규모의 마을을 고르거든. 물론 제대로 된 물약이라면 우민들을 막아 내는 데 도움이 될 거란다. 하지만 네 아버지가 기적적으로 마음을 바꾸지 않는 한 물약을 쓰는 걸 절대 허락하지 않을 거야. 네 아버지는 집안에 마법사가 한 명 더 나오는 꼴을 보느니, 차라리 본인의 코를 잘라 버릴 사람이거든. 그러고 보니 네 아버지는 네가 여기 온 줄 모르는 모양이구나."

제타는 어깨를 으쓱했다.

"제가 마을을 도울 준비가 되면 그때 돌아오겠다고 쪽지를 남겼어요. 산에 간다고는 말하지 않았어요."

"음, 말하지 않았어도 네가 여기로 온 걸 알고 있을 거야. 난 네 아버지가 내 집 앞에 나타나서 쓸데없는 마법 같은 걸로 자기 딸을 망치지 말라고 소리치는 모습을 보고 싶지 않단다."

메릴 고모는 몸서리를 쳤다. 얼굴은 여전히 엄중했다. 하지만 제타는 고모의 살짝 처진 어깨를 보며 어째서인지 마음이 조금 약해졌음을 알 수 있었다.

"일단 오늘 밤은 자고 가렴. 물약 제조법에 대해서 가르쳐 주진 않을 거지만, 집에 가져갈 수 있게 몇 병 만들어 주마. 네 아버지가 어디서 났냐고 물으면 직접 만든 거라고 하렴. 절대 내 이름은 꺼내면 안 된다. 우리 둘 다를 위해서 말이야."

제타는 애매하게 "네." 하고 대답했다. 고모가 왜 저렇게까지 야단인지 이해할 수 없었다. 지난 십삼 년 동안 남매 사이를 갈라놓은 불화가 아직 해결되지 않은 듯했다. 그리고 앞으로 십삼 년이 더 지난다 해도 해결되지 않을 것 같았다.

제타는 고모를 따라 집 안으로 들어갔다. 구석마다 낡은 상자들이 쌓여 있었고, 발효된 거미 눈 냄새가 배어 있었다. 비록 냄새를 덮기 위해 말린 꽃들이 걸려 있긴 했지만 말이다. 여러 개의 솥은 흐릿한 물로 채워져 있었고, 십 년 이상 먼지를 털지 않은 듯 구석진 곳이나 잡동사니 사이사이이마다 거미줄이 쳐져 있었다.

"아무거나 만지면 안 돼."

메릴 고모가 말했다.

제타는 실수로라도 통을 치거나 유리병이 가득 든 상자를 넘어뜨릴까 봐 몸을 거의 반으로 접어야 했다. 제타는 세계 곳곳에서 수집한 듯한 다양한 색깔의 물건들을 보고 눈이 커졌다. 사막에는 모래와 사암 그리고 선인장뿐이었다. 시에나 듄스의 몇 안 되는 색감은 모두 선인장 염료에서 온 것이었다. 녹색 의상, 녹색 가죽 갑옷, 녹색 침대, 녹색 유리. 축제 때는 녹색 불꽃놀이가 펼쳐졌다. 한번은 리프트가 장난으로 제타의 할머니와 할아버지 농장에 있는 양을 모두 녹색으로 염색해 버린 적이 있었다. 물론 할머니와 할아버지는 별로 재미있어하지 않았다. 양도 마찬가지였을 테고.

하지만 이곳에서는 모든 게 형형색색의 무지개 빛깔이었다. 제타는 이렇게 아름답고 매력적인 곳은 꿈에서조차 본 적이 없었다. 목재 마룻바닥은 굉장히 아름다운 청록색이었다. 방 가운데에는 네 개의 양조기가 작업대에 놓여 있었고, 작업대는 작은 사각형이 새겨진 라벤더 색 블록으로 만들어졌다. 그 뒤 벽에는 검은색 블록이 늘어져 있었는데, 그 안에서 보라색으로 반짝이는 액체가 흘러내리고 있는 모습이 마치 블록들이 울고 있는 것처럼 보였다. 으스스하면서도 묘하게 아름다웠다. 그 위로는 두 개의 커다란 상자가 있었다.

메릴 고모는 왼쪽에 있는 상자를 열었다. 삐걱거리며 열린 상자에서 황금빛이 뿜어져 나와 방 전체를 밝혔다. 제타가 슬쩍 안을 훔쳐보니 상자 안은 블레이즈 가루로 가득 차 있었다. 그 안에서 뿜어져 나오는 열기가 제타에게까지 전해졌다.

메릴 고모가 블레이즈 가루를 크게 한 숟가락 퍼내서 작업대 위에 조심스럽게 놓자, 가루가 성난 듯 지글지글 튀어 올랐다. 고모는 그 옆에 설탕과 반짝이는 수박을 올려놨다. 수박을 보자 제타의 입에 침이 고였다. 제타는 금을 입혀 만든 저 수박을 먹어서는 안 된다는 걸 잘 알고 있었다. 하지만 수박은 너무도 달콤하고 시원해 보였다.

고모는 집 안을 요리조리 다니며 잘 정리해 둔 재료들을 가져왔고, 제타는 그런 고모에게 방해가 되지 않을 정도로만 가까이 다가갔다. 거미줄이 쳐진 창가 밑에 놓여 있는 낡은 통 앞에서 고모는 더 이상 가까이 오지 말라는 경고의 눈빛으로 제타를 노려봤다. 하지만 그 눈빛은 오히려 제타의 호기심에 불을 붙이고 말았다. 제타는 그 통에 뭐가 있는지 너무도 알고 싶었다. 고모는 조심스럽게 안으로 손을 넣더니 눈물처럼 생긴 물체를 꺼냈다. 그 물체는 보석처럼 빛이 났다.

작업대에 조심스럽게 물체를 놓은 후에야 고모는 다시 숨을 쉬었다.

"그게 뭐예요?"

제타가 속삭여 물었다.

"가스트의 눈물이라는 거야."

메릴 고모가 대답했다.

"이건 굉장히 구하기 어렵단다. 그리고 매우 연약해. 아주 조금만 있어도 투척용 재생의 물약을 몇 개나 만들 수 있어."

제타는 말을 잃었다. 예상한 대로 순조롭게 진행되고 있었다. 아니, 상상 그 이상이었다. 제타는 고모가 물약을 제조하는 그 모습을 지켜봤다. 각기 다른 물약을 만드는 네 개의 양조기가 부글거리며 수증기를 뿜어 대자, 방은 곧바로 습해졌다. 치유, 힘, 신속, 재생의 물약이 만들어지고 있었다. 제타는 공책을 꺼내서 메릴 고모가 물약을 만들 때 쓰이는 재료의 양과 시간을 눈대중으로 적었다.

제타의 머릿속에 엄청나게 많은 질문이 떠올랐지만 도저히 물어볼 엄두가 나질 않았다. 고모가 물약을 만드는 모습을 지켜볼 수만 있다면 제타는 일 년도 기다릴 수 있을 것 같았다. 고모는 마치 음악을 만들 듯 움직였고, 제타는 그 음악을 망치고 싶지 않았다. 하지만 입 밖으로 말문이 터지고 말았다.

"이런 걸 다 어떻게 배우신 거예요?"

메릴 고모는 말이 없었다. 치유의 물약에서 뿜어져 나온 연기가 제타가 서 있는 곳까지 퍼졌다. 고모는 드디어 만족스러운 표정을 짓더니 불을 끄고 양조기에서 물약을 꺼내 식혔다.

"가장 큰 동기는 호기심이었어. 그리고 관찰력과 인내심 덕분이기도 했지."

제타는 고모의 말을 기다렸지만 고모는 더 이상 말이 없었다. 호기심을 자극하는 보랏빛이 감도는 재생의 물약이 완성되었다. 이어 피처럼 짙고 걸쭉한 힘의 물약이 만들어졌다. 마지막으로 신속의 물약을 양조기에서 꺼냈다. 제타는 그걸 보며 놀랐다. 하지만 어찌 보면 그게 논리적으로 더 맞는 일이었다. 속도는 시간이 필요하다. 제타는 그 사실을 공책에 적었다.

문제는 그게 아니었다. 제타는 아버지에게 양조기를 뺏겼다. 마을은 아수라장이었고, 제타는 남는 시간을 우민들의 약탈로 망가진 마을을 정리하는 데 써야 했다. 제타는 시에나 듄스를 사랑했다. 하지만 언제나 마음 한구석에 선인장 가시 같은 조그마한 분노가 뾰족하게 도사리고 있었다. 만약 제타가 시장에게 물약을 던지지 않았다면 사태는 아주 많이 심각해졌을 것이다. 그렇지만 아무도 그런 사실을 인정해 주지 않았다. 특히나 제타의 아버지가 말이다.

"왜 아빠는 마법을 믿지 않으시는 거예요?"

고모가 병마개를 닫는 걸 보며 제타가 순간 꽥 하고 외쳤다.

메릴 고모의 딱딱했던 모습이 순식간에 부드러워졌다. 고모는 한숨을 내쉬며 작업대를 툭툭 쳤다. 제타는 작업대로 올라가 걸터앉았다. 제타의 다리가 아이처럼 대롱거렸다.

"너를 보고 있으니 네 나이 때의 내가 생각나는구나. 네 물약으로 시장을 살렸다고 했지? 그 이야기를 더 해 보렴."

제타의 눈썹이 아치형을 그리며 둥그레졌다. 지금까지 아무도 제타의 물약에 관심을 보인 적이 없었다. 착한 리프트와 레인은 제타의 불평을 다 받아 줬다. 하지만 제타도 물약에 대한 자신의 진정한 열정을 친구들에게 모두 말할 수 없다는 걸 알았다. 그렇지 않으면 리프트와 레인은 지루함을 못 이겨 끝내 하품을 하고 말 테니 말이다. 하지만 지금 고모는 진심으로 제타의 이야기를 들을 준비가 되어 있어 보였다. 제타는 그동안 참고 참아 왔던 말들을 쏟아 냈다.

"투척용 투명화 물약이었어요. 그런데 레드스톤을 얼마나 써야 할지 몰라서 조금 많이 넣었나 봐요. 사실 깜빡하고 불에 오래 올려 두어서 너무 오래 끓이기도 했어요."

제타는 숨을 쉬기 위해 잠시 말을 멈췄다. 그러고는 습격 때 어떤 일이 있었고, 어떻게 시장을 팔과 상반신만 남기고 투명하게 만들었는지에 대해 설명했다. 또 그 모습에 약탈자들이 기겁을 하고 달아났다는 말도.

메릴 고모는 이야기를 듣는 내내 고개를 끄덕이면서 제타의 눈을 깊게 들여다보았다. 제타는 고모가 자신의 영혼까지 들여다보는 것 같은 기분이 들었다.

"마법은 예술이란다. 하지만 과학이기도 하지. 창의력과 엄격함이 모두 요구되거든. 그리고 절대로 해서는 안 되는 게 하나 있는데, 바로 딴 데 정신을 파는 거야. 단 몇 초 사이에 완벽한 물약이 재앙으로 변할 수 있거든."

제타는 고모의 이 말을 공책에 적기 위해 작업대에서 내려갔다. 하지만 고모는 고개를 저었다.

"글로 기록된 물약 제조법이 발견되지 않은 이유는 그것이 글로 기록되어서는 안 되기 때문이란다. 마법은 그 신비함이 완전히 알려지길 원하지 않아. 그리고 시간이 지나면서 조금씩 변하기 마련이지. 이 세계는 계속해서 변하잖아. 열린 마음을 갖고 있으면 분명 무언가를 발견할 수 있는 기회를 얻을 수 있어. 투명화 물약도 예전부터 있었던 건 아니었어. 그리고 약탈자들의 습격도 항상 있던 것은 아니었지. 변화를 학습하고 적응하는 게 우리의 일이야. 새로운 블록과 생물 군계를 발견하고, 이 세계를 바라보는 관점을 변화시킬 방법도 배워야 하지. 마법은 우리를 기다리고 있단다. 우리는 그저 그걸 찾아내기만 하면 돼. 그래서 예술이라는 거야. 듣고, 관찰하고……."

"인내심."

제타는 이렇게 말했다. 물론 자신은 인내심이 조금도 없다는 걸 잘 알고 있음에도 불구하고 말이다. 제타는 문득 고모가 자신의 아버지나 마법에 대한 아버지의 반감에 관한 이야기를 하다 말고 다른 이야기로 주제를 바꿨다는 걸 눈치챘다.

"그러면 어떻게 그 예술을 배울 수 있어요?"

제타가 물었다. 하지만 이미 답을 알고 있었다. 그리고 메릴 고모도 제타가 그 답을 알고 있다는 것을 알아챘다. 고모의 얼굴에 주저하는 듯한 표정이 선명하게 드러났다.

"훈련이지."

고모가 작게 말했다.

제타는 기분이 좋아졌다.

"그러면 고모가 저를……."

"아니."

고모는 제타의 말을 단박에 잘랐다.

"그럴 수는 없단다. 네 아버지가 절대 날 용서하지 않을 거야. 하지만 내가 마법에 대해 중얼거리면서 집 안을 돌아다니고…… 우연히 네가 그걸 뒤에서 들었다면……. 그러면 네 아버지가 나한테 화를 낼 이유가 없겠지?"

제타는 진심으로 고모의 말에 동의하며 고개를 끄덕거렸다.

"좋아요, 아주 좋아요!"

"단, 며칠만이야. 머지않아 네 아버지가 이리로 쳐들어올 테니까. 그런 일이 벌어지기 전에 너는 여길 떠나야 해. 네가 굉장한 걸 배우게 될 거라고 약속할 순 없지만 적어도 올바른 방법을 가르쳐 줄 수는 있어. 네 고향을 지킬 수 있도록 말이다."

메릴 고모의 입에서 나온 '고향'이란 단어가 왠지 추상적으로 들렸다. 시에나 둔스를 떠난 지 너무 오래 되어서 다시는 돌아갈 수 없을 것 같았다. 아버지와 고모 사이에 무슨 일이 있었는지는 몰라도 제타는 두 사람이 언젠가는 갈등을 풀었으면 좋겠다고 생각했다.

제타와 고모의 일과는 다음 날 아침 일찍부터 시작되었다. 고모는 제타 앞에 스튜 그릇을 내려놨다.

"연금술의 첫 번째 규칙. 절대로 빈속으로 물약을 만들지 말 것."

고모는 모락모락 연기가 나는 자신의 그릇을 저으며 말했다.

제타는 표면에 색색의 여러 가지 부스러기들이 뿌려져 있는 칙칙한 액체를 보며 침을 꿀꺽 삼켰다. 약간 수상해 보였다.

"음……. 혹시 이거 말고 다른 거 없어요?"

제타는 조심스럽게 물었다. 고모는 한숨을 쉬더니 상자에서 호박 파이를 꺼내 제타 앞에 놓았다. 그것을 본 제타의 눈은 빛이 났고, 파이를 통째로 입안에 쑤셔 넣었다. 양쪽 입가로 파이 부스러기들이 떨어졌다.

"점심에는 케이크를 먹을래요."

제타는 미소를 지으며 말했다.

메릴 고모는 인상을 썼다.

"케이크는 배 속에서 몇 분 정도만 남아 있다가 다시 배를 고프게 만든단다. 설탕이 기운을 일시적으로 북돋워 주는 것은 사실이지만, 호박 파이는 한동안 배 속을 든든하게 해 주는 데다, 비타민과 무기질 또한 가득 들어 있지."

제타는 고모와 눈이 마주치자, 웃음이 터져 나올 것 같았다. 파이는 아침 식사로 훌륭했다. 하지만 고모는 왠지 심각해 보였다. 시에나 듄스에서 먹던 할아버지의 한결 같은 아침, 점심, 저녁용 구운 감자보다, 수상하게 생긴 그 스튜보다 호박 파이가 훨씬 맛있어 보였다. 그래서 제타로서는 불만이 없었다.

메릴 고모는 주머니를 들고 밖으로 나갔다. 제타는 입안에 있는 음식을 삼키면서 고모를 뒤따라가 집 뒤 잠금 장치가 있는 울타리 쳐진 밭에서 당근을 뽑는 걸 지켜봤다. 토끼들이 다가오자, 고모는 커다란 당근을 던져 줬다.

"할 수 있으면 직접 재료를 기르는 게 좋아. 그래야 신선한 재료를 확보할 수 있거든. 예를 들어서 당근은 아직 부드러울 때 뽑아야 해. 계절이 지나도록 내버려 두면 단단해지고 효능도 떨어지지. 사용하기 며칠 전에 뽑으면 돼. 그리고 수분이 날아가지 않도록 녹색 이파리 부분은 떼고 저장해야 한단다."

제타는 고개를 끄덕였다. 그러고는 당근을 한 개 뽑아서 주변을 기웃거리는 갈색 토끼를 향해 들어 보였다. 토끼는 제타의 등장에 당황한 듯했다. 제타는 당근을 좀 더 가까이 가져가 댔다. 그러자 토끼가 제타에게 몇 발자국 다가왔다. 긴장한 채 코를 씰룩거렸다. 마침내 당근을 문 토끼는 매우 행복해 보였다.

"이 토끼들한테 이름이 있어요?"

제타는 갈색 토끼의 귀 뒤를 긁어 주려고 손을 뻗었지만, 토끼는 깜짝 놀라며 당근을 물고 정원 저편으로 도망쳤다.

"아니, 너무 정을 붙이면……."

고모가 말했다.

"우리가 도약의 물약까지 만들 시간은 없겠지만, 너도 알다시피……."

"아."

제타는 도약의 물약을 만드는 재료에 토끼 발이 들어간다는 걸 기억했다.

"네."

할아버지 농장에서 오랜 시간을 보내면서 제타는 동물들에게 너무 정을 붙이면 안 된다는 걸 알았다. 머지않아 그 동물들은 누군가의 저녁 식탁에 오르게 될 테니 말이다.

"반대로 발효된 거미 눈은 아주 오래 저장해도 괜찮아. 그건 오래될수록 좋단다. 내가 갖고 있는 거미 눈 중에는 너보다 나이가 많은 것도 있어."

메릴 고모의 딱딱했던 태도가 부드러워졌다. 제타는 고모에 대한 기억이 별로 없었다. 하지만 제타의 부모님이 모두 일을 하러 갔을 때, 둘이서 오랜 시간을 보낸 적이 있었다.

고모는 정원에서 가져온 수박, 사탕수수, 버섯 같은 다양한 재료를 주머니에 넣었다. 그러고는 다시 집으로 돌아갔다. 고모는 현관 아래 어둠 속에서 조용하게 자라고 있는 네더 사마귀를 확인했다. 하지만 그곳이 아주 조용한 것만은 아닌 듯했다. 분명 속삭이는 소리가 들렸기 때문이다. 제타의 목 뒤의 털들이 곤두섰다. 제타는 고모가 집게손가락 끝으로 붉은색 사마귀들 사이를 부드럽게 헤쳐 그중 몇 개를 따 가방 속에 넣는 걸 보고 도망치고 싶은 마음을 간신히 참았다.

"네더 사마귀 냄새는 좀 어떻게 할 수 없나요?"

제타는 간단한 마법이 있기를 바라며 물었다. 후각을 사라지게 해 주는 물약 같은 것 말이다.

"갓 꺾은 꽃을 말려서 주변에 두렴. 포푸리를 병에 넣어 놔. 그럼 조만간 익숙해질 거란다."

고모는 인상을 썼다.

"완전히 익숙해지진 않지만 말이야. 네더 사마귀는 오래될수록 냄새가 지독하니까 최대한 신선한 걸로 준비하렴. 즉, 너만의 농장이 필요하단 뜻이야. 네가 가져갈 수 있게 영혼 모래 블록을 몇 개 주마. 하지만 안전하게 보관해야 해. 나쁜 사람 손에 영혼 모래가 들어가면 아주 심각한 문제가 일어날 수 있거든. 네가 자주 드나드는 곳에 네더 사마귀 농장을 만들어야 해. 오랫동안 방치해서는 안 돼. 특히나 동물이 주변에 있다면 말이야. 다른 사람의 이목을 끌 만한 곳도 좋지 않아. 하지만 네가 자는 곳에서 적어도 열 블록은 떨어진 곳이어야 해."

제타는 심각한 표정으로 고개를 끄덕였다. 고모가 어서 집 안으로 들어가 물약을 제조하길 바랐다. 속삭임은 더더욱 커졌다. 제타는 저 사마귀들이 생기 없는 차가운 손가락처럼 자신의 피부를 쓸어내리는 것 같았다.

고모는 물약 재료가 한가득 든 주머니를 툭툭 치며 현관으로 올라갔다. 제타는 고모 뒤를 종종거리며 따라갔다. 하지만 문 안으로 들어서려 하자 고모가 손으로 막고 나섰다.

"아직 안 돼. 너도 네 재료를 가져오렴."

"하지만 방금……."

제타가 말을 더듬거렸다.

"아니, 방금 나는 내가 쓸 재료만 가져온 거란다. 이제 너도 직접 필요한 재료를 가져오렴. 좀 전에 내가 말한 걸 잘 기억하고 있다면 아무 문제없을 거란다."

제타는 침을 꿀꺽 삼켰다. 차가운 손이 자신의 손목을 감싸며 잡아당기는 느낌에 화들짝 놀랐다. 그러나 아래를 쳐다봐도 아무것도 없었다.

"괜찮아. 아무 일도 없을 거야."

제타는 스스로를 다독였다.

"수천 년 동안 모래 안에 갇혀 있는 고통받은 영혼들일 뿐이야. 잘못될 게 뭐가 있겠어?"

제타는 눈을 감고서는 현관 아래로 손을 뻗었다. 제타의 손가락이 사마귀를 스쳤고, 영원과도 같은 몇 초 동안 나름 가장 큰 걸 땄다. 제타는 쳐다보지도 않고 네더 사마귀를 주머니 속에 얼른 넣었다. 제타는 정원 울타리가 보일 때까지 달렸다. 신선한 공기를 들이마시자 폐의 통증이 곧 나아지는 걸 느꼈다. 자신이 숨을 참고 있었던 사실조차 잊고 있었다.

최악의 숙제는 끝났으니 더 이상 무서워할 필요 없이 남은 재료들만 모아 오면 됐다. 제타는 통통하게 잘 익은 수박을 땄다. 수박은 정원의 많은 부분을 차지하고 있었다. 고모는 수박은 심기만 하면 잘 자란다고 했다.

제타는 어리고 부드러운 당근 열두 개를 뽑아서 주머니에 넣기 전에 녹색 이파리 부분을 잘라 냈다. 그러고는 몇 개를 더 뽑아서 주변을 서성이는 토끼에게 던져 주었다. 제타는 갈색 토끼의 마음을 다시 얻고자 했다. 하지만 갈색 토끼는 제타가 실수로 열어 둔 울타리 틈새로 도망치고 있었다.

"안 돼!"

제타는 소리를 치며 토끼를 쫓아갔다. 이번에는 확실히 울타리 문을 잠갔다. 제타는 토끼의 관심을 얻기 위해 혀를 찼다.

"이리 와, 귀염둥이야."

제타는 가문비나무 근처에 쭈그리고 있는 토끼를 향해 당근을 내밀며 말했다. 토끼는 코를 씰룩였다. 조금 관심이 생긴 것 같다. 좋았어. 그때 제타는 발아래 회백토에서 버섯이 자라고 있는 걸 발견했다. 지금 저 버섯을 따야 했다. 제타는 천천히 아래로 몸을 숙이고는 한 손 가득 버섯을 집었다. 그러고는 다시 토끼를 쳐다봤다. 하지만 토끼는 다시 도망을 쳤고, 그대로 현관 아래로 들어가 버렸다.

　제타는 심장이 멈춘 듯했다. 아니야, 안 돼, 안 된단 말이야. 고모가 동물과 영혼 모래에 관해서 뭐라고 말하지 않았나? 제타는 현관 아래로 들어간 토끼가 다시 나오기를 기다리고 있을 수만은 없었다. 그렇다고 고모에게 도와달라고 할 수도 없다. 만약 고모가 제타가 울타리 문도 제대로 잠그지 못했다는 사실을 알면 뭘 믿고 제타에게 물약 제조를 가르쳐 주겠는가? 안 된다. 제타는 용기를 내서 저 밑으로 기어 들어가 토끼를 잡아야 했다. 오래 걸리진 않을 것이다. 길어 봤자 십오 초 정도일 것이다. 속삭이는 목소리는 무시하면 된다.

6장

제타는 무릎을 꿇고 두 손으로 땅을 짚은 뒤 현관 아래를 들여다봤다. 어둠 속에서 한 쌍의 구슬 같은 눈동자가 제타를 쳐다봤다. 순간 저 눈은 마치 애슈턴이 항상 조잘거리던 살인 토끼의 눈처럼 빨갛게 빛나는 것만 같았다. 하지만 살인 토끼는 실제로 존재하는 것이 아니라 공포를 조장하기 위해 만들어진 이야기들 속 가짜 괴물 중 하나일 뿐이다. 제타는 침을 꿀꺽 삼켰다. 무서웠다. 약간은 말이다. 토끼의 눈은 원래대로 돌아왔다. 빛 때문에 잠시 그렇게 보였던 걸지도 모르겠다.

토끼를 놀라게 해서 나오게 하면 돼.

속삭이는 목소리가 제타의 등줄기를 따라 부드럽게 들려왔다. 친절한 목소리였다. 오래전에 죽은 불쌍한 영혼의 목소리일지라도 전혀 무섭게 느껴지지 않았다.

제타는 목소리를 떨쳐 내고 앞으로 나아가려 했지만 그럴 수가 없었다. 그 안으로 기어 들어가는 게 너무도 무서웠다.

허수아비를 만들어 봐.

목소리가 또 제안을 했다.

새를 쫓아낼 때 허수아비를 쓰잖아. 토끼라고 안 되겠어?

그래, 왜 안 되겠어? 지저분하게 저 속으로 기어 들어갈 필요 없이 토끼가 제 발로 뛰어나오게 하면 되잖아. 그럼 양쪽 모두에게 이득인 상황 아니겠어? 그런데 허수아비는 어떻게 만들지? 제타의 할아버지는 건초 더미와 호박을 이용해서 해충으로부터 감자밭을 지켰다. 하지만 주변을 아무리 봐도 허수아비를 만들 만한 게 보이지 않았다.

목소리가 말했다.

영혼 모래 네 블록을 써. 아주 간단해. T자 형태로 붙여.

메릴 고모가 제타에게 영혼 모래를 준다고 했으니까 지금 몇 개 쓴다고 크게 신경 쓰진 않을 것이다. 제타는 네더 사마귀가 최대한 덜 자라고 있는 영혼 모래 블록을 네 개 파낸 다음, 토끼가 숨어 있는 곳 앞에 조립했다.

하지만 제타가 봐도 별로 무서워 보이지 않았다. 머리가 필요했다.

머리를 한 개, 아니 세 개를 달면 어떨까? 집 뒤 깊은 곳에 상자가 하나 묻혀 있어. 그 안에 해골이 세 개 있는데 그걸 쓰면 꽤 그럴싸할 것 같아.

이 정도 시간이면 현관 아래를 이미 여러 번 들락날락했을 시간인데, 땅까지 판다면 너무 수고스러운 일이 아닐 수 없었다.

하지만 제타는 의심하지 않았다. 그리고 어째서 아무런 의심을 하지 않는 건지도 의심해 보지 않았다. 할 필요가 없었다. 모든 게 이치에 맞는 것처럼 들렸기 때문이다.

제타는 십 분이나 땅을 판 끝에 상자를 꺼냈다. 상자의 경첩은 낡아 보였고 나무판은 갈라져 있었다. 그리고 안에는 검은색 해골이 세 개 있었다. 제타는 미소를 지었다. 해골들은 정말로 무섭게 생겼다. 평소라면 절대 옆에 두지도 않았을 것이다. 하지만 지금 저 해골은 악의가 없어 보였다. 마치 아이들 장난감처럼 말이다. 약간 축축하고 군데군데 살점과 썩은 힘줄이 뼈에 붙어 있었지만, 여전히 아이들 장난감 같았다.

제타는 해골을 들고 자신이 만든 허수아비로 돌아가서 가운데에 해골 하나를 붙였다. 목소리가 맞았다. 머리 하나로도 이렇게 무서운데, 세 개면 확실히 더 큰 효과가 있을 것이다. 제타는 오른쪽에 해골을 하나 더 붙였다. 마지막 해골을 집으려고 더듬거리는 순간, 집에서 나온 고모가 소리를 질렀다.

"제타! 안 돼! 하지 마!"

고모는 현관 난간을 훌쩍 넘어서 요란하게 땅에 쿵 하고 떨어졌다.

어서 해. 지금이야!

목소리가 명령했다. 이번에는 친절한 말투가 아니었다.

"제타, 그 해골을 내려놓으렴."

메릴 고모가 말했다. 고모는 제타가 토끼의 무시무시한 빨간 눈을 두려워했던 것처럼 제타를 두려운 듯 쳐다봤다.

해골을 붙여, 제타.

영혼 모래 가까이 해골을 들고 있던 제타의 손가락이 떨려 왔다. 제타는 누구의 말을 들어야 할지 알 수 없었다. 자신을 어릴 때 한 번 데리고 놀아 줬던 고모의 말을 따를지, 아니면 정체는 알 수는 없지만 분명 악한 의도는 없는 것 같은 영혼 모래의 목소리를 따를지.

제타는 결정을 내리지 못하고 주저했다. 그러는 동안 고모가 쏜살같이 달려와 제타를 바닥으로 밀쳤다. 제타의 손에 있던 해골이 바닥으로 굴러떨어져 데이지 화분에 부딪혔다. 기이한 풍경이었다. 불쾌하게 생긴 해골과 아름다운 화분이 맞닿은 모습이라니.

"제타? 제타, 내 말 들리니?"

고모는 제타의 뺨을 치며 외쳤다.

제타는 머릿속에 쳐진 거미줄을 걷어 냈다.

'내가 대체 뭘 하고 있었던 거지? 고모는 왜 날 밀친 걸까?'

"아, 고모."

제타가 중얼거렸다.

"죄송해요, 기억이 잘 안 나서요. 혹시 제가 뭘 잘못했어요?"

메릴 고모가 머리를 저었다.

"아니란다. 이게 좋은 생각이라고 생각한 내 잘못이야. 너는 아직 준비가 안 됐는데 말이야. 하마터면 네가…….''

고모는 입술을 깨물었다.

제타는 허수아비를 쳐다봤다. 그제야 기억이 났다. 토끼가 현관 아래로 들어갔고, 그곳에서 무슨 소리를 들었는데…….

"속삭임이었어요. 저한테 그렇게 하라고 시켰어요."

"익숙하지 않은 사람들에게 그 목소리가 얼마나 유혹적인지 잊고 있었어. 물론 속삭임에 신경을 안 쓰는 사람도 있긴 해. 어쩌면 다른 생각을 하느라 바빠서 그 소리를 자세히 안 듣는 거겠지. 하지만 영혼들은 언제나 준비된 목표물을 찾는단다."

메릴 고모는 제타가 일어나는 걸 도와줬다.

"깨끗하게 단장을 해야겠구나. 그리고 집에 가는 동안 먹을 수 있게 파이를 좀 싸 주마."

"잠시만요, 고모. 물약을 제조해야죠!"

제타가 재료가 두둑하게 든 주머니를 흔들어 보였다.

"거의 다 모았어요. 사탕수수만 가져오면 돼요!"

"그럴 수 없단다, 제타."

"왜요? 그럼 우민들을 어떻게 쫓아요!"

"네가 가져갈 수 있을 만큼 물약을 만들어 주마. 하지만 너를 가르쳐 줄 순 없어. 네 아버지가…….

"아빠가 왜요? 왜 아빠에 대한 질문에는 답을 안 하시는 거예요? 두 분 사이에 도대체 무슨 일이 있었던 거예요?"

메릴 고모는 입술을 깨물었고, 알 수 없는 슬픔이 두 눈에 가득했다. 그러고는 뒤를 돌아 나무가 울창한 뒤켠으로 갔다. 제타가 뾰로통한 표정을 짓고 반대편으로 걸어가려는 순간, 고모가 그녀를 불렀다.

"안 따라오고 뭐 해?"

제타는 얼굴을 때리는 넝쿨을 지나 썩은 나뭇가지를 넘어 종종걸음으로 고모를 따라갔다. 그림자 속에서 제타는 자신들을 쳐다보는 붉은 눈을 봤다. 거미였다. 하지만 고모와 함께 있는 한 저 거미들은 달려들지 않을 것이다. 두 사람이 가파른 절벽에 다다르자 산 너머 오버월드가 한눈에 들어왔다. 눈앞에 끝도 없이 펼쳐진 선명한 풍경은 마치 한 폭의 그림 같았다. 제타는 고모 옆에 앉았다. 떨어지면 죽을지도 모르는 벼랑 끝이 아니라 마치 소파에 앉아 이야기라도 나누듯이 말이다.

메릴 고모는 한숨을 내쉬고는 수평선에 시선을 고정했다.

"네 엄마는 참 대단했단다. 네 아버지가 이미 말해 줬는지 모르지만, 정말이지 그랬어. 만약 어떤 문제에 직면하면 그 문제를 해결할 방법을 수십 개나 생각해 내곤 했지. 심지어 남들은 그게 문제인지 몰랐을 때도 네 엄마는 해결 방법을 찾아내곤 했단다."

"정말이요?"

제타가 물었다. 제타는 어머니에 대해 아는 게 별로 없었다. 아버지가 어머니에 대해 말해 준 적이 거의 없기 때문이다.

"그래, 마을 사무실에 있는 피스톤 달린 문 알지? 그것도 네 엄마가 개발한 거란다."

제타의 눈썹이 동그래졌다. 상상도 못한 일이었다.

"네 엄마와 나는 마치 자매처럼 지냈단다. 떼려야 뗄 수 없는 사이였지. 네 아버지는 하루 종일 채굴을 하러 갔기 때문에 네가 태어난 이후에는 더더욱 오랜 시간을 함께 보냈단다. 우리는 일을 할 때도 번갈아 가면서 너를 돌봤어. 나는 마법을 연구했고, 네 엄마는 개발을 했지. 나는 광부들이 일을 빨리 마쳐서 조금이라도 일찍 집에 돌아올 수 있도록 신속의 물약을 만들었어. 그러면 가족들과 더 많은 시간을 보낼 수 있을 테니까. 게다가 네 엄마는 공급에 차질이 없도록 사탕수수밭을 완전 자동화하는 데 성공했단다. 우리의 이런 계획과 실행은 한동안 효과가 있었어. 한편 네 아버지는 생산성을 높이는 데 혈안이 되어 있었어. 우리 마을에서는 여전히 마법이 낯선 것이었지만, 다들 그것을 받아들이는 듯했지."

고모는 잠시 숨을 고르고는 말을 이었다.

"네 엄마와 나는 채굴 작업의 효율성을 높일 방법을 찾기 위해 몇 달을 그렇게 함께 일했단다. 그러던 어느 날, 도서관을 뒤지던 네 엄마가 빠르게 마법을 부여할 수 있는 장치가 소개된 책을 발견한 거야. 그 장치만 있으면 네 아버지와 광부들은 짧은 시간에 더 많은 양을 채굴할 수 있었지. 그 장치란, 신호기를 통해 사정거리 안에 있는 사람 모두에게 마법을 부여하는 방식을 이용하는 거란다."

"완벽한데요?"

제타는 하루 종일 채굴을 하지 않았다면 그 많은 시간 동안 얼마나 효율적으로 물약 제조를 연습할 수 있을지 상상하며 말했다. 하지만 분명 무언가 잘못되었다. 그렇지 않고서야 제타가 육 개월간 채굴을 하면서 이 신호기에 대해 들어보지 못할 리 없었을 테니 말이다.

"한 가지 문제가 있었어. 네더의 별이 필요했지."

고모가 말했다.

제타는 네더에 대한 모든 정보를 괴물의 날 전야제인 종이꽃 장식 수레 퍼레이드에서 배웠다. 용암 강이 흐르고 성난 돼지가 있으며, 불덩이를 쏘는 가스트가 하늘을 날아다닌다는 정도 말이다. 제타도 어릴 때는 이 신비의 괴물들을 믿었지만, 이제는 이 모든 게 아이들이 마을 혹은 오버월드를 떠나 모험을 하는 걸 막기 위한 거짓이라는 걸 알았다.

"그래서 네더에 가셨어요?"

"그럴 필요가 없었어. 내 네더 사마귀밭에 영혼 모래가 있었고, 위더 스켈레톤 해골은 진귀한 물건과 교환해서 얻을 수 있었거든. 영혼 모래를 바른 방향으로 쌓고 그 위에 해골을 올리면 위더를 소환할 수 있단다. 위더는 그 어떤 괴물들보다 파괴력이 엄청난 괴물이야. 하늘을 날고, 세 개의 머리에서는 불을 내뿜으니 크리퍼보다 훨씬 강력하지. 그런 위더를 죽이면 네더의 별을 얻을 수 있단다."

제타는 몸이 굳었다. 갑작스럽게 몸을 움직이고 보니, 문득 자신이 절벽 끝에 불안하게 앉아 있다는 걸 깨달았다. 제타는 몸의 중심을 뒤로 두었다.

"그럼 제가 아까 만들던 게…… 위더였어요?"

"거의 만들 뻔했지. 그랬으면 이 산 전체가 큰일 났겠지."

고모가 어깨를 으쓱이며 말했다.

"하지만 그런 일은 일어나지 않았으니 걱정하지 마. 네 엄마도 걱정하진 않았어. 위더를 처리할 방법이 있었거든. 불화살을 쏘고 동시에 투척용 물약을 던지는 기계로 말이야. 그렇게 위더를 죽이면 네더의 별을 얻어 신호기를 만들려 했지."

제타의 목소리가 부드러워졌다.

"혹시 엄마의 발명품이…… 작동하지 않았나요?"

"아니, 완벽하게 작동했단다. 위더는 불을 하나밖에 쏘지 못했는데 그 불이 하필 불쌍한 닭을 맞추었지. 네 엄마의 기계는 순식간에 탄약을 다 쓸 정도로 위더에게 공격을 퍼부었어. 우리는 위더가 사라진 것도 몰랐지. 어느 순간 위더가 있던 곳을 보니 네더의 별만 남아 있지 뭐니. 그렇게 우리는 마침내 네더의 별을 손에 넣었단다!"

고모는 흥분한 목소리로 말을 이었다.

"정말이지 아름다웠단다, 제타. 우리도 믿을 수가 없었어. 너무 반짝거려서 제대로 쳐다보지도 못했거든. 모든 게 순조롭게 진행됐지. 그리고 네 엄마는 또 다른 보물을 발견했어. 땅에 있는 아름다운 검정 장미를 본 거지. 네 엄마는 그걸 주워서 집에 도착하자마자 우리의 성공을 기념하기 위해 땅에 심었단다. 그런데 가시에 찔렸는지 고통스러운 듯 비명을 지르더니 갑자기 쓰러졌어."

제타의 양 볼에서 뜨거운 눈물이 흘러내렸다. 메릴 고모는 제타의 손을 스윽 잡았다.

"맞아, 위더 장미였어. 위더가 닭을 죽일 때 생겨난 거야. 지금은 그게 위더 장미란 걸 알지만, 그때만 해도 우리는 그게 뭔지 전혀 몰랐어. 위더 장미는 원래 그다지 치명적이진 않지만, 네 엄마는 심각한 반응을 보였지. 우유로 치료할 수 있었지만, 그때만 해도 시에나 듄스에는 소가 없었단다. 그래서 네 아버지에게 무슨 일이 일어난 건지 사실대로 이야기했지. 네 아버지는 엄마 곁을 지켰고, 나는 계속 치유의 물약을 만들었어. 네 엄마는 계속해서 토했어. 투척용 물약도 소용이 없었단다. 몇 시간 후 네 엄마는 말 그대로 시들어 버렸지."

고모는 낮은 목소리로 말을 이었다.

"그 후 우리는 모두 절망에 빠졌단다. 네 아버지는 네 엄마를 잃은 후유증에서 벗어나지 못했어. 네 아버지는 네더의 별을 절벽 아래로 던져 버렸어. 그러고는 우리 가문이나 마을에서 마법을 금지시키겠다고 했어. 다들 네 아버지 말에 동의했고, 더 큰 세상과 가능성을 차단했지. 마을 사람들은 옛날 방식을 고수하는 것에 그럭저럭 만족하며 살았어. 사람들은 이 세계가 계속해서 변하고 있다는 걸 무시하기라도 하듯 이해하지 못했지. 하지만 나는 마법을 계속 연습했단다. 배우는 걸 멈출 수 없었어. 그래야만 네 엄마를 잃은 슬픔에서 벗어날 수 있었거든. 네 엄마의 죽음은 우리 모두의 슬픔이었지. 나는 육 개월 후 시에나 듄스를 떠났어. 그리고 다시는 돌아가지 않았지."

"죄송해요."

제타가 고모의 손을 꼭 쥐며 말했다.

"아니야, 내가 미안해."

고모가 말했다.

"분명 조심했다고 생각했는데 말이야. 우리는 안전할 거라 생각했고, 바른 일을 한다고 믿었어. 하지만 마법은 예측 불가능할 때가 있더구나. 마음을 놓는 바로 그 순간이지. 마법은 그런 방식으로 누가 우위에 있는지 알려 주거든."

메릴 고모가 한숨을 쉬었다. 그러더니 제타의 손을 끌어서 자신의 무릎에 놓고 엄지손가락으로 문질렀다.

"네가 입고 있는 그 옷은 엄마 거지?"

제타는 낡은 파란색 긴 윗옷의 해진 끝자락을 쳐다보며 고개를 끄덕였다.

"몇 년 전에 복도 옷장에 있는 상자에서 찾았어요. 그런데 이제야 저한테 딱 맞아요."

"너는 네 엄마를 닮았구나. 네가 이렇게 꿈과 열정을 좇는 모습을 네 엄마가 봤으면 정말 좋아하셨을 거야."

"언젠가 엄마를 뿌듯하게 해 드리고 싶어요."

제타는 엄지손가락을 돌리며 말했다.

"그렇게 될 거야. 그리고 내가 그걸 더 빨리 이룰 수 있도록 도와주는 것도……."

"그 말은……."

제타는 또다시 자신이 절벽에 앉아 있다는 것을 잊은 채 빠르게 몸을 움직이다가 절벽 끝으로 미끄러질 뻔했다. 고모가 손을 뻗어 제타를 붙잡았다.

고모가 고개를 끄덕였다.

"딱 **한 번**뿐이야. 그러니 잘 생각해서 질문을 생각하렴."

제타는 고모를 따라 집으로 돌아갔다. 조금 있으면 생애 처음으로 공식 물약 제조법을 배우게 된다는 사실에 제타는 신이 나서 어지러울 지경이었다.

"신속의 물약을 만들 때는 불을 약하게 해서 설탕이 캐러멜처럼 되지 않도록 해야 해."

메릴 고모가 이마의 땀을 훔치면서 말했다. 둘은 양조기 네 개를 더 꺼내서 제타가 쓸 수 있도록 작업대 반대편에 놓았다. 이렇게 동시에 양조기 여덟 개가 돌아가고 있다 보니 창문을 열어도 방 안 전체가 찜통 같았다.

제타는 제조법 하나하나를 공책에 받아 적은 후, 부글부글 끓고 있는 물약에 다가가 불을 줄였다. 그러자 부글거리는 게 멈췄다. 제타는 설탕을 한 숟가락 수북하게 넣었다. 고모가 만드는 물약과 똑같이 푸른빛을 띠자 기분이 좋아졌다. 그렇지만 안심할 수는 없었다. 고모는 신속의 물약이라도 들이켠 듯 빠르게 서둘렀다. 그게 긴장과 흥분 때문이라는 걸 제타는 알고 있었다. 메릴 고모는 그동안 사람들을 만날 기회가 없었으므로, 그만큼 말을 많이 하지 않고 지내왔을 것이다. 고모는 자신의 지식을 전수하는 이 시간을 분명 즐기고 있었다.

"힘의 물약에 들어가는 블레이즈 가루의 양은 방 온도에 따라 달라져. 만약 방이 따뜻하면 가루를 조금 덜 써야 해. 따라서 사막에서는 낮에 물약을 만드는 게 너한테는 확실히 이득이 될 거야. 물약을 한 병 만들 때는 차이가 별로 없겠지만, 많은 양을 만들 때는 그만큼 절약하는 양이 많아지거든."

제타는 조심스럽게 고모가 또 다른 물약에 블레이즈 가루를 한 주먹 넣는 걸 바라봤다.

고모의 물약에는 이름표가 붙어 있지 않아서 알아보기가 어려웠다. 제타는 어떤 물약에 어떤 재료가 들어가는지 헷갈리지 않도록 공책에 그림까지 그려 가며 물약에 들어가는 재료를 신중하게 적어 두었다. 고모는 제타의 이러한 철저한 자세에 만족해하는 것처럼 보였다. 다만 이를 칭찬하기보다는 눈썹을 치켜뜨고 꼭 다문 입술로 표현했다.

메릴 고모는 작업대에 수박을 쿵 하고 올려놨다. 수박을 자르니 붉은색 속살이 드러났다. 고모는 두세 조각 잘라 놓고 황금 조각을 꺼내서 반짝이는 수박을 만들었다.

반짝이는 수박을 만들자마자 고모는 재빨리 수박을 잘게 썰어서 거의 달려가듯 양조기를 향해 걸어가 유리병 속에 넣었다.

"반짝이는 수박은 다루기가 까다롭고 과즙이 여기저기 떨어질 수 있어. 닦아 내기 어려울 만큼 끈끈한 과즙으로 방을 엉망으로 만들고 싶지 않다면 사용하기 바로 직전에 만들어야 해. 씨는 양조가 다 끝난 다음에 빼도 괜찮아."

제타는 고개를 끄덕인 후 고모가 했던 방법 그대로 반짝이는 수박을 만들었다. 하지만 고모의 경고에도 불구하고 어찌된 일인지 수박 물이 옷 여기저기에 묻어 버렸다. 거기다가 수박 조각이 병 입구보다 커서 다시 작업대로 가져가 더 작게 잘라야 했다. 기진맥진해진 제타는 이마의 땀을 훔치다가 끈끈한 과즙을 얼굴에도 묻히고 말았다.

마침내 제타는 치유, 힘, 신속, 재생의 물약을 동시에 만들어 냈다. 제타는 만드는 내내 공책을 두 번, 세 번, 아니 네 번이나 확인에 확인을 거듭했다. 두 번 다시 오지 않을 이 기회를 망칠 수 없었기 때문이다.

"이제, 진실의 순간이로구나."

메릴 고모가 말했다.

"투척용 물약에 화약을 넣을 때는 정확도가 생명이야. 이 숟가락을 이용해서 수북하지 않게 펴야 해. 더 넣어도 안 되고 덜 넣어도 안 된단다. 그랬다가는 순식간에 제어할 수 없게 돼. 발광석을 이용해서 물약의 힘을 강화하거나, 레드스톤으로 효과 시간을 늘릴 수 있단다. 한 줌이면 돼. 자, 이제 직접 해 보렴. 여러 번 해 보면 최적의 농도를 맞출 수 있을 거야. 그리고 언제 화구에서 물약을 꺼내야 하는지에 대해서도 감이 생기지."

제타는 신속의 물약 속에 발광석 가루를 한 줌 집어넣었고, 힘의 물약에는 레드스톤 가루를 한 줌 넣었다. 투명했던 액체가 가루들이 녹으면서 구름이 낀 듯 뿌옇게 됐다. 발광석 가루에 빛이 반사되는 광경이 제타의 마음을 훔쳤다. 하지만 제타는 자리를 옮겨 조심스럽게 화약의 양을 측정했다. 한 숟가락을 퍼서 손가락으로 수북이 쌓인 부분을 덜어 냈다. 제타는 숨을 멈추고 치유의 물약에 화약을 집어넣었다. 그 일을 마치자마자 제타는 또다시 신속의 물약에 들어 있는 발광석 가루에 매료되었다. 너무 아름다웠다.

물약의 아름다움에 매료된 제타는 긴장이 풀린 채 넋을 놓고 환상적인 냄새를 맡았다. 마치 디저트 냄새 같았다. 제타는 고모가 점심으로 무언가 달콤한 것을 만들고 있는지 물을 생각이었다. 그 냄새의 정체가 신속의 물약이 캐러멜화 되고 있다는 것이라는 사실을 깨달았을 때는 이미 물약의 유리병 바닥에 따끈따끈하고 찐득한 캐러멜이 생기고 말았다.

"이럴 수가!"

제타가 외쳤다. 복구가 불가능해 보였다.

"불을 가장 약하게 해 놓은 줄 알았는데."

메릴 고모가 다가와 양조기의 연료인 블레이즈 가루 통을 살피며 머리를 흔들었다.

"이 양조기는 항상 말썽이야. 제타, 네 잘못이 아니란다. 관이 막혀서 그런 거야. 내가 치우고 나면 다시 해 보렴."

제타는 자신의 잘못이 아니라는 사실에 안도의 한숨을 내쉬었다. 만약 자신이 물약을 망쳤으면 어떻게 해야 했을지 상상도 할 수 없었다. 아직 제타에게는 다른 물약들이 있었다. 그 물약들은 제대로 만들어 내야만 했다. 그런데 뭘 하고 있었지?

맞아, 투척용 물약이었지. 제타는 긴장했다. 하지만 긴장을 털고 조심스럽게 화약의 양을 측정했다. 한 숟가락을 퍼서 손가락으로 수북이 쌓인 부분을 덜어 냈다. 제타는 숨을 멈추고 치유의 물약에 화약을 집어넣었다.

그러자 양조기가 반짝거리며 격하게 지글거렸다. 잠깐, 화약을 얼마나 넣은 거지? 제타는 이 광경을 전에도 본 적이 있었다. 처음 물약을 제조한다고 실험을 하다가 눈썹을 태워 먹은 날에 말이다. 그때는 블레이즈 가루에 불이 붙었고, 작은 폭발이 일어났다. 이제 제타는 양조기가 어떻게 작동하는지 더 잘 알고 있으므로 분명 이걸 멈출 수 있을 것이다. 제타는 블레이즈 가루가 든 상자를 빼서 작업대에 꺼내 놓았다. 양조기는 조용해졌고, 가루에서 지글거리는 소리도 점차 줄어들었다.

가루 더미에서 마지막으로 불꽃이 튀었다. 주황색 폭죽처럼 생긴 것이 포물선을 그리며 방을 가로질러 날아갔다. 블레이즈 가루로 가득 찬 열린 상자를 향해 불꽃이 날아가는 모습을 보며 제타의 눈이 커졌다. 제타는 불꽃이 블레이즈 가루에 떨어지기 전에 상자를 닫기 위해 달려갔지만 이미 너무 늦었다. 불꽃은 결국 상자에 떨어졌다.

쾅!

제타의 눈앞이 새하얘졌고, 귀에서는 시에나 듄스의 종탑보다 더 큰 소리가 울려 댔다. 제타는 한참 후에야 자신이 똑바로 서 있지 않다는 걸 깨달았다. 제타는 작업대와 상자 사이에 끼어 있었다. 눈을 여러 번 깜빡거리자 귓전을 때리던 소리가 서서히 사라졌고, 시력도 완전히 돌아왔다. 제타의 눈에 들어온 것은 고모의 방에 있던 대부분이 날아가 버린 광경이었다.

7장

깜짝 놀라 황급히 방으로 달려온 메릴 고모가 양동이로 냄비의 물을 퍼 방 안 곳곳에 번진 불을 껐다. 그리고 상자에 남은 블레이즈 가루에 물을 부어 마지막 불씨 하나까지 모든 위험 요소를 제거했다. 고모의 마법 방은 그야말로 축축하게 젖은 숯 덩어리로 변해 버리고 말았다.

고모는 제타 옆에 웅크리고 앉았다. 고모의 입에서 아주 많은 단어들이 쏟아져 나왔지만, 제타는 머리가 쿵쾅거리며 울리는 바람에 겨우 몇 마디만 알아들을 수 있었다. 하지만 고모가 자신에게 화가 많이 났다는 것만은 확실하게 알 수 있었다. 이런 멍청한 실수가 또 어디 있을까.

제타는 어찌할 바를 모르고 몸을 쭈그렸다.

"고모, 정말 죄송해요! 제발 아빠한테는 말하지 말아 주세요. 고모가 하라는 대로 다 할게요! 집도 치우고, 스튜도 끓이고, 정원도 정리할게요. 마을에서 필요한 물건을 가져와 망가뜨린 것들도 원상 복구해 놓을게요. 물약과 관계없는 건 무엇이든 다 가져올 수 있어요. 제가 사고를 쳤으니까 수습도 제가 할게요. 약속할 수 있어요."

고모는 한숨을 지었다.

"그래, 확실히 사고를 쳤지. 하지만 중요한 건 네가 다치지 않았다는 거야. 양조기는 얼마든지 더 만들 수 있단다. 내가 만들 수 없는 건 바로 너지."

고모는 다시 한숨을 쉬며 사고의 흔적들을 둘러봤다.

"네 엄마와 나도 처음 시작할 때는 꽤나 사고를 많이 쳤어. 한 번은 화염 저항의 물약에 마그마 크림을 너무 많이 넣고 말았지. 그것도 모르고 나는 그 물약을 한 병 다 마시고 성능을 시험하기 위해 그대로 불 속으로 들어갔단다."

고모는 몸을 숙이고 눈을 크게 떴다.

"그래서 어떻게 됐어요?"

제타가 물었다.

"할아버지의 곳간 뒤편에서 이상하게 그을린 자국 본 적 있니?"

제타가 고개를 끄덕였다.

"불 속으로 들어간 내 몸에서 아주 밝은 빛이 나고, 아주 많은 열을 내뿜었어. 반경 다섯 블록 내에 있는 걸 거의 모조리 태워 버렸단다. 하마터면 곳간도 다 태울 뻔했어. 하지만 그 덕분에 불 끄는 일에는 단련이 되었지."

고모는 제타를 향해 따스하게 미소를 지었다.

"그리고 만약 네 엄마의 기계가 내 머리를 내리치려고 할 때마다 금괴를 모았으면 이미 4레벨 신호기를 만들었을 거란다. 네 엄마는 가죽 공책에 꼼꼼하게 메모를 했고, 조금씩 실수를 줄여 나갔어. 사고는 언제든 일어나기 마련이란다, 제타. 그것도 배움의 과정이야. 다만 다음부터는 비싼 대가가 따르는 사고는 치지 않도록 노력하렴."

고모가 한숨을 내쉬며 말했다.

"물약은 다 망가졌고 블레이즈 가루도 떨어졌군. 그래도 널 빈손으로 보낼 순 없지. 내가 재료들을 더 구해 올 테니 그동안 여기 정리 좀 부탁할게."

제타는 고개를 끄덕였다.

"뭐든지 할게요. 감사합니다, 고모."

"그리고 동물들과 정원도 돌봐 줘. 양조기나 영혼 모래 근처는 절대 가면 안 돼. 남은 살림은 제발 부수지 말아 다오."

메릴 고모는 방 반대편에 있는 상자 뚜껑을 열며 말했다. 고모는 그 안에서 철도 다이아몬드도 아닌 검을 꺼냈다. 매끈한 검은색의 그 검은 종잇장도 가를 만큼 날카로워 보였다. 그리고 고모는 푸른빛 회색 망토를 꺼내 몸에 걸친 뒤 단단히 여몄다. 등에 매달린 망토의 모습은 마치 벌의 날개 같았다.

마침내 고모는 반짝이는 활을 꺼냈고, 레인이 쓰는 흰색 화살과는 다른 화살을 꺼냈다. 화살 끝에는 색이 칠해져 있었는데, 먼지처럼 작은 입자들이 그 주변을 돌아다니고 있었다.

"그건 무슨 활이에요? 마치…… 마법 같아요."

제타가 물었다.

"마법이 맞아. 드래곤의 숨결이 섞인 투척용 물약에 화살 끝을 담가서 만든 거야. 이 화살을 맞으면 힘이 약해지지."

고모는 이렇게 말하고는 인상을 썼다.

"슬프게도 우리가 함께 만들지는 못하겠구나. 우리의 훈련은 여기서 끝이니까."

제타는 무어라 반박할 수가 없었다. 고모에게 배운 지 한나절도 안 지났는데 그동안 제타는 위더를 소환할 뻔하고, 집을 거의 부술 뻔했다. 고모가 실망했다 해도 할 말이 없었다. 제타는 고모가 상자에서 아이템을 꺼낸 뒤 보관함에 넣는 걸 지켜보기만 했다. 짧은 여행치고는 지나치게 짐이 많은 것 같았다.

"고모, 얼마 동안 다녀오시는 거예요?"

제타는 망가진 양조기 하나를 바로 세우면서 물었다. 블레이즈 가루가 주물 안에서 녹아 버려 아예 쓸모없게 되어 버렸다. 가장 가까운 마을까지는 하룻밤 혹은 이틀 밤이면 충분했다. 그것도 고모가 가는 내내 주변 풍경을 아주 천천히 즐기면서 걷는다는 가정하에 말이다.

"일주일 혹은 최대 이 주일 정도."

고모가 말했다.

"네더에 다녀와야 해. 거기 가서 다른 재료들도 가져올 거야. 어차피 가스트의 눈물도 다 떨어져 가서 말이야."

고모는 너무도 아무렇지 않아 보였다. 마치 뒷마당에 당근을 뽑으러 가는 듯했다. 용암이 도처에 들끓는 지하 세계가 아닌 늘 있는 일인 것처럼 말했다.

"잠깐만요. 가스트가 진짜로 있어요?"

"그럼 가스트의 눈물이 어디서 나는 거라고 생각했니?"

고모가 물었다.

"모르겠어요. 전 그저 멋져 보이라고 이름만 그렇게 지은 줄 알았거든요. 마그마 크림이나 팬텀 막 아니면…… 드래곤의 숨결처럼 말이에요."

메릴 고모는 또 한숨을 쉬었다.

"우리 귀여운 제타, 내가 돌아오면 대화 좀 많이 해야겠구나. 나도 최대한 빨리 돌아오려고 하겠지만 알다시피 구할 게 많단다. 그래도 네가 우민들에게 크게 한 방 먹인 덕분에 우민들이 다시 공격을 하러 오기까지는 시간이 좀 걸릴 거야."

"알겠어요. 고모가 떠나 계신 동안 집 안 정리도 하고 거미줄도 치울게요."

제타가 중얼거렸다.

"그리고 돌아오실 때에 맞춰서 호박 파이도 많이 준비해 놓을게요."

"거미줄은 놔둬."

고모가 제타의 볼을 두드리며 말했다.

"거미줄이 있어야 분위기가 살지. 그리고 파이도 기대하마. 제빵 기술이 마법 실력보다 좋길 바란다."

고모는 분위기를 바꿔 보려고 농담조로 말했다. 하지만 제타는 기분만 더 상했다. 제타는 간신히 미소를 지으며 말했다.

"그러게요."

고모가 떠난 후 제타는 한참 동안 깨진 유리를 줍고 산산조각 난 희망과 꿈을 쓸어 담았다. 기적적으로 물약 하나가 폭발에서 살아남았다. 힘의 물약이었다. 피 같은 붉은 액체가 든 이 병은 만지기에는 아직 뜨거웠다. 보관함에 물병을 넣으며 제타의 기분도 조금 나아졌다. 하지만 어쩌면 아버지가 옳았을지도 모르겠다. 물약 따위는 신경 쓰지 말고 시에나 듄스의 안전은 어른들이 걱정하도록 두는 게 맞는 건지도 모르겠다.

집 안을 다 치우는 데 꼬박 이틀이 걸렸다. 집은 번쩍번쩍 빛이 났다. 방을 살펴보던 제타는 상자들을 힐끔 쳐다봤다. 그중 한 상자에 모래가 잔뜩 들어 있었다. 자신이 망가뜨린 유리병을 대신할 새 유리병을 만들면 좋겠다고 생각한 제타는 화로에 불을 켰다.

화로가 뜨거워지길 기다리는 동안 제타는 선반 높이에 있는 신기한 것들을 훑어보았다. 물론 건드리지는 않았다. 더 이상 고모의 믿음을 저버릴 수 없었기 때문이다. 한 선반에는 녹색 눈의 토템 일곱 개가 나란히 줄지어 있었다. 에메랄드인가?

다른 선반에는 이상하게 생긴 보라색 과일이 놓여 있었다. 제타는 냄새를 맡기 위해 가까이 다가갔다. 맛을 보니 달콤했지만 이 세상 느낌이 아니었고, 진득진득하니 이상한 맛이 식도에 남았다. 다른 상자에는 엔더 진주가 들어 있었다. 제타와 친구들은 엔더맨에 맞설 정도로 용감하진 않았다. 하지만 가끔 다른 사냥꾼들은 진주를 가져오기도 했다. 다만 이 진주는 뭔가 다르게 생겼다. 엷은 초록빛이 감돌았고, 눈동자들이 마치 제타를 쳐다보는 듯했다. 제타는 등줄기가 서늘해져 재빨리 상자를 닫았다.

제타는 방 안 가장 어두운 구석에서 무언가를 보았다. 창문의 빛도, 횃불도 비추지 않는 곳이었다. 수없이 쳐진 거미줄을 보아하니 적어도 십 년은 넘게 그 자리에 있었던 것 같다.

알이었다. 처음에 제타는 그것이 알이라고 생각하지 못했다. 크기가 무척 커서 거의 제타의 반만 했다. 색은 깊고 아름다운 검은색이었고 표면에 보라색 점이 있었다.

제타는 경계했다. 혹시라도 또 위더를 불러낼 순 없었다. 하지만 알의 먼지를 조금 털어 준다고 무슨 문제가 되겠는가? 물론 고모의 말대로 거미줄 덕분에 분위기가 살았지만, 많아도 너무 많았다. 그리고 알은 굉장히 아름다웠다. 잘 보이는 곳에 놓는 게 낫지 않을까? 옮겨 놓을까?

제타는 알 모서리에 붙은 먼지를 조금 털었다. 그러고는 알이 더 잘 보일 때까지 점점 더 먼지를 털어 냈다. 털어 내고 나니 훨씬 보기 좋았다. 제타는 의기양양하게 손을 엉덩이에 올리고 그 옆에 섰다. 그럼 이제 유리병을 만들 차례인가.

하지만 화로 앞으로 가려던 제타의 발이 움직이지 않았다. 발은 그 자리에서 꿈쩍도 하지 않았다.

"자, 그럼 이제 유리병을 만들어 볼까!"

이번에는 큰 소리로 말했다. 몸이 말을 알아듣길 바라는 마음에서 말이다. 하지만 그 아름다운 알을 바라본 채로 제타는 굳어 버리고 말았다.

제타는 그 알을 만져서는 안 됐다.

그러면 안 되는 것이었다.

하지만 아주 부드럽고 섬세하게 손가락으로 살짝 찔러 보는 건 괜찮지 않을까? 그런다고 깨지지는 않을 테니 말이다. 알은 오래되어 보이긴 했지만 결코 약해 보이지 않았다. 오히려 돌처럼 단단해 보였다.

"유리병이 저절로 만들어지진 않잖아."

제타는 알을 향해 검지를 뻗으면서 제발 자신의 의식이 알아듣기를 바라며 이렇게 말했다.

제타의 손가락이 알에 닿았고, 낯선 흡입력이 느껴졌다. 순간 큰 울림이 방을 관통했다. 제타는 눈을 깜빡였다. 한 번, 두번. 제타는 이를 꽉 다물었다.

좋은 소식은 제타가 알을 깨뜨리지 않았다는 것이고, 나쁜 소식은 알이 사라졌다는 것이다. 하지만 알이 자신의 뒤에 있다는 사실을 깨달은 제타는 안도의 한숨을 내쉬었다.

"다행이다. 완전히 사라진 건 아니구나."

제타는 알을 어두운 구석에 도로 갖다 놓으려 했다. 하지만 제타가 알을 만지자마자 그것은 다시 깜빡거렸고, 이번에는 양조기 작업대 위에 나타났다. 제타는 될 수 있는 한 천천히 움직여서 다시 알을 잡으려 했다. 하지만 알은 또 사라지더니 문 앞에 나타났다. 마치 도망이라도 치려는 것처럼 말이다.

제타의 배 속에서부터 불안감이 커져 갔고, 고모의 이상한 스튜를 들여다봤을 때처럼 구역질이 났다. 제타는 이 일을 수습해야만 했다. 그것도 되도록 빨리 말이다. 알을 손으로 옮기는 것은 불가능해 보였다. 머리를 잘 쓰면 이 일을 해결할 수 있을 것 같았다. 제타는 자신이 어머니의 기발함을 물려받았기를 간절히 바랐다. 물론 어머니도 실수한 적이 있다는 걸 알지만, 지금만큼은 또다시 실수를 저지르지 않기 위해 노력했다.

반드시 저 알을 제자리에 도로 가져다 놓을 방법을 찾아내야만 했다. 제타는 막대기로 알을 찔러 봤다. 다행히 사라지진 않았다. 이번에는 막대기로 밀어내려고 하자 무거운지 꿈쩍도 하지 않았다. 약간의 도움이 필요했다. 그 순간 제타는 피스톤을 떠올렸다. 리프트가 레드스톤 장치로 장난을 칠 때 피스톤을 사용한 걸 본 적이 있다. 만약 피스톤을 만들 수만 있다면 다시 알을 제자리에 가져다 놓을 수 있을 것이다.

작업대에서 몇 번의 시도와 시행착오를 거쳐 제타는 피스톤과 작은 지레를 만드는 데 성공했다. 제타는 피스톤을 바닥에 설치했고, 옆에는 지렛대를 놨다. 지렛대를 당기자 피스톤 머리가 신나게 끼익끼익 소리를 내며 들어갔다 나왔다 했다.

알 맞은편에 피스톤을 두고 지레를 잡아당겼지만 알은 꿈쩍도 하지 않았다. 어쩌면 알이 너무 무거워서일지도 모르겠다. 제타는 더 세게 지렛대를 잡아당겼고, 피스톤은 아주 조금씩 알을 앞으로 움직이게 했다. 하지만 너무 고된 일이었다. 제타에게는 그만큼 힘이 있지도 않았다.

제타는 힘의 물약을 꺼냈다. 물약을 더 만들지 않겠다고 고모와 약속했지만, 이미 만든 물약을 사용하는 것에 대해서는 아무 말도 하지 않았으니 괜찮을 것이다. 제타는 물약 병을 열었다. 폭발 전, 제타는 물약이 완벽하게 제조된 것을 확인했다. 그러니 아무 일도 없을 것이다. 제타는 물약을 들이켰다.

병이 입술에 닿자마자 뜨거운, 아니 거의 타는 듯한 액체가 제타의 목을 타고 넘어갔다. 제타는 곧바로 시원한 바람을 들이마셨다. 물약은 특별한 맛은 없었다. 단지 끝에 네더 사마귀 맛이 남았다. 마치 혀로 태양의 표면을 핥은 기분이었다.

물약을 마시자마자 즉각적으로 몸이 팽팽해지는 느낌이 들었다. 피부는 그대로지만 그 안에서 몸이 두 배로 커지고 있는 것만 같았다. 갑자기 기운이 넘쳐흘렀다. 그리고 힘이 세졌을 뿐만 아니라, 이 힘을 사용하고 싶어 몸이 근질거렸다. 자신이 가진 힘을 빨리 보여 주기 위해서 말이다.

제타는 알을 노려봤다. 눈은 없었지만 분명 알도 제타를 노려보고 있었다. 제타는 누가 더 힘이 센지 보여 주기로 마음을 먹었고, 온 힘을 다해 지레를 당겼다.

하지만 너무 힘이 셌는지 피스톤 머리가 엄청난 힘으로 튕겨 나갔고, 그 피스톤이…… 알을 깨트리고 말았다.

알의 표면에 간 금이 점점 길어지고 깊어지는 걸 보며 제타의 눈이 점점 커졌다. 안 돼.

안 돼, 안 돼, 안 돼.

도대체 무슨 일을 벌인 거지? 유리병이나 물약 재료는 대체

가 가능하다지만, 이 알은? 메릴 고모는 이 알을 깨트린 제타를
절대 용서하지 않을 것이다. 알의 꼭대기부터 바닥까지 금이
선명하게 그어졌고, 틈도 점점 넓어져서 손을 넣을 수 있을 정
도였다. 되돌릴 수 있는 방법은 없었다.

　그리고 **가장** 최악인 것은 그 속에서 무언가 움직이는 게 보인
다는 것이었다.

8장

제타는 소리를 질렀다. 대답이라도 하듯 알 안에 있는 무언가도 꽥 하고 소리를 질렀다. 새끼 고양이가 가르랑대는 소리와 박쥐의 날카로운 비명 그 중간쯤 되는 이상한 소리였다.

바늘처럼 날카로운 발톱이 두툼한 검은색 껍데기에 난 금을 찍었다. 그렇게 천천히 껍데기가 부서지더니 그 사이로 코가 드러났다. 콧구멍은 마치 소의 그것처럼 컸는데, 거북처럼 껍데기로 싸여 있었다. 그리고 그 생명체는 알보다도 어두운 짙은 검은색이었다.

"그 안에 있어."

제타는 뒤로 크게 물러서면서 경고했다.

"나오지 마! 나는 물약 제조사야. 나한테 덤비고 싶지 않을 텐데!"

알을 깨고 나오는 생명체에게서 눈을 떼지 않은 채 제타는 주머니를 뒤졌다. 무기가 될 만한 날카롭고 위협적인 도구를 찾았지만 제타가 꺼내 든 것은 돌괭이였다. 검만큼 훌륭하진 않았지만 그래도 녀석에게 흠집 정도는 낼 수 있을 것이다. 저 검은 코 뒤로 커다란 당근이 연결돼 있다면 말이다.

알의 껍데기가 부서지면서 마침내 머리와 몸통 일부가 드러났다. 제타는 겁에 질려 그대로 서 있었다. 이 생명체의 정체가 뭔지 도무지 알 수가 없었다. 다리 네 개, 비늘로 덮인 긴 꼬리, 몸집에 비해 지나치게 큰 날개. 게다가 보라색 눈은 엔더맨과 닮았다. 다만 그보다는 좀 더 순수하고 귀엽다고나 할까?

이 생명체의 모습은 전반적으로 강아지처럼 귀여웠다. 제타를 보고 가르랑거리다가 짹짹거리고 꾸르르 하는 소리를 냈다. 숨을 쉴 때마다 콧구멍이 벌렁거렸다. 제타를 바라보는 그 눈빛에서 뭔가 잘못되었음을 느꼈다.

"아니, 아니야."

제타는 괭이를 들고서 말했다.

"잘못 생각한 거야. 난 네 엄마가 **아니야**."

이 생명체는 제타 곁으로 몇 발자국 다가오더니 또 짹짹거렸다. 마치 질문이라도 하듯 끝을 올려서 지저귀었다. 반쯤 자란 소만큼 덩치가 큰 이 어린 생명체는 제타의 허리에 코를 대고 비볐다. 힘이 너무 센 나머지 제타를 거의 넘어뜨릴 뻔했다.

"내가 분명 안 된다고 했지. 몇 주 후면 고모가 돌아올 거야. 고모라면 너를 어떻게 해야 할지 아실 거야. 그러니까 그때까지만 얌전히 기다리자."

제타는 조심스럽게 이 생명체의 머리를 쓰다듬었다. 그러고 는 몇 발자국 뒤로 더 물러서서 천천히 괭이를 치웠다. 하지만 이 생명체는 괭이를 부드럽게 물더니 강아지가 막대기를 물고 흔드는 것처럼 앞뒤로 흔들었다. 제타는 괭이를 뺏으려고 잡아 당겼지만 이 생명체는 신이 나서 괭이를 더욱 세게 물었고, 결 국 괭이의 손잡이가 반으로 갈라졌다.

제타는 믿을 수 없는 현실에 머리를 절레절레 흔들었다. 어쨌 든 자신이 친 사고이니 고모가 돌아올 때까지는 저 생명체를 돌 봐야 했다. 하지만 제타는 지금 이 일에 신경을 쓸 정신이 없었 다. 시에나 듄스는 위험에 빠져 있었고, 제타는 물약을 폭발시 키지 않고 마을을 구할 방법을 찾아야 했다.

제타는 눈앞에 있는 생명체를 바라보며 검은색 몸집과 튼튼 한 날개를 자세히 훑었다. 순간 머릿속에서 수상한 생각이 피 어났다. 이 생명체는 어딘지 모르게 낯익었다. 제타는 애슈턴 을 위해 이 작은 생명체와 똑같이 생긴 비늘이 있는 검은색 용 복장을 만들어 준 적이 있었다. 애슈턴은 괴물의 날 전야제 같 은 축제를 진심으로 받아들였고, 무시무시한 상상 속 괴물을 만 들어 냈다. 그때 그 괴물 이름을 뭐라고 붙여 줬더라? **엔더 드래 곤?** 제타는 애슈턴이 공책에 끄적거린 그림들을 보여 줄 때마 다 미소를 짓고 고개를 끄덕였다. 아직 어린 애슈턴이 뭘 알겠 는가? 게다가 애슈턴은 아직도 횃불을 켜 놓고 잔다.

그리고 이렇게 귀여운 생명체가 무시무시한 용으로 변할 리 가 없었다. 코에서 보랏빛 독을 뱉을 리도 없다. 제타를 반으로

가를 발톱도 없었다. 또 제타를 다음 주까지 기절시킬 강력한 '용의 입맞춤'을 할 수도 없어 보였다.

애슈턴은 상상력이 과한 아이다. 이 생명체는 확실히 용이 아니다. 그냥 몸집이 큰 박쥐일 뿐이다. 제타는 이 일을 해결해야 했다. 만약 잘 해내면 고모가 제타의 책임감 있는 모습을 보고 다시 물약 제조를 가르쳐 줄지도 모른다. 물론 그럴 가능성은 낮았지만, 제타에게는 다른 희망이 없었다. 그래서 제타는 **절대** 용일 리 없는 저 생명체를 돌보는 일에 집중해야 했다.

"좋았어."

제타는 그 생명체에게 말했다.

"자, 그렇게 오랜 세월 알 속에 갇혀 있었으니 배가 고프겠지? 넌 어떤 걸 먹니?"

검은 생명체가 머리를 치켜들었다.

제타는 주머니 속에서 당근을 몇 개 꺼낸 뒤 차가운 토끼 스튜와 함께 생명체 앞에 내밀었다. 생명체는 그것들의 냄새를 맡더니 흥 하고 고개를 돌렸다.

"알겠어, 배는 안 고프구나. 그럼 원하는 게 뭐야?"

생명체는 더욱 가까이 다가오더니 제타를 향해 뛰어들었다. 제타는 본능적으로 손을 뻗어 이 어린 생명체를 받았다. 생명체는 제타의 목덜미에 얼굴을 비볐고, 제타는 자신의 가슴으로 파고들려는 이 생명체를 말렸다. 제타가 살짝 안자 어린 생명체는 제타의 귓가에 대고 가르랑거렸다. 온몸에서 느껴지는 그 떨림에 제타는 미소가 절로 지어졌다. 어쩌면 제타는 이 작지만 않은 아기 생명체와의 시간을 즐기고 있는지도 모르겠다.

갑자기 제타는 근육이 긴장되는 걸 느꼈다. 제타의 몸 안에서 근육들이 꺾이고 공사장 임시 구조물이 무너지듯 힘이 빠져나갔다. 힘의 물약 효과가 끝난 것이다. 이 생명체를 안전하게 팔로 안으려고 할수록 근육은 점점 더 흔들거렸다. 결국 몸의 힘이 완전히 풀렸고, 제타는 가여운 어린 생명체를 그만 단단한 바닥에 떨어트리고 말았다. 생명체는 깜짝 놀라 울음을 터트렸고 토라진 듯한 눈빛으로 제타를 쳐다보았다. 마치 이 세상의 모든 실망감이 담긴 듯한 표정이었다.

제타는 사과를 하려고 했지만, 어린 생명체는 슬픔에 못 이겨 쿵쿵거리며 작업실을 뛰어다니더니 병을 떨어트리고 상자들을 뒤집었다. 그대로 두었다가는 폭발 때보다 작업실을 더 엉망진창으로 만들 것 같았다. 이 작고 귀여운 생명체는 알고 보니 파괴의 동물이었다.

메릴 고모는 더는 집 안을 난장판으로 만들지 말라고 경고했지만, 이보다 더 큰 난장판은 없었다. 여기서 이 생명체를 내보내는 게 급선무였다. 서둘러 문을 연 제타는 이 생명체에게 휘파람을 불고 구구구구 소리를 내기도 했다. 그러고는 높은 톤으로 대화를 시도했다.

"착한 아기가 누구지?"

제타는 애슈턴이 농장 동물들에게 말하듯 말을 걸었다.

"오버월드에서 가장 착한 아기가 누구지?"

어린 생명체는 불신의 눈으로 제타를 쳐다보더니 흥 하고 콧

바람을 불었다.

그래, 동물은 막대기를 좋아한다. 제타는 주머니에서 막대기를 꺼내고는 생명체 앞에서 흔들었다. 하지만 별 관심 없어 보였다.

"알겠어, 더 큰 게 좋다 이거지?"

제타는 고모가 숨겨 놓은 나무를 찾았다. 그러고는 재빨리 맞아도 다치지 않을 정도의 둔탁한 나무 삽을 만들었다. 다 완성한 뒤, 제타는 석탄 조각으로 삽에 미소 짓는 눈과 입을 그려 넣었다.

"어때? 맘에 들어?"

제타는 절대 용일 리 없는 저 동물을 향해 삽을 들어 올리며 물었다.

"갖고 놀고 싶은 거 다 알아."

생명체는 몇 발자국 앞으로 다가왔다. 그리고 또 몇 발자국 더 다가왔다. 제타는 뒷걸음질로 열린 문을 향해 갔다.

"밖에서 던지기 놀이 하자. 깨질 만한 물건이 없는 곳에서 말이야."

생명체는 꼬리를 흔들다가 보라색 액체가 든 솥을 엎었다. 제타는 움찔했다. 하지만 이 생명체는 알아차리지 못하고 덩실거리며 제타를 향해 걸어왔다. 제타는 뒤로 돌아 문밖으로 달려갔다. 용……, 아니 용이 아닌 저 생명체는 제타를 뒤따라왔다. 현관에 다다랐을 때, 제타는 최대한 멀리 삽을 던졌다.

생명체는 날개를 퍼덕이며 달렸다. 하지만 땅 위로 뜨지는 못했다. 오로지 삽을 향해 달려들어서는 침이 가득 고인 입으로 물고 난폭하게 흔들어 댔다.

"조심해."

제타가 말했다.

"그거 부수면 안 돼. 살살해, 살살."

생명체는 다시 제타에게로 돌아와서는 침 범벅이 된 삽을 제타의 발아래에 떨어트렸다.

"그게 꽤나 마음에 드는구나?"

제타는 삽을 다시 들더니 이번에는 더 멀리 던졌다. 생명체는 또다시 삽을 향해 달렸다. 그리고 한 번 더. 처음에는 제타도 재미를 느꼈다. 하지만 열두 번 정도 던지고 나니 팔이 아파 왔고, 지루해졌다. 그러나 이 생명체는 놀이를 그만둘 생각이 없어 보였다.

"배 안 고파? 졸리진 않아? 아니면 그냥 좀······."

제타는 도움이 필요했다. 리프트와 레인이라면 분명 좋은 수를 생각해 냈을 것이다. 하지만 이 생명체를 데리고 마을로 돌아갈 수도 없었다. 그렇다고 고모 집에 두고 갔다 올 수도 없었다. 하루도 안 돼서 집을 엉망진창으로 만들 테니 말이다.

결국 제타는 타협을 하기로 결정했다. 용을 어딘가 안전한 곳에 데려다 놓은 뒤에 친구들을 데려오는 것으로 말이다. 제타는 마을에 다녀올 동안 먹을 고모의 파이를 몇 개 챙겼고, 돌아와서 다시 구워 놓겠다고 다짐했다. 그러고는 삽을 몇 번 더 던져서 용을 산 아래로 유인한 다음, 생명체를 숨겨 놓기에 적당한 동굴로 데리고 갔다.

제타는 어둠 속을 들여다보며 거미가 사사삭 움직이는 소리나 해골 뼈가 달그락거리는 소리가 나지는 않는지 귀를 기울였다. 하지만 아무런 소리도 들리지 않았다. 제타는 삽을 무기 삼아 들고서 더 깊숙이 동굴 속으로 들어갔다. 생명체도 제타를 따라 들어왔고, 그 보라색 눈은 어둠 속에서 무시무시하게 빛을 냈다.

동굴은 매우 깊었고, 절대 용이 아닌 이 생명체를 잠시 숨겨 두기에는 더할 나위 없이 완벽한 곳이었다. 제타는 혹시라도 저 어린 생명체가 배고프거나 목이 마를 걸 대비해서 물이 든 솥과 간식거리를 내려놓았다. 그러고는 조심조심 뒷걸음질을 쳤다. 물론 자신을 혼자 두고 가 버린 제타에게 삐질 수도 있다. 하지만 제타에게는 지금 선택의 여지가 없었다. 제타는 동굴 깊은 곳을 향해 몇 번 더 삽을 던졌고, 어린 생명체는 몇 번이고 신이 나서 삽을 물고 돌아왔다. 제타는 저 생명체가 자신을 향해 웃고 있다는 걸 확신할 수 있었다.

어린 생명체가 삽을 가지러 갈 때마다 제타는 동굴 입구에 조약돌 벽을 쌓았다. 제타는 또다시 삽을 던지는 척했고, 어린 생명체는 동굴 속으로 달려가 미친 듯이 삽을 찾았다. 일 분 뒤, 이 생명체는 뿌루퉁해져서 돌아왔다. 하지만 그때는 이미 제타가 동굴 입구를 조약돌로 완전히 막고 밖으로 나간 후였다. 다만 신선한 공기가 통할 수 있도록 작은 구멍은 남겨 두었다.

제타는 그 구멍을 통해 안을 들여다봤다. 귀여운 강아지 같았던 눈이 마치 독을 뿜어내는 거대한 엔더 드래곤의 눈처럼 변해 제타를 노려봤다. 용의 존재를 믿는다면 말이다. 하지만 제타는 믿지 않았다.

"미안해."

제타가 말했다.

"다 너를 위해서야. 오래 걸리진 않을 거야. 내가 친구들을 데리고 올게. 알겠지? 리프트는 약간 장난꾸러기긴 하지만 정말 똑똑해. 그리고 레인은 활을 아주 잘 쏴. 내가 아는 사람 중 가장 용감해. 둘 다 네 마음에 들 거야."

동굴 속 어린 생명체는 홍 하고 콧소리를 냈다.

그러자 벽이 울렸다. 이런. 제타는 만약을 위해 자갈로 입구에 두 번째 벽을 쌓았다. 그리고 세 번째 벽도 쌓았다. 그러고 나서 제타는 마침내 마을로 돌아갔다.

9장

리프트는 제타의 머리에 오징어라도 앉아 있는 듯 쳐다봤다.

"지금 뭘 데리고 있다고?"

"어떻게 설명해야 할지 모르겠어. 분명 그곳에 알이 있었는데 그 알이 사라졌어. 그런데 또다시 나타났어. 그러고는 내가 그 알을 깨뜨렸어. 그리고 그게…… 부화했어."

"소가? 비늘이 달렸다고?"

레인이 고개를 천천히 끄덕이며 물었다.

"아니, 소가 아니야! 거의 소만큼 크다는 거지. 그리고 비늘이 있어. 아, 그리고 검은색이야. 날개도 있어. 그런데 아직 날지는 못하는 것 같아."

제타는 깊은 한숨을 쉬었다. 제타와 친구들은 비밀회의 장소인 제타 할아버지의 농장에 와 있었다. 제타는 집으로 돌아가는 위험을 감수할 수 없었다. 그래서 바닥에서 뒹구는 닭과 돼지의 냄새를 무시한 채 헛간 서까래에서 지내야 했다.

"나랑 같이 가자. 너희가 직접 봐야지 내 말을 이해할 수 있어. 고모가 돌아오실 때까지 그 생명체를 돌봐야 해. 그런데 나 혼자서는 할 수가 없어."

제타는 어깨를 으쓱했다.

"마을은 여전히 엉망진창이야, 제타."

레인이 말했다.

"이렇게 그냥 떠날 순 없어."

너처럼 말이야. 말로 하진 않았지만 제타에게는 그렇게 들렸다. 쌍둥이들은 제타의 아버지가 몇 번이나 집을 찾아와 제타를 찾았다는 말을 들려줬다. 제타는 친구들에게조차 자신이 어디로 간다는 말을 하지 않았기 때문에 모두를 걱정하게 만든 것에 대해 죄책감이 들었다. 그런 제타가 이번에는 말도 안 되는 이야기를 하며 친구들에게 도움을 요청하고 있었다.

"그래, 다음 전투 준비도 해야 하고."

리프트가 말을 이어 갔다.

"약탈자들이 또 쳐들어올 수 있으니까."

"그래서 내가 마을을 떠난 거야! 시에나 듄스를 효과적으로 지킬 수 있는 물약 만드는 법을 배우기 위해서 말이야. 하지만 실수로 위더를 불러올 뻔했고, 고모의 작업실을 두 번이나 박살 냈어. 게다가 알도 깨뜨리고 부화까지 시키고 말았지. 그 생명체를 돌보는 일은 절대 혼자서는 해결할 수 없어. 하지만 너희가 도와주면……."

"우리 부모님은 그렇게 며칠씩이나 마을을 떠나 있는 걸 허락하지 않으실 거야."

레인이 말했다.

"그리고 우리는 여기서 해야 할 일이 있어."

"나도 알아."

제타가 말했다.

"그래서 우리가 역할을 분담해서 서로 일을 맡아서 하면 어떨까 생각했어. 만약 시간표만 잘 짜면 너희 부모님도 우리가 없어진 줄은……."

그때 아래에서 무언가 큰 소리가 들렸다. 누군가에게 이 비밀 장소를 들켰다는 사실에 다들 긴장한 채 가만히 신경을 곤두세웠다. 제타와 친구들은 헛간 서까래 밖으로 고개를 빼꼼 내밀고는 땅바닥을 내려다봤다. 구석에는 건초 더미가 쌓여 있었고, 낡은 돌괭이가 벽에 기대져 있었다. 닭이 씨앗 보관 상자 위에서 누군가 열어 주기를 기다리듯 앉아 있었다.

"누구세요?"

제타가 외쳤다. 돌아오는 소리는 돼지 울음소리뿐이었다.

레인은 어깨를 으쓱했다.

"아무도 안 보여. 돼지가 여물통을 친 건가 봐."

제타는 한숨을 내쉬었다. 이 상황에 비밀 장소까지 들킬 순 없었다. 감자밭 말고도 할머니와 할아버지의 농장에는 몇몇 감시하는 눈들이 있었다. 따라서 이곳은 오래 머물기에 최적의 장소는 아니었다. 친구들은 무너질 것 같은 사다리를 내려와서 마을 광장으로 달려갔다. 마을 곳곳의 자질구레한 난장판은 정리가 되었지만, 큰 피해는 여전히 남아 있었다.

종탑은 밑부분에 커다란 사암 조각이 떨어져 나가면서 금방이라도 넘어질 듯 보였다. 하지만 아직은 굳건히 그 자리에 서 있었다. 마을 사람들은 마을을 둘러싸는 두 번째 벽을 세우고 있었다. 제타는 이곳에 온 걸 들키지 않기 위해 윗도리의 목 부분을 잡아당겨서 코까지 가렸다. 제타는 절대로 자신의 아버지나 시장을 만나면 안 된다는 생각에만 골똘한 나머지, 식료품점 밖에 늘어놓은 달걀에 부딪힐 뻔했다.

"조심해!"

식료품점의 글로리아나가 잽싸게 손을 뻗어 못해도 백 개는 될 법한 달걀 위로 제타가 넘어지는 걸 막았다.

"죄송해요."

제타가 말했다. 제타의 목소리는 얼굴의 반을 가린 옷자락 때문에 웅얼거리듯 들렸다. 달걀이라면 이미 충분히 깼다. 제타는 글로리아나와 눈이 마주치는 걸 피했다. 친구들은 여정 동안에 먹을 간식거리를 사러 가게 안으로 들어갔다. 빈속으로 달릴 순 없으니 말이다. 이들에게는 에메랄드가 다섯 개밖에 없었지만, 빵 여섯 줄과 달콤한 열매를 사기에는 충분했다.

가게를 나온 제타와 친구들은 괴물들과 최대한 마주치지 않도록 온 힘을 다해 빠르게 달려 사막을 가로질렀다.

사막은 천천히 우거진 풍경으로 바뀌었고, 햇살은 차차 약해져 갔다. 공기 또한 축축해졌다. 여기저기 녹지가 보였고, 그렇게 제타와 친구들은 새로운 생물 군계로 들어갔다.

제타는 저 멀리 산을 바라봤다. 몸이 무척이나 피곤했지만, 아직도 갈 길이 멀다는 사실에 좌절했다. 출발한 지도 이미 하루가 거의 지난 상태였다. 하지만 이들은 계속해서 달렸고, 속도가 떨어질 때마다 빵과 열매를 먹었다.

마침내 제타와 친구들은 동굴 앞에 다다랐다.

"자, 놀라지 마."

제타가 경고했다.

"갑자기 움직이면 안 돼."

제타는 주머니에서 삽을 꺼내며 그것이 어린 생명체에게 화해의 손길이 되길 바랐다. 하지만 동굴 안으로 들어갈수록 부서진 자갈 조각이 제타의 발에 걸렸다. 안 돼, 안 돼. 코너를 돌았을 때 제타는 자신이 쌓은 벽이 완전히 부서진 걸 발견했다.

"그래서 그 생명체는 어디 있는 거야?"

레인이 물었다.

"투명한 존재인가?"

"정말 여기에 있었어! 벽을 부수고 나갔나 봐."

레인은 고개를 끄덕였다.

"그러시겠지. 지금 우리한테 장난치는 거야? 그런 거라면 당한 것 이상으로 되갚아 줄 거야."

"아니야! 정말 용이었어. 내가 직접……."

제타는 순간 손으로 입을 틀어막았다. 방금 그 단어를 내 입으로 말한거야? 제타는 머리를 흔들었다.

"아니, 용 아니야. 용은 존재하지 않잖아. 아무튼 그게 뭔지는 정확히 모르겠어. 다만 녀석은 아직 어리고, 여길 벗어나 길을 잃었다는 거야. 그러니까 우리가 그 아이를 찾아야 해."

하지만 제타가 몸을 돌리기도 전에 뒤에서 자갈이 바스락거리는 소리가 들렸다. 서두르느라 동굴에 괴물이 있는지도 확인하지 않았던 것이다. 해골처럼 달그락거리거나 거미가 내는 소리는 아니었다. 곧이어 신음 소리가 들렸다.

좀비다. 분명 좀비다. 제발 한 마리면 좋겠다. 셋은 동시에 무기를 꺼냈다. 그러고는 신음 소리가 들리는 쪽으로 살금살금 걸어갔다. 코너를 돌았을 때 제타는 충격으로 피가 차가워지는 걸 느꼈다. 그들의 눈앞에는 제타의 사촌 동생인 애슈턴이 동굴 벽에 기대어 팔을 어루만지고 서 있었다.

"애슈턴! 여긴 어떻게 왔어?"

제타가 물었다.

"누나처럼 뛰어서 왔지."

애슈턴은 여전히 끙끙거리며 대답했다.

"너 팔은 왜 그래?"

리프트가 물었다.

"잠시 쉬려고 강에 갔어."

애슈턴은 멋쩍게 대답했다.

"그런데 거기서 엄청 축축한 허스크한테 물렸지 뭐야. 그래도 내가 검을 몇 번 휘둘러서 제압했어."

제타는 황급히 물린 자국을 확인했다. 상처는 깊지 않았다.

빨리 나을 수 있을 정도였다. 하지만 제타는 위험한 상황을 자초한 애슈턴에게 여전히 화가 났다.

"우리 따라오면 안 돼. 무시무시한 괴물들을 상대하기엔 너는 아직 어리고 경험도 많지 않잖아."

애슈턴은 얼굴을 찌푸렸다. 그러고는 주머니 속을 뒤지더니 제타 앞에 썩은 살 뭉텅이와 뼈를 내놨다.

"여기 오는 동안 허스크 일곱, 해골 넷을 죽였어. 그렇게 어렵지도 않았고. 그런데 왜 누나는 아직도 나를 어리다고 생각하는지 모르겠어. 키도 누나랑 거의 똑같은데 말이야!"

리프트의 눈이 커졌다.

"네 사촌 동생 엄청 세다, 제타. 그동안 우리하고 왜 같이 못 다니게 했는지 모르겠는걸."

제타는 리프트를 강렬하게 노려봤다. 제타는 애슈턴이 자신 때문에 이 무리에 끼지 못한다는 걸 모르길 바랐다.

리프트는 자신이 실수로 내뱉은 말에 더듬거리며 해명했다.

"그게, 내 말은, 그게 아니라…… 나도 잘 모르겠어. 내 말 신경 쓸 거 없어. 별말 아니니까."

하지만 이미 늦었다. 애슈턴은 슬픈 강아지 눈을 하고서 제타를 쳐다봤다.

"물론 나도 네가 우리와 함께 다니길 원해."

제타는 리프트가 사고를 쳤으니 그에 대한 변명을 해야 했다.

"해골이나 좀비도 문제지. 그런데 이 생명체는…… 나도 뭔지 모르겠어. 지금은 그렇게 크진 않지만 언제 위험해질지 모르는 생명체를 네 곁에 둘 순 없어."

"엔더 드래곤이야."

애슈턴이 말했다.

"본 적 없잖아."

제타가 눈을 굴리며 말했다.

"누나가 헛간에서 말하는 거 들었어."

애슈턴은 공책을 꺼내서 제타에게 보여 줬다. 제타는 전에도 위협적인 눈빛을 한 커다란 검은 용을 본 적이 있다. 물론 닮은 부분도 있긴 했다. 하지만 이 어린 생명체는 그보다 오십 배나 작았고 백만 배 착하게 생겼다.

"괴물에 관한 책을 보고 있을 때 리드 아저씨가 말해 준 적이 있어. 그리고 용을 구별해 낼 수 있는 방법에 대해서도 배웠지. 그런데 누나는 아직도 내가 너무 어리다고 생각하고 집으로 돌아가기만을 원하잖아."

제타는 애슈턴의 목소리에 깃든 억울함을 느끼고는 흠칫 놀랐다. 원래 애슈턴은 매사에 성격이 느긋하고 긍정적이었다. 제타가 애슈턴의 자존심에 상처를 입힌 것이 분명했다. 따라서 지금은 제타가 숙이고 들어갈 차례였다.

"애슈턴, 네 말이 맞아. 널 보면 아기 때의 널 돌보던 모습이 떠올라서 그랬어. 너랑 나랑 같이 모래성 만들고 저장고 뒤편에 있는 작은 연못에서 낚시하던 거 기억나? 하지만 이제 넌 준비가 된 것 같다. 너와 함께 모험을 하고 싶어. 너희도 그렇지?"

제타가 리프트와 레인을 돌아보며 물었다.

"당연하지!"

리프트와 레인이 한목소리로 대답했다.

"그럼 다 좋은 거지?"

제타는 애슈턴에게 손을 내밀며 물었다.

"이제부터 우리가 그……."

입 밖으로 그 단어가 쉽게 나오지 않았다. 하지만 제타는 뱉어 냈다.

"엔더 드래곤을 찾는 걸 도와줘."

애슈턴이 늠름하게 일어서서 제타의 손을 잡고 흔들었다.

"아주 멋질 거야."

애슈턴이 말했다.

"자, 다들 날 따라와!"

그러고는 다치지 않은 사람처럼 힘차게 동굴 밖으로 뛰어나갔다. 애슈턴은 앞뒤를 돌아보며 나무 사이를 훑었다. 나뭇잎이 찢어지거나 가지가 부러져 있는 등 무언가 지나간 흔적을 찾는 것이었다.

아이들은 수많은 연어가 헤엄쳐 다니는 시냇물을 첨벙첨벙 건넜고, 크고 검은 오크나무 숲속을 걸어갔다. 잎이 우거져 햇빛이 잎사귀들 사이로 들어오지 못했다. 숲 바닥은 축축하고 차가웠으며, 해가 지면서 점점 어두워졌다. 용의 흔적을 놓쳤다는 생각이 들 때마다 애슈턴은 부러진 나무나 아기 용 모양으로 구멍이 난 수풀을 찾아냈다. 마침내 아이들은 발을 질질 끄는 소리, 쿵쿵거리는 소리 그리고 친숙한 가르랑 소리를 들었다.

제타는 삽을 들고 아기 용을 유인할 준비를 했다.

"착한 아기가 누구지?"

제타가 소리쳤다.

"막대기 가져왔는데!"

전속력으로 제타를 향해 달려오는 발자국 소리가 났다. 제법 무거운 소리였다. 마침내 용이 덤불을 뚫고 나타났고, 다들 숨기 위해 흩어져 도망쳤다. 레인은 나무로 기어올랐고, 리프트는 바위 뒤에 숨었다. 제타는 삽을 떨어트리고 나무 뒤에 숨었다.

"분명 네가 소만 하다고 하지 않았냐."

리프트는 바위 뒤에서 머리를 내밀고 슬쩍 쳐다보며 말했다.

제타도 다시 한 번 쳐다봤다. 용은 이제 파괴수만큼 덩치가 컸고, 몸통이 두툼해졌다. 꼬리도 길어지고 발톱도 거대해졌다. 그래도 아직 귀여운 강아지 눈빛을 하고 있었고, 친구들과 무슨 놀이든 할 생각에 신이 난 듯 쿵쿵거리며 주변 공기를 맡았다. 제타는 침을 꿀꺽 삼켰다.

제타는 용이 단기간에 어떻게 저렇게 급격히 자라는지 알 수 없었지만, 심각한 상황인 것만은 확실했다.

10장

용은 먼저 레인의 냄새를 맡았다. 그러고는 뒷발로 일어서더니 앞발로 나무를 밀고 낮게 매달린 가지를 물었다. 그렇게 장난삼아 몇 번 나무를 밀치니 나무가 갈라졌고, 나무 블록이 사방으로 튀었다. 아직 하늘을 날 정도는 아니었지만, 커다란 날개를 퍼덕이자 나무에서 떨어진 이파리, 나뭇가지, 흙먼지 등이 소용돌이를 일으키며 날아갔다.

그 순간, 제타는 용을 부르려고 했지만 두려움에 혀가 굳었다. 아무리 나무를 다뤄 본 경험이 별로 없는 제타라지만, 레인 주변으로 잎사귀들이 모래처럼 우수수 떨어지는 걸 보니 나무가 곧 부러질 게 분명했다. 하지만 나무는 몸통의 반을 잃고도 곧게 서 있었다.

애슈턴은 제타가 떨어뜨린 삽을 주워서 용에게 다가갔다. 레인에 대한 걱정이 채 가시기도 전에, 예상할 수 없을 정도로 파괴력이 강한 저 괴수에게 다가가고 있는 어린 사촌 동생이 제타의 눈에 들어왔다.

"애슈턴 알렉산더 나이트."

제타가 낮은 목소리로 애슈턴을 불렀다. 제타는 마치 자신의 아버지라도 된 듯한 기분이었다.

"당장 물러서지 않으면……."

애슈턴은 손바닥을 위로 향한 채로 용을 향해 팔을 뻗었다.

"오버월드에서 가장 멋진 엔더 드래곤이 누구지?"

애슈턴이 용에게 속삭였다. 용은 못난이처럼 미소를 크게 지으면서 애슈턴을 향해 몸을 돌렸다. 그러고는 애슈턴의 손바닥과 얼굴을 차례로 핥아 대며 끈끈한 침 자국을 잔뜩 남겼다. 애슈턴은 조금도 움찔하지 않았다. 애슈턴이 앞에서 삽을 흔들자, 용은 꼬리를 흔들면서 땅을 탁탁 쳤다.

"착하지."

애슈턴은 용의 검은색 긴 코를 쓰다듬으며 말했다. 애슈턴은 까치발까지 하고선 최대한 높이 삽을 들었다. 삽에만 온통 정신이 팔려 머리를 위로 젖혔던 용은 그대로 땅바닥에 엉덩방아를 찧고 주저앉았다.

"옳지, 잘 앉았어."

애슈턴은 이렇게 말하면서 용이 삽 끝을 씹도록 놔두었다.

용은 차분해졌다. 애슈턴은 용의 머리에 솟은 작은 회색 뿔을 뒤에서 쓰다듬었다. 그러자 용은 뒷발로 부드럽게 땅을 찼다.

"봐 봐, 무서워할 거 없어."

애슈턴은 제타에게 말했다.

"용에게 이름 붙여 주자."

"아니, 이름은 안 붙여 줄 거야."

제타는 언젠가 토끼 이름에 대해 고모가 했던 말을 기억하며 이렇게 말했다. 제타는 용에게 정을 붙이고 싶지 않았다. 고모는 조만간 집에 돌아올 것이고, 그러면 용을 떠나보내야 하기 때문이다.

용이 진정된 것처럼 보이자 제타는 나무 뒤에서, 리프트는 바위 뒤에서 천천히 모습을 드러냈다. 다만 레인은 긴장을 늦추지 않고 나무 위에 앉아서 활을 꺼내 들고 있었다.

"이해가 안 가. 어쩜 이렇게 빨리 컸지?"

제타가 말했다.

애슈턴은 어깨를 으쓱해 보였다.

"흐음. 정확하게 설명하긴 어려운데, 내 생각에는 탈피를 한 것 같아. 봐, 아직 비늘이 축축하잖아. 엔더 드래곤에 관한 기록은 많지 않아. 아마도 엔더맨은 엔드에 대한 기록을 보관하지 않나 봐."

"엔드?"

리프트가 물었다.

"엔드 말이야. 포털 중 하나. 거기서 엔더맨이 나오는 거야."

애슈턴은 공책을 꺼내서 몇 장을 넘기더니 **엔드에 관한 모든 것**이라고 크게 적힌 쪽을 펼쳤다. 그 밑에는 작은 글씨로 이렇게 적혀 있었다.

- 엔더맨이 사는 곳
- 물 없음
- 바닥에 구멍이 많음(발 조심!)
- 어쩌면 엔더 드래곤이라는 동물의 고향
- 엔드 시티???(리드 아저씨는 거기서 겉날개를 얻으면 날 수 있을 거라고 했다. 나도 정말 날고 싶다!)

제타는 애슈턴이 글 아래에 그린 날개를 달고 하늘을 날아오르는 작은 그림을 쳐다봤다. 날개는 메릴 고모의 망토와 비슷하게 생겼다. 제타는 공책을 탁 하고 덮고는 애슈턴에게 돌려줬다. 애슈턴의 상상력은 걷잡을 수 없을 정도였다.

엔드라는 세계는 마치 악몽처럼 들렸다. 제타는 전에 엔더맨 때문에 아주 크게 놀란 적이 있었다. 엔더맨은 시공간을 초월해서 그것도 눈 깜짝할 사이에 움직인다. 제타는 친구들과 마을 밖에서 엔더맨을 종종 본 적이 있었다. 엔더맨은 대체로 숨어서 지내지만, 흥미로운 블록을 훔치기 위해 모습을 드러내기도 했다. 제타가 태어나기도 훨씬 전 시에나 듄스에 엔더맨들이 쳐들어와 마을의 유일한 풀 블록을 훔쳐 달아난 적이 있다는 이야기가 지금도 전설처럼 남아 있다.

"뭐가 보이는 것 같아."

여전히 나무 위에 있던 레인이 숲속의 빈 곳을 가리키며 말했다. 리프트는 레인이 가리킨 튀어나온 바위 뒤쪽으로 갔다. 그런데 일 분이 지나도록 리프트는 아무런 소리도 내지 않았다.

"리프트?"

제타는 리프트를 불렀다.

"무슨 일 있는 거 아니지?"

"크으으!"

그때 제타의 뒤에서 소리가 났다. 몸을 돌리자 엔더 드래곤 한 마리가 더 있었다. 제타는 거의 소리를 지를 뻔했다. 얇은 용의 가죽 아래로 리프트가 짓궂게 웃고 있었다.

"장난치지 마!"

제타가 리프트의 어깨를 때리며 외쳤다.

"미안해. 도저히 참을 수가 있어야지. 그래도 멋지지 않아? 이게 애슈턴이 말한 그 허물이야."

리프트는 허물을 땅바닥에 조심스럽게 내려놨다. 반투명한 잿빛의 허물은 얇고 군데군데 찢겨 있었다. 그래도 알에서 막 나왔을 때의 아기 용 모습을 거의 그대로 간직하고 있었다.

"멋진 게 아니라 으스스한 거겠지."

제타는 나뭇가지로 허물을 찔러 보며 말했다.

"그럼 이 용이 얼마나 더 커지는 거야?"

"음……."

애슈턴은 용의 크기를 가늠하기 위해 손을 뻗더니 손가락으로 만든 틀 안으로 용이 들어올 때까지 뒤로 물러섰다.

"저 거대한 발 크기로 보아 꽤 많이 클 것 같아. 그것도 아주 많이. 아니, 내 말은 그래도 용이잖아. 일반적으로 용이 작진 않으니까."

리프트는 용 앞에 서 있는 애슈턴 곁으로 과감하게 다가가 손을 뻗어 용의 콧등을 쓰다듬어 주었다. 리프트의 손이 여전히 용의 콧등에 닿아 있는 걸 본 제타는 자신도 용을 만져 보기로 마음을 먹었다. 하지만 제타가 손을 뻗자, 용은 콧김을 내뿜더니 그녀의 손이 닿기도 전에 머리를 돌려 버렸다.

"아직도 동굴 일 때문에 삐진 거야?"

제타가 물었다.

"이해해. 하지만 약속대로 새 친구들을 데려왔잖아."

용은 제타를 무시하고는 다시 삽을 물어뜯었다.

"안 내려올 거야?"

리프트는 아직도 나무 위에 있는 레인을 향해 외쳤다. 리프트는 나무에서 삐져나온 조각을 쳤다.

"나무를 많이 모아서 돌아갈 수 있겠어. 대장장이한테 나무를 팔면 도구 손잡이를 얻을 수 있을 거야."

그렇게 말하며 리프트는 또다시 나무를 쳤다.

"나무 좀 그만 쳐!"

레인이 떨리는 목소리로 소리쳤다.

"조금만 더 있다가 내려갈게. 난 그냥…… 여기에 있는 게 나한테 유리하고……."

"용이 무서운 거잖아. 인정해."

리프트가 말했다.

"아니야, 무섭지 않아. 그냥 조심하자는 거지. 누군가는 상황을 살펴야 하잖아. 그리고 그 허물을 발견한 것도 나고. 그러니까…… 여기에 좀 더 있겠다는 거야."

제타는 미소를 지었다. 원래 레인은 셋 중 가장 용감했다. 하지만 용 앞에서만큼은 아니었다.

"그래, 잘 살펴봐."

제타가 격려하듯 말했다.

"리프트, 이 나무 말고 다른 나무 찾아서 쳐. 그리고 이곳에서 나무를 가져갈 순 없어. 마을 사람들이 어디서 났는지 물어볼 수도 있으니까. 일단 여기에 임시 숙소를 짓는 게 좋겠어. 내 생각에는 이 숲이 용과 함께 지낼 숙소를 짓기에 최적의 장소 같아. 나무가 있어서 다른 사람의 눈을 피할 수 있고, 근처에 시냇가도 있는 데다가 먹거리도 찾을 수 있어. 고모네 집도 근처에 있어서 고모가 집을 비운 동안 내가 집을 보러 가기도 쉬워."

그날 저녁, 아이들은 계획을 짰다. 용을 혼자 두지 않기 위해 순번을 정해서 용을 돌보기로 했다. 먼저 제타와 애슈턴이 용을 돌보기로 했고, 그동안 리프트와 레인은 집으로 돌아갔다.

"애슈턴."

제타가 불렀다.

"나는 동물에 대해 아는 게 없어. 특히 이런 상상 속 동물에 대해서는 더더욱 말이지. 그러니까 네가 알아서 데리고 놀아."

제타는 숲 입구 빈터에 자리를 잡고 앉아 팔짱을 끼고선 애슈턴과 용이 신나게 노는 모습을 지켜봤다. 제타는 용 때문에 어질러진 고모네 집을 치워야만 했다. 하지만 애슈턴을 용과 단둘이 둘 수는 없었다.

애슈턴은 나무 삽과 칭찬을 이용해서 용에게 간단한 기술을 가르쳤다. 이십 분 후 용은 명령에 따라 앉을 수 있고, 사십오 초나 기다릴 줄도 알았다. 물론 그 뒤로는 달리고 싶은 마음을 더는 누르지 못해 애슈턴을 쫓아갔지만 말이다. 애슈턴은 용에게 눕기도 가르쳤다. 하지만 용은 바닥에 몸을 거의 대려고 할 때마다 제타를 보고선 콧방귀를 뀌었다.

"저⋯⋯."

애슈턴이 입을 뗐다. 애슈턴의 얼굴에는 지금껏 제타가 본 적 없는 심각한 표정이 깃들어 있었다.

"내 생각에는 용이 누나를 못 믿어서 편안한 자세를 안 하려는 것 같아. 자리 좀 피해 줄 수 있어?"

제타는 한숨을 쉬었다. 용과 말이 통한다면 용은 동굴에 벽을 만든 제타를 진즉에 용서했을 것이다. 하지만 제타는 숙소를 만들 나무를 모아 와야 했다. 제타는 숲으로 가서 적당한 나무를 찾아 때렸다.

아야.

두 번째 나무를 넘길 때 제타의 손등에 가시가 박혔다.

'리프트가 떠나기 전에 도끼 만드는 방법을 물어볼걸.'

제타는 나무를 다루는 일에 익숙하지 않았다.

사막에서는 나무는커녕 나무 조각만 찾아도 행운이었다. 마을에 나무가 이렇게 많았으면 건물을 짓는 게 얼마나 쉬웠을까. 제타는 작은 방 두 개와 큰 공동 구역이 있는 기본 숙소를 지었다. 화로도 대충 하나 만들어서 해가 떨어질 때 즈음 방이 따뜻해지도록 그 안에 나무판을 넣어 불을 지폈다. 사냥은 레인의 임무였지만, 레인이 오기 전에는 제타가 갖고 있는 음식과 물로 상자를 채워야 했다.

소박한 숙소 안에서 제타는 용을 무서워하지 않고 애슈턴을 감시할 수 있었다. 애슈턴은 용에게 가만히 있으라고 명령을 내리더니 용 뒤로 걸어가서 나무 뒤에 삽을 숨겼다. 그러면 용은 냄새로 금방 삽을 찾았다. 어느새 많이 친해진 둘을 보고 있자니 제타는 조금 질투가 났다. 알을 찾은 사람도, 실수로 그 알을 깨트린 사람도 모두 제타였기 때문이다. 사막을 건너 무시무시한 숲을 지나 고모의 집을 찾은 것도 역시 제타였다. 제타는 처음 산을 오를 때 벌에 쏘인 팔을 문질렀다. 아직도 따끔거렸다. 하지만 용이 계속해서 자신을 보며 콧방귀를 뀌는 걸 보는 게 더 쓰라렸다.

애슈턴도 휴식이 필요할 것이었다. 제타는 메릴 고모의 마지막 호박 파이를 애슈턴에게 주기 위해 밖으로 나갔다. 제타가 다가가자 애슈턴의 목소리가 들렸다.

"미치, 어디 있지? 어디 있니, 미치?"

"미치?"

제타가 되물었다.

"용한테 이름 안 지어 주기로 한 것 같은데."

"걱정 마. 미치는 삽 이름이야."

애슈턴이 대답했다.

"우리가 삽에게 이름을 지어 줬거든."

"우리?"

제타가 또 물었다.

애슈턴이 용을 향해 윙크를 했다. 용은 콧구멍을 벌렁거리며 튜닝이 안 된 호른처럼 쿵쿵댔다.

"우리끼리 하는 농담 같은 거야. 우아, 이 파이, 나 먹으라고 갖고 온 거야?"

애슈턴은 제타가 무어라 대답을 하기도 전에 파이를 덥석 잡더니 곧장 입으로 쑤셔 넣었다.

"고맙다는 인사는 안 해도 돼."

제타는 파이 부스러기가 애슈턴의 옷자락 밑으로 굴러떨어지는 걸 보며 말했다.

"저 용 정말 똑똑해. 그리고 배우려는 의지가 있어."

애슈턴이 활짝 웃으며 말했다.

"뭐든지 다 가르칠 수 있을 것 같아!"

제타는 고개를 끄덕였다.

"멋지네. 그럼 몸에 닿는 것마다 부수지 않는 것부터 가르치면 되겠군. 나는 고모네 가서 동물들이 잘 있는지 확인하고 청소도 좀 하고 올게."

이쯤 되니 제타도 용이 애슈턴을 해치지 않을 거라는 확신이 생겼다. 다만 애슈턴이 용에게 멍청한 짓을 하지 않을 거라는 확신은 없었다. 가령, 용의 등에 타는 행동 같은 것들 말이다.

"알겠어."

애슈턴은 제타가 하는 말에 신경 쓰지도 않고 건성으로 대답하며 용의 배를 살살 긁어 주고 있었다.

제타는 한숨을 쉬며 산으로 향했다. 고모네 집에 도착한 제타
는 닭과 토끼에게 모이를 줬다. 우리 안으로 들어가고 나올 때
도 문을 확실히 닫았다. 그런 후 용이 엉망으로 만든 집 안을 치
웠다. 바닥을 닦고 깔끔하게 정리했다. 지나치도록 깔끔하게.

낡았지만 왠지 신비로운 분위기를 풍기던 고모의 집은 마치
가구점 내부처럼 보였다. 지나치게 치우고 닦아서 그 공간의
성격마저 닦여 나간 곳처럼 말이다. 제타는 집 안을 돌아다니
면서 정돈된 물건들을 다시 삐딱하게 옮겼다. 상자 안에서 거
미줄을 찾아 구석구석에 걸어 두기도 하고, 일부러 창문도 더럽
혀서 밖이 잘 보이지 않게 만들었다. 마룻바닥에는 흙을 뿌렸
다. 조금씩 고모의 집은 독특한 분위기로 변했다. 이제야 집 안
은 다시 고모가 처음 물약을 만들던 곳처럼 되었다.

'나도 여기서 물약을 만들면 좋을 텐데.'

하지만 제타는 더 이상 물약 만드는 일에 관심을 둬서는 안
됐다.

제타는 전에 힘의 물약을 성공적으로 만들어 냈다. 그리고 마
을을 오가는 제타와 친구들에게는 신속의 물약이 꼭 필요했다.

제타는 그나마 덜 망가진 양조기를 쳐다봤다. 밸브 안에 블레
이즈 가루가 보였다. 약간만 남아 있는 정도였다. 그래도 저 정
도 양이면 물약을 조금은 만들 수 있을 것이다. 시도해 볼 가치
가 있었다.

제타는 빈 병을 꺼내서 솥에 넣고 씻었다. 그리고 물을 채워

서 양조기에 넣었다.

제타는 투척용 물약을 만드는 게 더 효율적이란 걸 알았지만, 또다시 화약을 쓸 엄두가 나지 않았다. 대신 제타는 병 속에 네더 사마귀를 넣고 제대로 끓어오르기를 기다렸다. 그다음에 조심스럽게 불을 최대한 줄이고 설탕을 정확히 재러 갔다. 제타는 물약이 캐러멜화되는 걸 막기 위해 병에서 한시도 눈을 떼지 않았다. 그리고 정확한 시간에 리프트에게서 얻은 레드스톤 가루를 조금 뿌렸다.

마침내 물약이 완성됐다. 제타는 물약을 식힌 후 양조기에서 꺼냈다. 제타는 자신이 만든 물약을 빤히 들여다봤다. 너무 쉬웠다. 이번에는 타지도, 끓어 넘치지도 않았다. 폭발도 없었다. 제타는 완성된 물약이 든 병의 마개를 닫고 챙겨 넣었다. 그리고 몇 번이나 그 과정을 반복했다. 제타는 양조기가 꺼지기 전에 모두 여섯 병의 물약을 만들어 냈다. 제타는 자신의 향상된 실력에 스스로 만족하며 산을 내려갔고, 모닥불 옆에서 웅크린채로 잠든 애슈턴과 용을 보았다.

"저 둘 귀엽지 않아?"

뒤에서 들려온 리프트의 목소리에 제타는 깜짝 놀랐다. 제타가 자리를 비운 사이에 쌍둥이들이 돌아온 모양이었다.

"응, 엄청 귀엽네."

제타가 말했다.

"오늘 훈련을 꽤 많이 했거든."

"줄 게 있어."

리프트가 말했다.

리프트의 표정을 본 제타는 그것이 자신의 마음에 들지 않을 만한 것이라는 걸 알 수 있었다. 리프트는 반으로 두 번 접힌 종이를 한 장 꺼냈다. 제타의 이름이 익숙한 글씨체로 적혀 있었다. 제타의 아버지가 쓴 쪽지였다.

"네가 마을에 돌아왔었다는 이야기를 들으셨대. 우리랑 같이 있는 걸 누가 봤나 봐. 좀 더 조심했어야 하는데."

리프트는 어깨를 으쓱했다.

"네 아버지가 이걸 너한테 전해 주라고 하셨어."

제타의 팔이 움직이지 않았다. 그 쪽지를 받고 싶지 않았다. 뭐라고 적혀 있는지 알고 싶지도 않았다. 아니, 이미 알 것 같았다. 한참이나 쪽지를 들고 있던 리프트는 제타에게 가까이 다가가 그것을 손에 쥐여 줬다. 종이쪽지치고는 너무나 무겁게 느껴졌다. 제타는 그 이유가 쪽지에 적힌 말들이 가슴을 무겁게 짓누르고 있기 때문이란 걸 알았다.

제타는 쪽지를 공처럼 구겨서 모닥불 속으로 던져 버렸다.

리프트의 눈이 휘둥그레졌다.

"제타……."

"괜찮아. 집에 돌아가면 그때 이야기하면 돼. 용에 대해서는 아무 말도 안 했지?"

제타가 물었다.

"당연히 안 했지!"

제타는 깊은 안도의 한숨을 내쉬었다. 하지만 숨을 마저 다

쉬기도 전에 리프트가 말을 이어 갔다.

"그런데 네 고모네 집에 대해서는 말씀드렸어."

순간 제타의 피가 거꾸로 솟는 것 같았다.

"뭘 어쨌다고?"

제타가 소리쳤다.

리프트는 뒤로 물러서며 손을 휘휘 저었다. 제타가 자신을 공격이라도 하는 줄 알았던 것이다. 어쩌면 제타는 진짜로 공격하려 했을지도 모른다.

"무슨 이야기라도 해야 했단 말이야!"

리프트가 말을 더듬었다.

"네가 오랫동안 어디에 머무르고 있는지에 대해서는 설명해야지. 우리가 어디에 가는지도 말이야!"

"무슨 수를 써서라도 거짓말을 생각해 냈어야지!"

제타가 말했다.

"대충 아무거라도! 농장을 넓힐 흙 블록을 찾으러 갔다던가, 물고기가 있는 큰 호수를 찾고 있다던가, 아니면 괴물의 날 전야제에 쓸 꽃을 찾으러 갔다던가 말이야."

제타는 차라리 리프트가 용에 대해 말하는 게 더 나았을 뻔했다는 생각이 들었다.

"글쎄, 난 너만큼 거짓말을 잘하지 못하나 보지."

리프트가 한숨을 쉬며 말했다.

제타의 몸이 분노로 바들바들 떨렸다.

"그게 지금 무슨 의미로 한 말이야?"

리프트는 입술을 깨물었다. 하고 싶은 말은 많지만 하지 않겠다는 듯이.

"무슨 일로 이렇게 소란이야?"

애슈턴이 잠에서 깬 눈을 비비며 물었다.

"내 순번 끝났어?"

제타는 눈을 몇 번 깜박거리더니 간신히 얼굴에 미소를 띠우고 애슈턴을 바라봤다.

"그래, 애슈턴. 리프트하고 레인이 돌아왔거든. 레인은 어디에 있어?"

"괴물이 오는지 살펴보는 중이라고 해 두지. 내 생각에 레인은 아직도 용과 함께 있는 게 불안한 것 같아."

리프트가 눈을 굴렸다.

"우리한테 좋은 계획이 있어. 하지만 아직은 말하지 않을 거야. 대신 아침에 돌아오면 깜짝 놀라게 될 거야."

제타는 지는 해를 바라보며 말했다.

"그래, 우리도 가 보는 게 좋겠어. 내가 고모네 집에서 신속의 물약을 좀 찾았어."

제타는 물약을 하나 꺼내서 애슈턴에게 건넸다. 제타는 어금니 사이에 진실을 숨긴 채 꽉 깨물었다. 제타가 양조기에서 물약을 **찾은 것은 사실이다.** 자신이 직접 만든 후에 말이다.

제타는 리프트가 한 말이 내내 마음에 걸렸다. 정말로 자신이 거짓말을 잘하는 걸까? 물론 이야기할 때 이런저런 내용을 빼면서 진실을 조작하기는 했다. 하지만 만약 자신이 물약을 만들었다고 말한다면 아무도 그걸 사용하려 하지 않을 것이다. 특히 시장에게 일어난 그 사건 이후로는 더더욱 말이다.

좋든 싫든 간에 진실은 리프트의 말이 맞다는 것이다.

"애슈턴."

제타는 병에 입술을 막 갖다 댄 애슈턴을 불렀다.

"잠시만……."

하지만 애슈턴은 늘 마셔 온 것처럼 신속의 물약을 이미 꿀꺽 꿀꺽 단박에 들이켠 후였다. 애슈턴은 입술 위에 생긴 파란색 자국을 팔로 스윽 닦고선 작게 트림을 했다.

"케이크보다 달콤해!"

애슈턴이 말했다.

"열 개라도 마실 수 있겠는걸."

"하나면 충분해."

제타는 인상을 쓰며 말했지만 왠지 기분이 나아졌다. 분명 아무 문제도 없을 거라는 확신이 들었다. 하지만 병을 돌려주면서 애슈턴은 근심 가득한 표정을 지었다.

"괜찮아?"

제타가 물었다.

"응, 용을 두고 떠나려니 걱정이 돼."

애슈턴은 여전히 코를 골며 자고 있는 용을 힐끗 쳐다보며 말했다.

"깨어나서 나를 발견하기 전에 떠나는 게 좋겠어. 그러는 편이 더 쉬울 거야."

제타는 고개를 끄덕였다. 그게 용에게 쉬운 일인지 아니면 애슈턴에게 쉬운 일인지 확실하진 않았지만 말이다. 어쩌면 둘 다에게 쉬운 일이었을 것이다. 애슈턴은 미치라고 이름 붙인 삽을 마치 새 왕에게 왕위를 물려주는 것처럼 근엄하게 리프트에게 건네고는 힘없이 미소를 지었다.

"용 잘 보고 있을게."

리프트는 애슈턴의 어깨를 토닥이며 말했다.

"조금도 걱정할 거 없어. 아침에 보자!"

제타와 애슈턴은 달렸다. 달리고 또 달렸다. 한 발씩 내디딜 때마다 제타는 언젠가 자신이 위대한 물약 제조사가 될 수 있을 것이라는 믿음이 확고해졌다. 아니면 고모의 말처럼 마법사가 될 것이라고 말이다.

마을에 도착하기도 전에 해가 지고 있었다. 둘은 황혼 녘에 기어 나오기 시작하는 괴물들을 피해 달아날 정도로 속력을 내기 위해 물약을 한 병 더 마셨다. 제타의 눈에 낯익은 종탑이 들어오자, 괴물을 상대해야 하는 두려움은 아버지를 상대해야 하는 두려움으로 바뀌었다.

11장

애슈턴을 집에 데려다준 제타는 안전한 헛간 서까래로 돌아
갔다. 배는 아플 정도로 고팠지만, 제타는 너무나 긴장한 나머
지 감히 음식을 먹을 시도조차 하지 않았다. 게다가 두 번째로
마신 신속의 물약의 단맛에 아직도 기분이 들떠 있었다. 곧 집
으로 돌아가 아버지를 만날 것이다. 마음을 진정시키기 위해
잠시 건초 더미에 머리를 댔다.

눈꺼풀이 닫히자마자 곧바로 다시 눈이 떠졌다. 빛 때문이었
다. 헛간의 나무 조각 사이로 강한 햇살이 들어왔다. 안 돼. 제
타는 그대로 그곳에서 잠든 것이다. 제타는 용을 돌보고 있는
친구들과 교대를 하기 위해 떠나야 했다. 하지만 이렇게 또다
시 말도 없이 아버지를 떠날 수는 없었다.

제타는 아버지가 광산에 일을 하러 가기 전에 만나기 위해 서
둘러서 집으로 갔다. 집에 도착했을 때 아버지는 막 현관문을

닫던 참이었다. 아버지는 멈춰 서서 제타를 쳐다봤다. 곧은 자세로 서 있는 모습이 마치 조각상 같았다.

"제타."

아버지가 먼저 입을 뗐다. 아버지의 실망감이 목소리에 그대로 묻어났다. 다른 말을 더 하지 않아도 될 정도였다.

"말도 없이 떠나서 죄송해요. 하지만 떠난 것 자체는 죄송하지 않아요. 전 메릴 고모를 꼭 만나야만 했거든요. 물약 제조를 제대로 할 줄 아는 사람에게 배우고 싶었으니까요."

제타는 급한 마음에 하려던 말을 마구 쏟아 냈다.

메릴 고모의 이름이 나오자 아버지의 눈썹이 경직되었고, 제타가 '물약'이란 단어를 꺼내자 이미 화난 얼굴의 주름이 한층 더 깊어졌다.

"쓸데없는 마법으로는 이 마을을 구할 수……."

"걱정하지 마세요. 고모는 저에게 아무것도 가르쳐 주시지 않으셨어요. 아빠를 화나게 하고 싶지 않다고 하셨거든요. 하지만 엄마에 대해서 말씀해 주셨어요. 위더에 대해서도요. 아빠는 왜 저한테 이런 이야기를 해 주지 않으신 거예요?"

제타의 말에 아버지는 머리를 흔들었다.

"지금 그 이야기를 하는 게 아니잖니. 우리는 너의 책임감 없는 행동과 나와 이 마을을 존중하지 않는 그 태도에 대해 이야기하고 있었어. 다시 말하지만 우리 마을에서는 마법을 사용하지 않는단다. 네가 시장님에게 한 짓을 생각해 보렴!"

"제가 시장님을 뭉갤 뻔한 괴물을 쫓아냈잖아요. 제 생각엔 괴물에게 깔려 죽느니 차라리 몇 시간 동안 머리가 안 보이는 편이 나을 것 같은데요!"

"며칠이겠지. 시장에게 걸린 마법이 사라지기까지는 오랜 시간이 걸렸단다. 도대체 네가 무슨 짓을 했⋯⋯."

아버지는 불편한 기색으로 말끝을 흐렸다.

제타는 작게 웃었다. 일부러 그런 것은 아니지만 제타 안의 고조된 긴장감과 불안감을 어디로든 분출해야 했고, 시장님이 며칠 동안 상체만 보이는 채로 돌아다녔을 걸 상상하니 자기도 모르게 웃음이 낄낄 나왔다. 그리고 한번 터진 웃음은 멈출 줄 몰랐다.

"죄송해요."

제타는 한 손으로 옆구리를 움켜쥐고 다른 손으로는 눈물을 훔치며 아버지에게 말했다.

"정말 죄송해요. 아빠 때문에 웃는 게 아니에요. 저는⋯⋯."

제타는 깊게 숨을 들이마셨다.

"다 괜찮아요."

괜찮지 않았다. 하지만 제타는 빨리 아버지와의 대화를 마치고 용에게 돌아가기 위해서는 괜찮은 척을 해야 했다.

"고모가 잠시 떠나 있는 동안 고모네 집을 봐 드리는 것뿐이에요. 마법 같은 건 절대로 사용하지 않고요."

거짓말이었다.

"돌봐야 할 동물이 아주 많아서 제가 리프트와 레인한테 도와 달라고 부탁했어요. 그리고 애슈턴한테도요."

이것도 거짓말이었다.

"저희 모두 괴물과 마주치지 않기 위해서 조심하고 있어요."

아주 큰 거짓말이었다.

아이들은 비늘이 있는 날개가 달린 검은색 괴물과 함께 생활하고 있었다. 지금은 귀엽고 안기길 좋아하지만, 어쨌든 무시무시한 괴물이란 걸 간과할 순 없었다.

제타의 입에서 거짓말이 술술 나왔다. 별다른 노력도 필요 없었다. 제타는 모두를 위한 것이라고 스스로를 설득했다. 이보다 나은 방법은 없을까 하는 생각도 들었다. 어쩌면 있을 수도 있다. 하지만 제타에게는 그걸 생각해 낼 시간이 없었다.

"이만 가 봐야 해요."

제타는 아버지에게 말했다.

"아빠가 저보고 좀 더 책임감을 기르라고 말씀하셨잖아요. 저는 고모와 약속을 했으니까……."

제타의 아버지는 기분이 안 좋은 듯 보였다. 아버지에게 거짓말을 한 것 때문에 제타도 기분이 안 좋아졌다. 하지만 아버지도 여태껏 어머니에 관한 이야기를 숨겨 오지 않았던가. 그러니 제타의 거짓말로 둘이 비긴 셈일지도 모르겠다. 제타는 자신이 한 거짓말을 무르지 않을 작정이었고, 허락해 줄 때까지 아버지의 눈을 똑바로 쳐다보았다.

"좋아, 하지만 광산에 대한 책임도 잊어서는 안 돼. 광산 일도 꼭 병행해야 한다."

"하지만……."

"말대꾸하지 말거라. 약속을 하기 전에 그것을 지킬 수 있을지 없을지도 미리 생각했어야지."

제타는 떠오르는 해를 바라봤다. 해는 아직 하늘 낮은 곳에 떠 있었다. 지금 광산에 가서 절반 정도만 일하고 나머지는 주말에 돌아와서 하면 될 것이다. 제타는 책임을 다하기 위해 몇 시간의 잠을 포기해야 할 테지만, 용이 물건을 부수지 않도록 훈련을 시킬 수만 있다면 결국에는 그것이 가치 있는 일이 될 것이다.

제타는 출발이 조금 늦어질 것 같다고 말하기 위해 애슈턴의 집으로 갔다가 할아버지와 마주쳤고, 할아버지의 구운 감자 식사에 초대를 받았다. 제타는 거절할 수가 없었다. 초대를 거절하면 할아버지는 화를 버럭 내며 본인의 어린 시절을 시작으로 본인의 부모님은 모닥불을 지필 나뭇가지도 없어서 생감자를 먹어야 했고, 구운 감자를 얻기 위해 네더에 영혼을 바쳐야 했다는 이야기를 늘어놓을 것이 뻔했다.

그러면 할머니가 더 이상은 못 들어 주겠다는 눈빛으로 할아버지를 쳐다보며 이렇게 말할 것이다.

"노아 나이트 양반, 더 이상 당신의 그 감자에 관심 갖는 사람이 없다는 말을 몇 번이나 더 해야 알아들을 거예요?"

그러면 할아버지는 한숨을 쉬며 투덜거릴 것이다.

"언젠가는 관심을 가질 거야, 리비……."

이렇게 중얼거리고는 하루 종일 뿌루퉁해 있을 거다.

제타는 구운 감자를 몇 입 베어 물고는 광산으로 향했다. 제타는 채굴 파트너인 마일로와 동시에 도착했다. 늦지 않았다. 엄밀히 따지자면 말이다. 제타는 아버지 곁을 지날 때 일부러 목청을 크게 가다듬어 아버지가 자신을 쳐다보도록 했다. 아버지는 정해진 시간보다 십 분 정도는 일찍 도착해야 제때 왔다고 하고, 제시간에 맞춰 오면 늦었다고 하는 그런 사람이다. 제타는 곡괭이를 꺼내 일을 하러 갔다.

"신경 쓰이는 일이 있나 보네."

일을 시작하자마자 마일로가 말을 건넸다. 마일로는 노란색 테라 코타가 튀어오를 때까지 날렵한 철 곡괭이를 내리쳤다. 그는 마을 최고의 광부 중 한 명이었고, 광석을 발견하는 데도 일가견이 있었다.

마일로는 지난 몇 달간 대략 스무 개의 철 광맥에 우선권을 가져갔다. 마일로가 발견한 광물의 첫 다섯 블록은 본인이 가져갔고, 나머지는 마을 금고로 돌아갔다. 마일로는 그 덕분에 질 좋은 철 곡괭이를 가질 수 있었고, 따라서 깊은 곳에 있는 금이나 청금석, 다이아몬드 같은 가치 있는 광석을 찾을 확률도 높아졌다.

"그런 거 없어."

제타는 툴툴거리며 대답했다. 밤이 너무 빨리 지나 잠을 잔 것 같지도 않았고, 용에 대해 생각하느라 신경이 예민했다.

"곡괭이 잘 보고 휘둘러."

마일로가 말했다. 이제 막 일을 시작했을 뿐인데 마일로의 짧은 금발 머리는 벌써 테라 코타 먼지로 노랗게 변했다. 마일로는 작업에 집중하느라 양 볼이 벌겋게 달아올랐다.

제타는 그런 마일로를 무시하고 그로부터 열두 블록 떨어진 곳으로 가 본인 일에 집중했다. 제타는 돌 곡괭이를 계속해서 내리쳤다. 생각이 많아 머리가 복잡해졌다. 고모 집을 떠나올 때 문을 잠갔던가? 양조기 불을 껐던가? 동물들은 괜찮겠지? 울타리를 잠갔던가?

이런 여러 가지 걱정에 빠져 있느라 제타는 광부라면 절대 해서는 안 될 일을 저지르고 말았다. 바로 직선으로 땅을 파 내려간 것이다. 뒤늦게 이를 깨달은 제타는 휘두르던 곡괭이질을 멈추려고 했지만 곡괭이에 가속이 붙어 그대로 내리쳤고, 결국 발밑에 있는 블록을 부수고 말았다. 몇 초 후, 어두웠던 광산이 붉은빛으로 가득 찼다.

용암이었다. 제타는 아래에서부터 올라오는 열기에 데어 피부에 물집이 잡혔다.

"도와줘!"

제타는 마일로가 자신의 목소리를 들을 수 있을 정도로 가까이 있길 바라며 위를 향해 외쳤다. 땀으로 축축해진 제타의 손은 미끄러웠다.

"내가 갈게!"

그때 위에서 마일로의 목소리가 들려왔다. 제타는 마일로가 자신을 구하러 올 때 부디 호들갑을 떨지 않길 바랐다. 하지만 마일로는 다른 광부들에게 소리를 질러 대며 제타가 위험에 빠진 사실을 알렸다. 제타는 민망해졌다. 물론 마일로가 옳았다.

제타는 딴 데 정신이 팔려 있었다. 이제 모든 광부들이 제타가 얼마나 큰 사고를 쳤는지 곧 알게 될 것이다.

마침내 마일로가 제타를 향해 사다리를 만들며 내려왔다. 제타가 당황하여 주변을 살펴보던 그때, 용암의 불빛이 어떤 블록을 비췄다. 어두워서 잘 보이진 않았지만 분명 금이었다.

용암의 따스한 빛에 커다란 금 조각이 번쩍거렸다. 제타는 이렇게 깊은 곳까지 내려와 채굴을 한 적이 단 한 번도 없다. 제타는 귀한 광물을 캐는 데 필요한 알맞은 곡괭이도 없었다. 그리고 무엇보다 제타의 아버지는 이런 방식의 채굴을 허락하지 않았다. 제타는 이곳에서 나가면 아버지에게 끝없이 잔소리를 듣게 되겠지만, 지금 이곳에 있는 이상, 금에 대한 우선권을 주장할 수 있었다.

"고마워, 마일로."

제타는 마일로가 가까이 다가오자 말했다.

"내가 사고를 쳤다는 건 나도 알아. 하지만 내가 방금 금광을 발견한 것 같은데, 네 곡괭이를 빌릴 수 있을까?"

자신이 어떤 사고를 쳤는지 잘 알고 있음에도 불구하고 제타는 신이 났다.

"지금 금이 문제야? 여기서 당장 나가야 해."

마일로가 떨리는 목소리로 말했다. 제타는 한 번도 이런 마일로의 모습을 본 적이 없었다. 마일로는 항상 자신감이 넘쳤다. 그런 마일로의 모습을 본 제타는 그제야 발밑에서 부글부글 끓고 있는 용암의 심각성을 깨달았다. 지금 당장 이곳을 벗어나야 한다. 제타는 사다리가 충분히 가까워지자 재빨리 사다리를 타고 올라갔다. 제타는 자신이 생각에 잠긴 바람에 이렇게까지 깊게 땅을 팠다는 사실을 도무지 믿을 수가 없었다.

그때 낯익은 얼굴이 나타나자 제타는 발을 멈췄다.

"아빠."

제타가 말했다.

"제타."

제타의 아버지가 체념 섞인 한숨을 내쉬며 말했다. **네가 그러면 그렇지**. 그렇게 말하는 듯한 얼굴이었다. 아버지는 손을 뻗었고 제타는 그 손을 잡았다. 아버지의 손을 잡은 순간, 제타는 과거의 어느 날 복잡한 마을 광장을 지날 때 손을 잡아 주던 아버지의 모습이 떠오르면서 마치 어린아이로 돌아가 작고 연약해진 기분이 들었다.

"아빠가 도와주마."

"감사합니다."

제타가 중얼거렸다.

"너한테 실망했다는 말을 할 필요도 없겠구나."

제타와 마일로가 밖으로 나오자마자 아버지는 붉은색 테라코타 블록으로 구멍을 막으며 말했다.

"이런 사고를 칠 아이가 아니잖아. 무슨 일이 있었는지 사실대로 말하렴."

"아무것도 아니에요, 아빠. 그냥 인생에 대한 고민을 하던 중이었어요."

"내 눈을 보면서 다시 말해 보렴."

아버지가 말했다.

제타는 자신이 아버지의 눈을 피해 여기저기로 눈을 굴리고 있다는 걸 깨달았다.

아버지는 제타를 노려봤다.

"제타, 넌 이 상황을 진지하게 받아들이지 않는 것 같구나. 지금은 우리 모두 최선을 다해서 제시간 안에 벽과 감시탑을 세우는 일을 마무리 지어야 해."

"무슨 감시탑이요?"

제타가 물었다.

"만약 네가 떠나지 않았다면 시장님의 발표를 들었을 테지. 우리는 장벽에 네 개의 감시탑을 짓기로 했단다. 그러면 적의 침입을 미리 경고를 할 수 있고 우리 궁수에게도 전략적으로 유리하지. 즉, 더 많은 테라 코타가 필요하다는 말이다. 너 때문에 일을 중단할 시간이 없단 뜻이기도 하지."

"실수였어요, 아빠. 누구나 실수를 하잖아요!"

제타가 말했다.

"앞으로 더 잘할게요. 이제 그러면 돌아가서……."

아버지는 제타의 손에서 곡괭이를 낚아챘다.

"이제 너는 더 이상 광부가 아니야."

아버지가 말했다.

"네?"

제타가 되물었다. 제타가 지금껏 가장 듣고 싶었던 말이었지만 이렇게 듣길 원한 건 아니었다. 그렇게도 하기 싫었던 일에서 벗어난 게 아니라 오히려 무언가를 빼앗긴 기분이었다.

"그럴 순 없어요!"

"오늘 근무 반장은 나란다. 내 마음대로 할 수 있지. 더 이상 네 도움은 필요 없다. 당장 집으로 돌아가렴."

제타는 입술이 떨려 왔다.

"알겠어요."

제타는 눈물을 꾹 참으며 애써 대답했다. 아버지는 매사에 매서운 분이었지만 이번에는 달랐다. 분명 사적인 감정이었다.

제타는 홀로 마을로 돌아갔다. 마을에 들어서자마자 장벽과 모서리에 감시탑을 짓는 모습이 보였다. 제타는 어째서 아버지와 다른 어른들이 이렇게까지 고집을 부리는지 알 수가 없었다. 왜 어른들은 지난번 공격 때 아무 소용도 없었던 저 벽을 세우는 데 또다시 시간을 투자하는 걸까? 그보다 나은 방법이 있을 수 있단 생각은 왜 하지 않는 걸까? 그래, 감시탑은 한층 발전된 생각일 수 있다. 하지만 궁수의 활 끝에 독을 묻혀 쏘는 방법이 더 효과적이지 않을까? 아니면 탑 위에서 투척용 물약을 던지는 게 훨씬 낫지 않을까?

제타는 시에나 둔스를 보호하는 일은 어른들에게 맡겨도 된다고 믿고 싶었지만, 확실히 어른들은 재빠르지 못했다. 그들은 더 대담해져야 한다. 항상 최악의 경우를 대비해야 한다. 왜냐하면 다음번에 있을 침입의 규모가 얼마나 클지 모르는 일이기 때문이다. 물론 제타가 사고를 치긴 했지만 그녀의 계획은 확실했다. 제타는 테라 코타를 채굴하는 것보다 훨씬 다양한 방법으로 마을에 도움이 될 수 있었다.

제타는 어머니도 실수를 많이 했고, 그래서 공책에 적었다던 고모의 말이 생각났다. 아버지는 어머니의 옛날 물건들을 복도 옷장에 보관했다. 어쩌면 그 속에서 어머니가 쓰던 공책을 찾을 수 있을지도 모른다. 제타는 집으로 달려갔다.

오랜만에 온 집은 낯설게 느껴졌다. 칙칙하게 줄지어져 있는 사암과 생기 없는 덤불이 화분에 담겨 창문가에 놓여 있었다. 제타는 저 덤불이 생기 있던 모습을 본 기억이 없었다.

모퉁이에 낡은 주크박스가 놓여 있었다. 애슈턴이 어릴 때 제타는 주크박스로 음악을 틀어 놓고 애슈턴과 춤을 추며 놀았다. 하지만 주크박스는 사용하지 않은 지 오래되었고, 작동이 되는지도 확실치 않았다. 제타는 따스한 분위기의 고모네 집에 비하면 자신의 집이 얼마나 어둡고 칙칙한지 알 수 있었다. 어떻게 둘이 남매일 수 있지? 둘은 너무도 달랐다. 아니면 어떤 비극적인 사건으로 이렇게까지 달라진 걸지도 모른다.

제타는 복도 옷장 안에 있는 낡은 상자를 열었다. 그 안에는 지난번과 마찬가지로 오래된 안장, 부러진 낚싯대, 낡은 음반 등 온갖 잡동사니들이 가득 차 있었다. 이 잡동사니는 아버지가 과거에 어떤 사람이었는지 넌지시 알려 주는 듯했다. 제타는 음반을 꺼내서 거실에 있는 주크박스에 넣었다. 놀랍게도 아버지와 고모가 함께 부른 노랫소리가 흘러나왔다. 아주 우스꽝스럽게 부른 노래였다. 아버지에게서 절대로 찾아볼 수 없는 한 가지가 바로 장난이다. 제타는 두 사람이 사막에서의 삶에 대한 노래를 화음을 넣으며 부르는 걸 들으면서 미소를 지었다. 노래의 가사는 불만이 반, 칭찬이 반이었다.

모래가 있는데 풀이 무슨 소용이람? ♪
땅에서는 선인장이 자라는데?
사막의 태양은 밝게도 빛나지. ♩
우리의 낮은 덥지만 밤은 춥지.
오크나무도, 비도 많지 않지. ♫
나는 절대 떠나지 않을 거야. 무슨 이득이 있겠어?
계획한 대로 인생이 풀리지 않아도
모래가 있는데 풀이 무슨 소용이람? ♪

제타는 상자를 뒤지면서 노랫소리에 맞춰 머리를 까딱거렸다. 옷장 안은 어두워서 상자 밑바닥에 무엇이 있는지 보기가 어려웠다. 제타는 상자를 밝은 거실로 꺼내 와서 다시 살펴보았다. 돌 버튼, 바스러지는 석탄, 마른 비트 뿌리 씨앗, 탄력을 잃은 끈, 연녹색 염료 무더기 등이 있었다.

공책은 없었다. 모두 쓸모없는 물건들뿐이었다.

제타는 한숨을 쉬었다. 그러다가 상자를 끌고 옷장으로 가면서 흥얼거렸다.

"풀이 무슨 소용이람."

제타가 옷장의 나무 바닥을 밟은 순간, 바닥이 크게 삐걱거렸

160

다. 그러고 보니 바닥이 나무로 되어 있다는 게 이상했다. 보통 집 바닥은 사암으로 되어 있다. 그리고 그 위에 부드러운 카펫을 깔아 따뜻하게 유지했다. 하지만 제타는 나무 블록들 중 다른 블록 하나가 유독 눈에 띄었다. 그것은 마치 바닥을 이루는 블록이라기보다는 작은 문처럼 보였다. 제타는 그 나무 조각을 흔들고 밀고 당겼다. 하지만 열리지 않았다. 제타는 상자에서 본 돌 버튼이 생각났다. 그래서 다시 상자를 뒤져서 돌 버튼을 꺼내 작은 나무 문 옆에 놓았다.

제타가 버튼을 누르자 문이 열렸다.

왜 아버지는 이런 비밀의 문을 만들었을까? 제타는 용기를 내서 아래를 들여다봤다. 안에는 또 다른 상자가 있었다. 제타는 그 상자를 열었다. 그 안에서 양조기를 발견한 제타는 눈에서 빛이 났다. 만약 제타가 양조기를 꺼내 간 걸 알면 아버지는 분노할 것이다. 하지만 그 안에 있는 블레이즈 가루는 **빼내더**라도 들키지 않을 것이다.

제타는 블레이즈 가루를 꺼내서 주머니에 넣었다. 그런 다음 양조기를 다시 상자에 집어넣으려는데 제타의 눈에 무언가가 들어왔다. "발명"이라고 적힌 가죽 공책이었다.

제타는 그것이 어머니의 글씨라는 걸 알 수 있었다. 지금까지 제타가 찾던 게 바로 이거였다. 제타는 공책을 꺼내서 천천히 한 장씩 넘겼다. 공책에는 다양한 종류의 기계를 만드는 방법이 정성스럽게 쓰여 있었다. 복잡한 도표와 기계에 관한 묘사, 상세한 단면도도 곁들여져 있었다. 여러 장의 피스톤 문 설계도, 저장된 아이템을 자동으로 분리하는 기계 설계도, 슬라임 블록 새총 설계도……

제타는 "위더 파괴 기계"라고 적힌 책장에서 손을 멈췄다.

제타가 상상한 것보다 훨씬 거대했다. 설명서는 설계에 필요한 블록과 재료 목록으로 시작해 총 열여섯 장에 달했다.

"엄마는 천재였구나."

제타가 작게 중얼거렸다.

얼마 지나지 않아 현관문이 열리는 소리가 들렸다. 아버지가 일찍 돌아온 것이다. 제타는 얼른 주머니에 공책을 쑤셔 넣고는 버튼을 눌렀다. 하지만 너무 세게 누른 나머지 비밀의 문은 집 안이 울릴 정도로 큰 소리를 내며 닫혔다. 안 돼. 아버지가 못 들었을 리 없었다. 제타는 서둘러 상자를 제자리에 갖다 놨다. 아, 음반! 제타는 주크박스로 달려가서 음반을 꺼냈다. 하지만 제타가 음반을 제자리에 가져다 놓기도 전에 아버지가 방으로 들어왔다.

"제타?"

아버지가 열린 옷장을 보며 물었다. 그러고는 뒤를 돌아 제타를 쳐다봤다.

제타는 눈썹의 땀을 훔쳤다. 죄 지은 것처럼 보이기 싫었다.

"아빠, 오셨어요. 정리 좀 하고 있었어요. 제가 찾은 것 좀 보세요."

제타는 음반을 내밀며 이걸 보고 아버지가 기뻐하길 바랐다. 아니면 적어도 제타에게 뭘 하고 있었던 것인지 묻는 걸 잊어버리길 바랐다.

"이걸 어디서 찾았니?"

아버지가 버럭 화를 내며 물었다.

"상자 안에서요. 먼지가 쌓여 있어서……."

아버지는 음반을 받았다. 음반을 쳐다보는 아버지의 얼굴은 잔뜩 구겨졌다. 제타는 아버지가 저 음반을 반으로 쪼갤 거라고 생각했다. 하지만 그러는 대신 아버지는 옷장으로 가서 음반을 도로 상자에 넣었다.

"앞으로 여기는 들어가지 말거라. 알겠지?"

아버지가 무뚝뚝하게 말했다.

제타는 고개를 끄덕였다.

"오늘 일은 죄송했어요."

제타가 말했다.

"아빠 말이 맞아요. 제가 더 조심해야 했어요."

아버지는 한숨을 쉬더니 제타에게 금괴와 철을 던져 주었다.

"우선권."

아버지가 말했다.

제타의 눈에서 빛이 났다.

"네가 발견한 금광이 여덟 개나 더 있더구나. 그리고 철 광맥이 여섯 블록이나 있었어. 요 몇 달 동안 그렇게 생산성이 있는 광맥을 찾은 적이 없었단다."

아버지가 발을 끌었다.

"그렇다고 네가 한 행동이 옳았다는 건 아니야. 직선으로 땅을 파 내려가는 건 위험해. 하마터면 용암에 빠질 뻔했잖니."

"알아요, 아빠. 다시는 그런 일 없을 거예요."

"다시는 그런 일이 없어야지. 다음 주에 새 채굴 훈련이 있을 거야. 너는 혼자 채굴을 하기 전에 다시 훈련을 받아야 해."

"알겠어요."

제타는 순순히 대답했다. 제타는 다시 광산에서 일할 기회를 얻어서 안도하고 있는 자신을 믿을 수 없었다. 어쩌면 금을 손에 쥐어서일지도 모른다. 어쩌면 아버지에게 자신을 다시 증명해 보일 기회를 얻었기 때문일지도 모른다. 하지만 제타는 주머니 속 공책의 무게를 느꼈다. 정작 중요한 일은 아버지에게 모두 숨긴다면 아버지가 어떻게 제타를 믿겠는가?

제타는 용에 관한 이야기를 아버지에게 털어놓으면 어떻게 될지 뻔히 알고 있었다.

제타와 아버지 사이의 공기가 짙어졌다. 마치 아버지는 제타가 비밀을 모조리 털어놓길 기다리는 듯했다.

제타도 그러고 싶었다. 하지만 그럴 순 없었다. 이번 일은 너무나 중요했다. 진실을 다 털어놓을 때까지는 시간이 걸릴 수밖에 없었다.

제타는 신속의 물약을 한 병 다 마시고도 애슈턴을 따라가기가 벅찼다. 애슈턴은 타고난 달리기 선수였다. 제타는 더 빨리 달리기 위해 펄쩍펄쩍 날뛰는 애슈턴을 보기만 해도 진이 빠졌다. 제타는 달리는 걸 잠깐 멈추고 몇 분만이라도 눕고 싶었다. 몇 시간이라면 더 좋겠지만 말이다. 제대로 잠도 자지 못한 데다가 전날 용에 대한 스트레스, 채굴하다 용암에 빠질 뻔한 일, 어머니의 공책을 발견한 사건 등으로 제타는 지쳐 있었다.

하지만 쉴 시간이 없었다.

숲에 도착한 제타는 잔뜩 기분이 들떠서 농담을 해 대는 리프트 때문에 짜증이 났다. 리프트는 제타가 마을에 다녀온 사이, 일을 벌여 놓았다. 무언가 대단한 걸 만든 것이다. 리프트는 제타와 애슈턴을 어떤 기계 쪽으로 끌어당겼다.

"이게 뭐야?"

애슈턴이 물었다.

리프트가 눈썹을 움직였다.

"용이랑 놀아 주려면 미치를 던지고 또 던지고 또 던지고 또 던지고……."

"그래, 계속 던져야 하지. 그런데 뭘 어떻게 했다는 거야?"

제타가 성질을 냈다.

"그래서 내가 그 문제를 해결했어!"

리프트는 상자에서 삽을 꺼냈다. 미치가 아닌, 얼굴이 그려지지 않은 일반 나무 삽이었다.

"여기에 삽을 놓기만 하면……."

리프트가 기계 위에 삽을 올려놓자 주변에 붉은 먼지가 일었다. 이어 수십 번 딸깍거리는 소리가 들리더니, 마침내 기계가 삽을 숲속으로 던져 버렸다.

"멋지다!"

애슈턴이 말했다.

"그리고 용에게 삽을 물어 와서 기계에 올려놓는 훈련도 시켰어. 굉장히 좋아하던걸! 그 후로는 가만히 앉아서 용이 미치를 쫓아 달려가고 기계로 돌아와서 또 달려가고 또 돌아와서 달리는 걸 지켜보기만 하면 되지."

제타는 목청을 가다듬으며 눈을 굴렸다. 그러고는 애슈턴을 이런 눈빛으로 쳐다봤다. **거봐, 아무 일 없을 거라고 했잖아.**

"시간이 아주 많았거든."

리프트는 어깨를 으쓱했다.

"아버지하고는 어떻게 됐어?"

"그냥 그랬어."

제타는 어머니의 공책을 꺼내며 대답했다.

"그런데 네가 좋아할 만한 걸 발견했어. 다들 모여 봐."

리프트, 제타 그리고 애슈턴은 모닥불의 연기를 피해 통나무 위에 앉았다. 레인은 근처 시냇가에서 잡아 온 연어를 모닥불 속으로 던졌다. 하지만 자리에 앉지는 않았다. 레인이 직접적으로 말하진 않았지만, 친구들이 이 숲에서 경계를 늦추고 있다는 사실을 못마땅하게 여긴다는 걸 제타는 알 수 있었다. 숲에는 분명 어슬렁거리며 돌아다니는 괴물들이 있다. 제타는 이런 것들에 대해 생각하지 않으려고 했다. 그리고 공책을 열어 위더 파괴기에 대해 적힌 쪽을 펼쳤다.

"우아!"

애슈턴이 공책의 그림을 보며 감탄했다. 기계 한가운데에 위더가 앉아 있었고, 그 위더를 향해 날아오는 화살과 물약이 그려져 있었다.

"그런데 화살촉 색깔이 왜 모두 다르지?"

레인이 물었다.

책장을 한 장 더 넘기자 사용된 화살과 마법의 종류에 대해 상세히 적혀 있었다.

"화살 끝에 물약을 묻힌 거야."

제타가 설명했다.

레인은 더 자세히 보기 위해 머리를 쓸어 올리며 말했다.

"그런 게 가능한지 몰랐어. 삼십 미터 밖에 있는 적을 독살할 수 있다니!"

"맞아! 그리고 고모가 말해 주셨는데, 엄마는 위더를 죽이기 위해서 이 기계를 만드신 거래. 그러니까 어쩌면 리프트도 약탈자를 해치울 수 있는 비슷한 기계를 만들 수 있을지 몰라!"

제타는 팔짱을 끼고 앉아 있는 리프트를 쳐다봤다.

"아니, 난 못 해. 너무 복잡해 보이는걸. 그리고 나는 전쟁보다는 장난이 더 좋거든."

제타가 리프트의 어깨를 쓰윽 밀쳤다.

"마을에 도움이 될 수 있는 기회야! 너는 머리가 좋잖아. 그걸 좋은 일에 써야지. 네가 만든 삽 던지는 기계처럼 말이야! 용에게 필요한 걸 만들 생각을 했다니, 정말 대단해."

"맞아, 기분이 꽤 좋았어."

리프트가 중얼거리듯 말했다.

"물론 레인이 조준하는 걸 도와주긴 했지만. 공책을 한번 봐야겠다. 어쩌면 흥미로운 걸 찾을 수 있을지도 몰라."

"축하 파티를 해야겠어."

레인이 수박을 잘라 한 조각씩 나눠 주며 말했다.

제타는 쌍둥이 사이에 서서 앞뒤를 쳐다보며 환한 미소를 지었다. 이제야 진정한 한 팀이 되어 가는 것 같았다. 그리고 다 같이 시원한 수박을 나눠 먹는 것은 이 순간을 기념하는 아주 좋은 방법인 것 같았다.

"솔직히 나하고 애슈턴은 너희에게 용을 맡기고 가는 게 마음

에 걸렸어. 그런데 그럴 필요가 없었네. 둘 다 엄청난 일을 해냈
잖아! 그렇지, 애슈턴?"

"응······."

애슈턴이 대답했다. 그러고는 수박을 베어 물며 주변을 두리
번거렸다.

"그런데 용은 어디에 있어?"

애슈턴이 물었다.

"미치 찾으러 갔다니까. 내가 말했잖아."

리프트가 말했다.

"계속해서 미치를 찾으러 갔다가 물어 왔다가 다시 또 찾으러
갔다가 물어 왔다가 또 찾으러······."

"그건 알겠는데, 지금쯤이면 돌아와야 하는 거 아니야?"

애슈턴이 물었다.

"저 기계가 **그렇게** 멀리 던지지는 못할 거 아냐."

리프트는 우두커니 레인을 쳐다보며 말했다.

"그리고 보니 용이 미치를 물고 온 걸 본 지 좀 된 것 같네."

좀 전까지만 해도 숲을 가득 채웠던 즐거운 공기가 어느새 싸
늘하게 식어 있었다. 친구들은 주변을 살폈다. 제타는 갑자기
속이 쓰려 수박 조각을 치우고 깊게 숨을 내쉬었다.

"너희가 용을 잃어버렸어."

제타가 리프트와 레인을 탓했다.

"아니, 안 잃어버렸어! 이 근처 어딘가에 있을 거야."

리프트가 말했다.

"가서 찾아보자."

아이들은 숲을 헤집고 다녔다. 숲속 깊이 들어갈수록 억센 잎 사귀들이 제타의 볼을 할퀴었다. 다행히 용이 지나가면서 나무를 망가트렸고, 바닥에 발자국을 남겨 놔서 제타와 친구들은 큰 어려움 없이 용의 흔적을 따라갔다. 아이들은 비탈길을 올랐고, 숲은 갈수록 울창해지고 짙어졌다. 해가 아직 높이 떠 있었지만 그늘이 져서 좀비나 해골이 나타날 것에 대비해야 했다.

"크리퍼! 오른쪽!"

레인이 뒤로 물러서서 활을 쏠 준비를 하며 외쳤다. 크리퍼가 곧 터질 모양새로 하얗게 깜박거리자, 레인은 빠른 속도로 화살을 네 번 연속으로 쐈다. 크리퍼는 펑 하고 사라졌고, 그 자리에 화약을 남겼다.

"좋았어."

리프트가 화약 가루를 주우러 가며 말했다. 하지만 제타가 그보다 먼저 화약 가루를 주워 왔다.

"너한테 화약을 맡길 수 없을 것 같아. 아기 용도 제대로 돌보지 못했잖아."

제타가 냉정하게 말했다. 리프트의 장난이 이렇게까지 큰 사고로 이어질 줄 누가 알았겠는가.

"이쪽이야."

애슈턴이 열정적으로 용의 발자국을 따라가며 말했다.

제타는 검을 들고 애슈턴을 따라갔다. 그러다가 덤불 밑을 지나가는 괴물의 발자국 소리를 들었다. 무시하기에는 너무나 가까웠다. 조심하지 않으면 괴물이 돌아와 마주칠지도 모른다.

"내가 가서 확인해 볼게. 빨리 다녀올게."

제타가 말했다.

"같이 가."

레인이 활을 들고 따라갔다.

소리가 나는 쪽으로 가까이 다가가자 두 쌍의 발이 움직이는 소리가 들렸다. 레인과 제타는 불안한 눈빛으로 서로를 쳐다봤다. 과연 이들이 좀비 둘을 처리할 수 있을까? 제타는 손을 들고 셋을 셌다. 그러고는 무성한 잎사귀를 가르며 빠르게 나아갔다. 거기에는 깜짝 놀랄 만한 것이 서 있었다.

커다란 검은색 콧구멍 두 개가 제타를 노려봤다. 제타는 처음에는 그것이 용이라고 생각했다. 하지만 조금 뒤로 물러서자 그의 눈에 보인 건 소였다.

소?

제타의 머릿속이 복잡해졌다. 마을 습격 때 잃은 소를 대신해서 이 소를 데려가면 마을 사람들은 시장을 반 투명 인간으로 만든 제타를 용서할 것이다. 어쩌면 용암에 빠질 뻔한 작은 사고도 잊어 줄지도 모른다. 제타가 어리둥절한 표정의 소에게 달려들자, 소는 겁을 먹고 잽싸게 반대 방향으로 도망쳤다.

"저 소 좀 잡게 도와줘!"

제타는 자신만큼이나 동물을 잘 못 다루는 레인에게 말했다. 제타는 순간 애슈턴을 부를까 했지만, 소리를 치면 소가 더 멀리 도망갈 거란 생각이 들었다.

만약 밀이 있다면 소를 쉽게 유인해서 데려갈 수 있었을 테지만 아쉽게도 밀은 가지고 있지 않았다.

소를 쫓던 제타와 레인은 결국 소를 멈추는 데 성공했다. 소는 성이 난 듯 음매 하고 울었다. 도대체 저 소는 이 숲에서 뭘 하고 있었던 거지? 제타는 이 질문에 대해서 곰곰이 생각해 봤다. 이건 제타에게 기회였다.

그때, 공기를 가로지르는 짧은 휘파람 소리가 들렸다.

레인은 귀를 쫑긋 세웠다.

"리프트야."

레인이 걱정스러운 목소리로 말했다.

제타는 소리에 귀를 기울였고, 리프트가 자신들의 이름을 부르는 소리를 겨우 들을 수 있었다.

"우리가 필요한 거야."

레인이 말했다.

"지금 당장."

"하지만 소는!"

제타가 말했다.

"이따가 다시 잡으면 돼."

제타는 한숨을 쉬었다. 지금 저 소를 놓아 주면 다시는 잡지 못할 걸 알았기 때문이다. 제타는 근처에 있는 나무를 쳤다.

"잠깐만, 내가 얼른 울타리를 만들어서 소가 돌아다니지 못하게……."

애슈턴의 비명을 들리자 제타는 목 뒷덜미의 털이 곤두섰다.

레인과 제타는 지나온 길을 거슬러 숲을 가로질러 달려갔다. 제타와 친구들은 흩어져선 안 됐다. 둘은 소를 쫓아가선 안 됐다. 친구들의 안전을 먼저 생각했어야 했다. 혹시라도 애슈턴이나 리프트에게 무슨 일이 생긴다면 제타는 스스로를 절대 용서하지 못할 것 같았다.

드디어 둘은 원래 길로 돌아왔다. 젖은 흙바닥에 남겨진 발자국을 따라 계속해서 달렸다.

"리프트! 애슈턴!"

레인이 짙은 숲속을 향해 소리쳤다. 하지만 대답은 돌아오지 않았다.

마침내 둘은 팔을 몸에 바짝 붙이고 천천히 걷고 있는 애슈턴과 리프트를 발견했다. 이곳 숲속은 나무가 빽빽해 어둠을 물리칠 만큼 햇살이 충분히 비쳐 들지 않았다. 하지만 사방에서 보랏빛이 반짝였는데, 마치 별처럼 깜빡깜빡거렸다. 이상했다. 더 이상한 것은 애슈턴과 리프트가 계속 땅만 보고 있다는 것이었다. 제타는 어둠 속을 들여다보고 그 이유를 깨달았다.

엔더맨이었다. 그것들은 사방에 있었다. 검은색의 커다란 엔더맨 스무 마리가 이리저리로 순간 이동을 하고 있었다.

몇몇 엔더맨은 기다란 팔로 풀 블록을 안고 있었다. 제타도 그중 한 마리와 눈이 마주칠 뻔했다. 제타는 재빨리 머리를 돌려 눈을 피했다. 하지만 일 미터도 안 떨어진 곳에 서 있는 엔더맨과 눈이 딱 마주치고 말았다.

엔더맨이 입을 커다랗게 벌렸다. 화난 잭오랜턴처럼 턱이 쩍

하고 벌어졌고, 등줄기를 서늘하게 만드는 비명이 터져 나왔다. 그러고는 제타를 향해 달려들더니 팔을 때렸다. 마치 벌에 쏘인 것처럼 날카로운 공격이었다. 다만 이번에는 고통이 온몸으로 퍼져 나갔다.

짧은 시간 동안 뇌가 초기화된 듯한 기분이었다. 공격을 당한 제타가 검을 휘둘렀을 땐 이미 엔더맨은 사라지고 없었다. 그때 제타의 오른쪽 고막을 긁는 듯한 날카로운 비명 소리가 들리더니 또다시 공격을 받았다. 이번에는 관자놀이였다.

"달려!"

애슈턴이 외쳤다.

"직진해. 용의 소리가 들려!"

제타는 뒤로 돌아서 왔던 길을 돌아가는 게 최선이라고 생각했지만 엔더맨이 제타의 입을 때리는 바람에 뭐라고 말을 할 수 없었다. 특히나 지금처럼 몸을 보호해 주는 장비라고는 토끼 가죽 장화뿐일 때는 말이다.

숲의 색이 점점 옅어졌다. 제타는 텅 빈 공간 너머로 커다랗고 검은 무언가를 볼 수 있었다. 바로 용이었다. 그런데 용은 평상시와 달라 보였다. 등허리를 숙이고 천천히 숨을 쉬고 있는 모습이 고통스러워 보였다. 제타는 동물에게 정을 주면 안 된다고 생각해 왔지만, 용이 고통스러워하는 모습을 보자 달려가 안아 주고 싶었다.

하지만 아이들이 용에게 가까이 다가가자 엔더맨들이 또다시 나타나서 이들의 앞을 막았다. 엔더맨의 행동은 아주 이상

해 보였다. 그러더니 갑자기 동시에 비명을 질렀다. 악몽에서
나 들을 법한 괴성이었다. 아이들은 손으로 귀를 막고는 뒤로
돌아 숙소로 달려갔다.

도망치는 아이들 뒤에서 엔더맨의 순간 이동 소리가 몇 분 동
안이나 들려왔다. 하지만 아무도 감히 뒤를 돌아보진 못했다.

아이들은 숲속에 만들어 둔 안전한 숙소 안으로 들어갈 때까
지 달리고 또 달렸다.

"도대체 저게 뭐야?"

제타가 애슈턴을 혼냈다.

"엔더맨의 눈을 몰래 피해서 도망칠 방법은 없어! 혹시라
도…… 혹시라도…….."

제타는 차마 말을 잇지 못했다. 혹시라도 애슈턴이 죽기라도
했다면…….

"네가 오기 전까지는 다 괜찮았어!"

리프트가 버럭 화를 냈다.

"제대로 통제하고 있었단 말이야."

"그런데 용이 여전히 밖에 혼자 있잖아. 데리러 가야 해."

애슈턴이 말했다.

제타는 머리를 흔들었다.

"아니, 안 갈 거야. 용은 괜찮아. 스스로 돌볼 수 있어. 그리고 용은 분명 혼자가 아니야. 저 엔더맨들은 다 뭐야? 마치 용을 보호하는 것 같잖아."

"따로 다니면 안 되는 거였어."

레인이 말했다.

"리프트와 애슈턴을 도와줬어야 했는데, 너 때문에 소만 쫓았잖아."

"만약 네가 활을 더 잘 쐈다면 마을의 소를 죽인 우민을 진작 처리했겠지."

제타가 한숨을 쉬었다.

리프트가 껴들었다.

"레인이 그 활로 널 죽일 뻔한 도끼 든 약탈자를 죽였잖아. 궁금하네. 그때는 왜 레인의 활 솜씨에 대해 불평하지 않았는지 말이야."

"난 이렇게 스트레스 받고 싶지 않아."

레인이 말했다.

"마을을 안전하게 재건하기 위해 해야 할 일이 산더미처럼 쌓여 있어. 마을 사람들을 안전하게 지키기 위해 실제로 노력하고 있는 사람들도 있고."

"그래, 우린 이제 그만 할래."

리프트도 동의했다.

리프트와 레인은 한숨을 푹푹 쉬며 짐을 쌌다. 제타는 친구들의 모진 말에 분노와 서러움이 뒤섞여 눈가가 뜨거워졌다. 하지만 친구들을 이대로 떠나게 둬서는 안 됐다. 이렇게 화가 난 상태로는 말이다. 셋은 싸울 게 아니라 똘똘 뭉쳐서 시에나 듄스를 구해야 했다. 제타는 친구들과 함께라면 많은 걸 이뤄 낼 수 있다고 믿었다. 제타의 물약 제조 실력은 조금씩 나아지고 있었고, 리프트는 레드스톤 기계를 만드는 재주가 있다. 그리고 레인은 훌륭한 사격 솜씨를 가진 데다가, 마법을 이용해서 무기를 향상시키는 방법에 대해 호기심이 왕성했다.

시에나 듄스를 사랑하는 만큼 제타는 마을이 과거에서 벗어나지 않는다면 발전할 수 없다는 걸 잘 알았다. 이 세계는 계속해서 변화한다. 제타와 친구들도 그에 따라 변한다. 아이들은 오래전 제타의 어머니와 고모가 하려던 것처럼 마을을 변화시켜야만 했다. 이번에는 절대로 실패해선 안 된다.

"기다려 봐!"

제타가 소리쳤다.

"미안해. 그런 뜻으로 한 말이 아니었어. 나는, 아니 우리는 지금 모두 벼랑 끝에 서 있어. 다들 마을을 지키고 싶잖아. 만약에…… 작은 것부터 시작해 보면 어떨까?"

제타는 어머니의 공책을 꺼내서 책장을 넘겼다.

"위더 파괴 기계 같은 걸 만들 필요는 없어. 어쩌면 화살 쏘는 기계도 괜찮을 거야. 아니면 TNT 대포 만드는 법도 있어."

리프트가 짐 싸던 걸 멈추고 돌아서서 물었다.

"TNT 대포?"

178

그러고는 제타로부터 공책을 넘겨받았다. 공책을 읽던 리프트의 눈이 커졌다.

"TNT에도 여러 가지 종류가 있구나."

리프트는 책장을 넘기며 중얼거렸다.

"복잡해 보이기는 한데, 아주 불가능하진 않겠어."

"만들 수 있을 것 같아?"

자신이 친구를 이렇게 빨리 설득해 냈다는 사실에 기분이 좋아진 제타가 물었다. 어쩌면 제타와 친구들과의 우정이 그렇게 약한 것만은 아닌지도 모른다.

리프트는 천천히 고개를 끄덕였다.

"재료는 내가 준비할게. 그러면 이 숲에서 시험해 볼 수 있을 것 같아."

"좋은 생각 같아. 화살 쏘는 기계도 시험해 보고 말이야."

레인이 희망에 찬 목소리로 덧붙였다.

"이 주변에 괴물이 많이 있으니까 그걸로 녀석들을 방어할 수 있을 거야."

"그래, 그래……."

리프트는 이미 깊은 생각에 빠졌는지 자신의 공책에 뭔가를 끄적거리며 대답했다.

얼마 후, 리프트와 레인은 마을로 돌아갔다. 애슈턴과 제타는 오두막에 남아서 서로를 쳐다봤다.

"용은 괜찮을 거야."

제타가 말했다.

"누나도 확실하지 않잖아."

애슈턴이 반박했다. 화가 난 듯 목소리의 끝이 갈라졌다.

둘은 말없이 서로를 쳐다봤다.

어느 순간 제타는 잠이 들었다. 다시 눈을 떴을 때는 이미 해가 떠 있었다. 해가 떠오른 각도로 보아 제타는 이미 지각이었다. 마지막 남은 신속의 물약을 쓴다 해도 말이다.

오두막 밖에서 낯선 쿵쿵거리는 소리가 들렸다. 때마침 일어난 애슈턴도 똑바로 자세를 고쳐 앉았다.

"용이야! 용이 돌아왔어!"

애슈턴은 이렇게 외치며 문으로 달려갔다. 제타는 비틀거리며 그 뒤를 따라갔다. 아직 잠이 덜 깬 제타는 애슈턴과 부딪혔다.

"왜 가다가 멈추는……."

제타는 머리를 흔들다가 앞에 있는 용을 보았다. 더 커졌다. 훨씬, 아주 훨씬 더 커졌다. 강아지 같은 눈은 사라졌고, 짙은 눈썹 아래에는 전에 없던 위협적인 눈빛이 자리하고 있었다.

"또 탈피를 한 거야."

애슈턴은 손을 내밀고 용에게 살금살금 다가가며 말했다.

"애슈턴, 너 한 발자국만 더 움직였다가는……."

제타가 말했지만 이미 늦었다. 애슈턴은 벌써 용의 콧등을 토닥거리고 있었다. 용은 땅바닥을 향해 꼬리를 턱턱 쳤다. 그러자 땅이 크게 울리면서 리프트가 만든 삽 던지는 기계가 쓰러졌다. 갑자기 삽들이 쏟아지자 깜짝 놀란 용은 거대한 날개를 퍼덕였고, 주변에 바람이 일면서 제타의 얼굴을 세게 강타했다.

제타는 거센 바람에 눈을 감았다. 다시 눈을 떴을 때, 용은 하늘에 떠 있었다.

"정말 멋지다!"

애슈턴은 하늘을 올려다보며 말했다.

"혹시 용이 나를 태워…….."

"절대 용에 올라타면 안 돼. 약속해, 애슈턴. 지금 나 진지하게 말하는 거야. 위험한 짓은 절대 하면 안 돼."

"통계학적으로 엔더 드래곤 등에 앉아서 이동하는 게 가장 안전해. 어떤 엔더맨이 감히 덤비겠어?"

인정하고 싶지 않았지만 애슈턴의 말에는 일리가 있었다. 제타는 머리를 흔들었다.

"누가 엔더맨 걱정을 한대? 네가 용을 타도록 놔둔 걸 할머니와 할아버지가 아신다면 날 가만 두지 않으실 거야."

"그 말은…… 용에 올라타도 된다는 뜻이야?"

애슈턴이 물었다. 때마침 용은 하늘에서 내려와 애슈턴 앞에 얌전히 착지해 앉았다. 용은 뿌듯하다는 듯 가슴을 내밀었다.

용을 이 숲에 영원히 둘 수도 없는 노릇이었다. 특히 엔더맨이 어디에서 튀어나올지 모르는 이런 상황에서 말이다. 제타는 용을 집 근처로 옮기는 방법을 생각했다. 용이 날 수 있다면 훨씬 일이 간단해질 것이다. 제타는 한숨을 쉬었다.

"좋아, 하지만 굉장히 조심해야 해. 괜히 까불지 말고 두 손으로 용을 꼭 잡고 있어야 해."

"좋았어!"

애슈턴은 껑충껑충 뛰며 외쳤다.

"용한테 적응할 시간을 조금만 줘. 하긴, 나는 농장에 있는 돼지를 늘 타고 다녔잖아! 그거랑 뭐 크게 다르겠어?"

"그래."

제타는 애슈턴에게 자신감을 불어넣어 주기 위해 활발한 목소리로 대답했다. 하지만 제타는 겁이 났다. 날개 달린 삼 톤짜리 괴수를 타고 하늘을 가로지르는 것과 낚싯대에 달린 당근을 쫓아 달리는 돼지를 타는 건 다르다. 행여 실수로 손이 미끄러지기라도 하면…….

그럴 일은 없을 것이다. 애슈턴은 용을 믿었고, 용도 애슈턴을 믿었다. 삼십 분만 주면 애슈턴은 용을 타고 구름 사이로 날아다닐 것이고, 제타는 괜한 걱정을 했다며 웃게 될 것이다.

제타는 애슈턴이 용의 등에 올라타는 모습을 가까이에서 지켜봤다.

"좋았어. 가자! 함께 하늘을 나는 거야!"

애슈턴이 말했다. 용은 땅에 발을 구르는 데 집중했다.

"쑥스러워할 거 없어!"

애슈턴이 용기를 북돋워 주는 목소리로 말했다.

"할 수 있어."

용은 콧김을 내뿜었다.

"이럇!"

애슈턴은 용의 머리를 긁어 줬다.

"용이 날 때도 이렇게 외치면 되려나? 아니, 이건 말한테만 적

용되는 건가?"

"양손으로 용이나 잘 붙잡아."

제타가 외쳤다.

애슈턴과 용은 제타를 쳐다봤다. 용의 보라색 눈이 무섭게 변했다. 마치 눈빛만으로도 누군가를 죽일 수 있을 것 같았다.

제타는 침을 꿀꺽 삼켰다. 애슈턴과 용에 대해서는 걱정을 하지 않아도 될지 모른다. 게다가 제타는 이제 메릴 고모네 동물을 돌보러 가야 했다. 제타는 고모네 집으로 가서 닭들에게 모이도 주고 청소도 했다. 현관 아래 영혼 모래는 피해 다녔다. 청소를 마치고 제타는 울타리와 문을 잘 잠갔는지 확인한 후, 애슈턴을 보러 다시 산 아래로 내려갔다.

제타가 겨우 몇 걸음 걸었을 때, 하늘 위에서 펄럭이는 소리를 들었다. 마치 누군가 거대한 이불을 터는 것 같은 소리였다. 위를 올려다보니 용이 머리 위에 있었다. 그리고 그 목에 매달린 애슈턴은 두 손을 하늘 위로 활짝 뻗고 있었다. 둘은 아주 즐거운 한때를 보내고 있는 듯 보였다.

제타는 애슈턴이 저렇게 쓸데없이 위험한 행동을 한 것에 대해 혼을 내야겠다고 다짐을 했다. 하지만 뭐라고 혼낼지 생각을 마치기도 전에 용이 급강하를 했고, 제타는 가까스로 몸을 피했다. 용은 우아하게 제타의 뒤로 착륙했다.

"누나, 타!"

애슈턴이 외쳤다.

"나는 게 걷는 것보다 훨씬 쉬워. 낮은 가지도 없고 바닥에 구멍이 있는지 볼 필요도 없거든. 거기다 하늘은 드넓게 펼쳐져 있고 위험할 것도 전혀 없어!"

중력. 제타는 중력에 대해 걱정했다. 하지만 입 밖으로 그걸 말하진 않았다.

"알겠어."

제타는 용에게 다가갔다. 용은 눈을 가늘게 뜨고는 제타를 의심스럽게 쳐다봤다. 제타가 올라타려고 하자 용은 콧방귀를 뀌고는 요란스럽게 뒷걸음질하며 제타에게서 멀어졌다.

"이러지 마. 아직도 나한테 삐진 건 아니지?"

이번에는 용이 대놓고 제타를 밀쳤다.

"에이, 그러지 마."

애슈턴이 용의 긴 목을 토닥이며 말했다.

"누나도 너한테 미안하대. 그렇지, 누나?"

"정말 미안해."

제타가 중얼거렸다. 고모네 집에 가기 위해 마을을 떠난 순간부터 지금까지 제타가 내린 모든 결정에 대해 말이다.

"봤지?"

애슈턴이 말했다.

"이제 누나도 태워 주자."

용은 또 한 번 콧방귀를 뀌며 제타가 올라타는 걸 거부했다. 하지만 제타는 용 때문에 하루를 망치고 싶지 않았다. 그리고 제타는 이 용보다 한 수 위에 있었다. 제타는 어머니의 양조기에서 가져온 블레이즈 가루로 많은 물약을 만들 수 있었다.

"잠깐만 기다려. 금방 돌아올게."

제타는 서둘러 고모네 집에 있는 물약 제조 방으로 달려갔다. 그리고 투명화 물약을 만들 준비를 했다.

주머니에서 재료를 꺼내는 순간, 제타는 깨달았다. 자신에게 치유의 물약을 만들 재료도 있다는 것을 말이다. 리프트가 준 수박 조각과 광산에서 우선권으로 얻은 금 조각도 있으니 반짝이는 수박을 만들 수 있었다.

제타는 과정 하나하나에 신경을 쓰며 물약 제조에 집중했다. 그리고 얼마 지나지 않아 물약 한 병이 완성됐다. 제타는 투명화 물약을 한 병 마셨다. 물약을 마시자마자 마치 마법에게 잡아먹히는 듯한 기분이 들었다. 가장 먼저 손가락이 그리고 손, 팔, 어깨 순서로 사라졌다. 마지막으로 몸통과 다리까지 다 사라졌다. 제타는 피부를 타고 흐르는 작디작은 마법의 입자들을 통해 자신의 존재를 느낄 수 있었다.

아차! 장화가 있었다. 제타는 자신의 유일한 보호 장비를 두고 가고 싶진 않았지만 용에게 들키는 위험을 감수할 수 없었다. 그래서 제타는 주머니 안에 장화를 넣었다.

이제 제타는 완벽히 사라졌다. 다만 제타가 있는 곳을 자세하게 쳐다보면 옅은 입자들이 보였다. 만족할 만한 결과에 한껏 뿌듯해진 제타는 주머니에 다른 물약까지 챙겨 넣고는 밖으로 달려 나와 애슈턴에게 속삭였다.

"다 됐어."

"누나, 어디 있어?"

애슈턴은 주변을 둘러보며 물었다.

"투명화 물약을 만들었어. 나…… 안 보이지?"

"안 보여. 조금도. 누나 멋지다!"

제타는 애슈턴의 칭찬에 으쓱해졌다. 이제 애슈턴이 용을 토
닥이며 시선을 끌었고, 그 사이에 제타는 용의 등에 올라탔다.
용은 약간 불편한 기색을 보였지만 껑충 뛰거나 움찔하지 않았
다. 성공이었다!

이제 거대한 날개가 퍼덕이면 용을 꽉 붙잡기만 하면 됐다.
고모의 집 우리 안의 모든 동물들이 깜짝 놀라 울어 댔다. 제타
와 애슈턴을 태운 용이 날자, 메릴 고모의 집은 점점 작아졌다.
그리고 어느새 아이들은 다시 숲속의 숙소로 돌아왔다.

"식은 호박 파이 먹기네."

애슈턴이 말했다. 용은 부르르 떨더니 배를 긁어 달라며 벌러
덩 뒤로 나자빠졌다. 애슈턴은 용의 배 위로 올라가 배를 긁어
주었다. 제타는 둘이서 엎치락뒤치락하며 노는 모습을 보며 용
이 저 커다란 발로 애슈턴을 내동댕이치지는 않을까 움찔했다.
용은 살살 장난을 쳤지만 발톱은 여전히 날카로웠다.

"리프트와 레인이 곧 돌아올 거야."

제타가 말했다.

"용을 이제 그만 진정시킬 때가 됐어."

"아직 안 돼."

애슈턴은 용이 자신을 들어 올리도록 가만히 둔 채 말했다.
애슈턴은 미치를 주머니에서 꺼내 용에게 보여 줬다.

"한 번만 더 하고."

애슈턴은 삽의 손잡이를 잡고선 용의 얼굴을 향해 그것을 들었다. 용은 살며시 미치를 물었지만 제타는 용이 삽을 물어 당길 때마다 용의 이빨이 애슈턴의 손가락에 닿을락 말락 하는 걸 보며 깜짝깜짝 놀랐다.

"용한테 미치는 이제 너무 작은 것 같아. 이쑤시개 같아 보일 정도야. 잘못하다간 부러뜨릴 것 같아. 우리가 용의 근처에 있을 때 그런 일이 일어나면 안 되잖아."

용은 정말로 미치를 좋아했다.

"에이, 괜찮을 거야."

애슈턴이 말했다. 제타는 애슈턴이 이렇게 건방진 말투를 쓰는 건 처음 들었다.

'신비의 동물을 한 번 타 봤다고 우쭐대기는.'

제타는 속으로 생각했다.

"너무 걱정하지 마. 그리고 거칠게 놀아 주는 게 전투 연습에 좋다는 기록도 있거든."

애슈턴이 말을 이어 갔다.

"오셀롯이랑 여우한테도 다 그렇게 해. 용이라고 다르겠어?"

제타는 머리를 절레절레 흔들었다.

"무슨 연습?"

제타가 물었다.

"전투 연습. 얘는 용이잖아. 조만간 홀로서기도 해야 하고, 그때가 되면 스스로를 보호할 수 있어야지."

제타는 고개를 끄덕거렸다. 애슈턴이 용에게 스스로를 보호하는 기술을 가르칠 수 있다면…….

마을을 보호하는 방법도 가르칠 수 있다는 뜻이었다. 제타가 애슈턴의 특기를 평가할 때 빼놓은 게 하나 있었다. 바로 용을 다루는 기술과 무엇이든 가르칠 수 있는 능력이다.

"애슈턴."

제타는 설탕물처럼 달콤한 목소리로 불렀다.

"저 용에게 물건을 부수지 않는 법을 가르치지 말고, 부수는 법을 가르치면 어떨까?"

제타는 미치를 가지고 엎치락뒤치락하며 서로 공격 놀이를 하고 있는 애슈턴과 용을 번갈아 보며 자신이 방금 내뱉은 말을 스스로도 믿을 수 없었다.

"뭐라고?"

애슈턴은 용의 입에 물려 있는 침 범벅이 된 삽을 잡고 흔들면서 물었다.

"아무것도 아니야."

제타는 재빨리 대답했다. 잘못된 생각이었다. 그것도 아주 잘못된 생각이었다. 용은 우민을 상대할 무기가 아니었다. 그리고 애완동물도 아니었다. 그저 제타가 불러 낸 실수일 뿐이다.

아주 나쁜 실수일 뿐이었다.

　제타는 우민들을 상대로 용을 이용하겠다는 생각을 떨쳐 내기까지 한참의 시간이 걸렸다. 어제 저녁 채굴 훈련을 하는 내내 그 생각을 하긴 했지만 말이다. 그리고 밤새 그 생각에 뒤척이기도 했고, 산을 향해 달려가는 동안에도 그 생각뿐이긴 했다. 과로와 피로까지 겹친 제타는 정신없이 달려가다 선인장에 부딪히고 말았다. 아침부터 가시에 얼굴을 박으니 기분이 영말이 아니었다. 하지만 덕분에 정신이 번쩍 들긴 했다. 그리고 숲에 도착했을 때는 이미 부기도 가라앉았다.

　어쩌면 용을 무기로 사용하겠다는 생각이 황당무계한 것만은 아닐지도 모른다. 용은 덩치가 크고 힘도 세며 남들을 두려움에 떨게 할 정도로 무서워 보이기까지 하다. 우민들은 용을 보기만 해도 지레 겁을 먹어 감히 화살을 쏠 생각도 못하고 도망가 버릴 것이다. 제타는 쌍둥이들이 떠나기 전에 이 이야기를 하기로 결심했다. 하지만 제타가 이 말을 꺼내기도 전에 리프트는 자신이 새로 만든 기계로 아이들을 데리고 갔다.

"마침내 왔군."

리프트가 말했다.

"왜 이렇게 오래 걸렸어?"

"누나가 늦게 일어났어."

애슈턴이 일러바치듯 말했다. 제타는 애슈턴을 매섭게 노려봤다. 애슈턴은 활짝 웃더니 용과 다시 놀기 위해서 달려갔다.

"미안해."

제타는 작게 말했다.

"마을과 숲을 왔다 갔다 하느라고 진이 다 빠졌어. 그리고 나한테 마침 좋은 생각이……."

"그래, 피곤해 보이긴 하네."

리프트가 말을 끊고 껴들었다.

"우선 여기 앉아서 좀 쉬는 게 어때?"

리프트는 기계 위에 있는 자리를 가리켰다. 슬라임, 피스톤 블록 그리고 제타가 한 번도 본 적 없는 블록으로 만들어진 기계였다. 검은색 블록에 앞쪽은 회색, 뒤쪽은 빨간 빛이 반짝거렸다. 아무리 피곤하고 수면이 부족한 상태라지만 제타는 그것이 리프트의 함정임을 알 수 있었다.

"절대 안 앉아."

제타는 기계를 보면서 말했다.

"여기 앉으면 산으로 날아가는 거 아냐?"

"비슷해. 너무 티가 났나?"

리프트가 한숨을 쉬었다.

"해골 뼈다귀를 보며 침을 질질 흘리는 굶주린 늑대 같은 표정이던걸."

제타가 말했다.

"그래서, 저기 앉으면 어떻게 되는데?"

"네 어머니가 남긴 공책을 보고 만든 거야. 이건 엘리베이터야. 여기 피스톤하고 관찰자……."

리프트가 기계의 기술적인 부분에 대해서 설명하자, 제타는 딴생각을 했다. 제타가 물약에 대해서 이야기할 때 리프트도 이랬을까?

제타는 애슈턴을 힐끗 쳐다봤다. 애슈턴은 용의 코앞에서 미치를 들고 흔들고 있었다. 용은 미치를 낚아챘지만 애슈턴이 다시 빼앗았다. 용의 날카로운 이빨들이 서로 부딪히는 소리만 들어도 제타는 등줄기가 서늘해졌다. 애슈턴은 용 주위를 빙글빙글 돌면서 약을 한껏 올렸다. 처음에는 둘 다 재미있어 보였다. 하지만 갑자기 명랑했던 용의 태도가 바뀌었다.

"이제 그만해. 용한테 못되게 굴지 마."

제타가 외쳤다.

애슈턴은 빙긋 웃었다.

"알겠어. 용아, 준비됐어? 분명 된 거지? 자, 가서 물어 와!"

애슈턴이 숲을 향해 삽을 던지는 척하자 용은 쏜살같이 달려가 킁킁거리며 냄새를 맡았다.

제타는 머리를 절레절레 흔들며 자신도 비슷한 행동을 했던 때를 떠올렸다.

"약 올리지 말라니까."

제타는 주의를 줬다. 하지만 용은 이미 애슈턴을 향해 날아오고 있었다.

장난기 가득했던 용의 모습은 온데간데없이 사라졌다. 잔뜩 화가 난 것이다.

"미치를 던져!"

제타가 외쳤다. 하지만 애슈턴이 그렇게 하기도 전에 용은 애슈턴 앞으로 빠르게 착지하고는 코를 벌렁거렸다.

"미안해, 용아. 내가……."

용은 콧김을 내뱉었다. 그러자 보랏빛 구름이 콧구멍에서 뿜어져 나왔다. 구름은 안개처럼 발밑에 깔리더니 애슈턴을 향해 다가갔다. 애슈턴은 도망치려 했지만 안개 속에 갇히고 말았다. 보랏빛 안개가 애슈턴을 집어삼키자 애슈턴이 비명을 질렀다. 여태껏 한 번도 들어 본 적 없는 비명 소리였다. 안개에 갇힌 애슈턴은 심각한 고통을 겪고 있는 게 분명했다.

애슈턴의 비명 소리에 용은 화가 누그러졌는지 무시무시했던 눈빛이 다시 걱정 어린 강아지 눈빛으로 돌아왔다. 용은 마치 저 보랏빛 안개가 무엇인지 모르겠다는 듯, 아니 자신의 코에서 뿜어져 나온 게 아닌 듯 킁킁거리며 냄새를 맡았다. 용이 다시 한 번 흥 하고 콧김을 내뱉었다. 코에서 뿜어져 나온 강한 바람에 보랏빛 구름이 흩어졌다. 그러자 바닥을 데굴데굴 구르며 숨을 헐떡이는 애슈턴의 모습이 보였다.

제타는 애슈턴에게 달려가 그의 몸을 일으키려 했다. 하지만 소용이 없었다.

"무슨 일이야?"

레인이 제타와 애슈턴에게로 달려와 물었다. 리프트는 재빨리 물 한 양동이를 근처 시냇가에서 떠 왔다.

"저 용이 독을 뿜은 것 같⋯⋯."

그 순간 제타는 자신이 만든 치유의 물약을 떠올렸고, 주머니에서 그것을 꺼냈다. 제타는 애슈턴의 입술 가까이로 병을 갖다 대어 물약을 마시도록 했다. 병 속의 액체가 애슈턴의 목구멍으로 흘러 들어갔다. 달콤한 시럽과 약 냄새가 났다. 애슈턴은 컥컥거렸다. 제타는 애슈턴이 물약을 뱉을까 봐 걱정했지만, 다행히 잘 삼켰다.

물약의 효과가 있었는지 애슈턴은 더 이상 몸을 바들바들 떨지 않았고 점차 평온을 되찾았다. 리프트는 물을 적신 수건을 애슈턴의 이마에 얹어 줬다. 잠시 후, 애슈턴은 기운을 많이 되찾은 듯 보였다.

"누군가에게 알려야 해. 우리가 감당하기에는 너무 큰일이야."

레인이 말했다.

"맞아."

제타도 동의했다. 용의 알을 깼다는 것만으로도 엄청나게 혼날 거란 걸 알지만 말이다. 용은 애슈턴을 거의 죽일 뻔했다. 비록 지금은 얌전하게 행동한다지만 또다시 이런 일이 일어나지 말란 법은 없었다.

"용의 탓이 아니야."

애슈턴이 말했다.

"내가 약을 올리지 말아야 했어. 그러니까 제발 용에게 한 번만 더 기회를 주면 안 돼?"

제타는 입술을 깨물었다. 제타는 자신이 저 용을 무기로 사용할 생각을 했다는 걸 믿을 수 없었다. 저 용은 다른 괴물들만큼이나 사납고 통제가 불가능했다.

"용도 미안해하는 것 같아."

리프트는 여느 때처럼 도움이 안 되는 소리를 했다.

"앞으로 저 용이 더 많은 재주를 배우게 된다고 생각해 봐."

애슈턴은 입술을 삐죽거리며 간절한 눈빛으로 말했다.

"제발…… 안 될까?"

제타는 애슈턴에게서 등을 돌렸다. 애슈턴의 간절한 표정에 마음이 약해질 걸 스스로 잘 알고 있기 때문이다.

"하지만 너무 위험해."

제타는 단호하게 말했다.

"애슈턴, 저기 가서 좀 쉬고 있어. 용 곁으로는 가지도 마. 그리고 너희는 나하고 이야기 좀 하자."

애슈턴은 입을 삐죽거리며 모닥불 옆에 가 앉았다. 그러고는 공책을 꺼냈다.

"어떻게 하면 좋을까?"

제타가 물었다.

"시장님께 말씀드려야 해."

레인이 말했다.

"시장님이 저 삼 톤짜리 괴수를 어떻게 할 수 있는데?"

리프트가 물었다.

"내 생각엔 용에게 한 번 더 기회를 주는 게 맞는 것 같아. 그리고 아까 그 독 말이야……. 우민들에게 독을 뿜도록 훈련을 시킬 수 있다고 생각해 봐."

제타는 고개를 저었다.

"저 용은 무기가 될 수 없어."

마치 자신은 그런 생각을 한 적 없다는 듯 외쳤다. 제타는 애슈턴이 죽을 뻔한 걸 보고는 마음을 굳혔다.

"우리에겐 엄마의 공책이 있잖아. 그리고 명석한 두뇌도 있는걸. 그거면 충분해. 미안하지만 용은……."

"아아아악!"

애슈턴의 비명 소리였다. 제타는 용이 또 애슈턴에게 독을 뿜은 줄 알고 벌떡 몸을 일으켰다. 하지만 애슈턴은 리프트가 만든 기계 피스톤에 걸린 것이었다.

"나 좀 도와줘. 몸이 끼어 버렸어."

리프트가 가서 구해 주기도 전에 애슈턴이 기계의 레버를 발로 찼고, 그와 동시에 기계는 빙글빙글 돌았다. 그러더니 덜커덩거리는 소리를 내며 하늘로 솟구쳤다. 애슈턴도 덩달아 솟구쳐 올라갔다. 애슈턴은 가까스로 블록 하나에 매달려서 기계 위로 기어 올라갔다. 하지만 뛰어내리기에는 너무 높이 올라가 버리고 말았다.

"이것도 네 장난의 일부인 거니? 너무 위험하잖아, 리프트! 도대체 무슨 생각인 거야?"

제타는 리프트에게 소리를 쳤다. 물론 그럴 생각은 아니었지만, 이건 애슈턴의 목숨이 걸린 문제였다.

"그냥 뛰어내려!"

리프트가 애슈턴에게 외쳤다.

"괜찮을 거야."

"너무 무서운걸……!"

이렇게 애슈턴이 외치는 순간에도 목소리는 점점 멀어졌다.

제타는 용을 바라봤다. 용은 머리를 덤불 속으로 집어넣고 몸은 그대로 드러낸 채 웅숭크리고 있었다.

"이봐, 용!"

제타는 용을 불렀다. 용이 제타를 향해 고개를 돌렸다.

"난 지금 너를 타고 애슈턴을 구하러 갈 거야. 거절은 사양하겠어."

용은 제타가 하는 말을 알아들은 듯 보였다. 제타는 용의 등에 올라탔다. 이번에는 무서워할 시간도 없었다.

날개를 퍼덕이자 용의 몸이 떠올랐다. 그와 동시에 제타도 땅에서 멀어졌다. 제타는 날고 있었다. 제타는 구름을 향해 곧게 올라가는 용을 꽉 붙잡았다.

얼마 가지 않아 애슈턴의 비명 소리가 들렸다. 그리고 제타는 기계의 슬라임 블록에 매달려 있는 애슈턴을 발견했다. 용은 위로 솟구치고 있는 애슈턴을 따라잡기 위해 급강하를 했다가 다시 위로 올라갔다. 용이 속도를 늦추자 애슈턴은 "어이쿠!" 하며 용의 등에 올라탔다.

애슈턴은 아직도 두려움에 떨고 있었다. 그러고는 몸이 축 늘어지더니 기절하고 말았다. 용은 애슈턴과 제타를 안전하게 땅으로 데려다주었다. 리프트는 그 광경을 감탄한 듯 쳐다봤다. 레인은 소심하게 용에게 몇 발자국 다가갔다. 그 어떤 괴물에게도 그 정도로 가깝게 다가간 적은 없었다.

"잘했어."

레인은 용의 콧등을 쓰다듬어 주며 말했다.

용은 모두의 믿음을 저버린 행동을 하긴 했지만, 애슈턴의 목숨을 구한 용기 있는 행동은 모든 걸 용서하게 했다. 그렇다고 해서 용이 지닌 엄청난 힘에 대해서 잊어버린 건 아니다. 그리고 숨겨진 위험도.

15장

"알겠어, 알겠어."

제타가 말했다.

"좀 더 지켜보자. 하지만 한 번만 더 사고 치면 그때는 정말 끝이야. 알겠지?"

애슈턴은 뿌루퉁한 용에게 달려가 귀를 잡았다.

"누나 말 들었지? 너도 이제 우리하고 지낼 수 있게 됐어!"

용은 귀를 쫑긋하더니 고개를 한쪽으로 기울였다. 마치 애슈턴의 말을 이해하려는 듯 보였다. 그러고는 애슈턴의 얼굴을 핥았다. 용의 혀는 축축한 이불 같았다. 애슈턴은 침 범벅이 된 얼굴로 미소를 지어 보였다.

"이제 이렇게 핥지 못하게 가르쳐야겠네."

애슈턴이 말했다.

제타는 미소를 지었다. 저 둘의 우정에 금이 가지 않았다는 사실에 제타는 안심했다.

"한 가지 조건이 있어. 내 생각에는 용을 마을 가까운 곳으로 옮겨야 할 것 같아. 이렇게 산과 마을을 왔다 갔다 하다가는 다들 곧 힘이 빠져 버릴 거야."

제타가 말했다.

모두가 제타의 의견에 동의했다. 물론 제타는 고모네 집을 들러야 했지만, 동물들이 며칠간 먹을 음식과 마실 물을 충분히 마련해 두면 아무 문제가 없을 것이다. 그렇게 하면 제타도 화살촉에 묻힐 독약에 온전히 집중할 수 있을 터였다.

아이들은 달려가는 대신, 용을 타고 마을로 가기로 했다. 쌍둥이들은 리프트의 기계를 분리했고, 제타와 애슈턴은 모닥불을 끄고 작업대와 화로를 챙겼다. 그리고 나무 숙소를 부쉈다. 제타는 이 나무들을 화살을 만드는 데 재사용하려는 계획을 세웠다. 이곳에서 얻은 재료를 마을로 가져가지 않기로 했지만, 필요한 양의 나뭇가지를 모으기 위해서는 몇 달이나 사막을 뒤져서 죽은 나뭇가지를 모아야 할 것이다. 한 시간 후, 아이들이 머물던 자리는 처음 이곳을 발견했을 때의 모습으로 돌아와 있었다.

이번에는 용도 제타가 자신의 등에 타는 걸 꺼려 하지 않았다. 제타와 애슈턴을 태운 용이 하늘로 떠오르자 산은 점점 작아지더니 지평선의 점이 되었다. 아래에 익숙한 모래가 보이자 제타는 마음이 놓였다. 제타는 애슈턴이 이리저리 몸을 움직이면 용도 그에 따라 조금씩 몸을 움직이는 걸 지켜봤다. 둘의 관계는 정말이지 끈끈했다. 애슈턴이 앞으로 몸을 기대자 용이 하강을 했다. 바닥이 점점 가까워졌다. 마을은 여전히 멀리 떨어져 있었기 때문에 아무도 하늘을 나는 이 거대한 괴수를 볼 수 없었다. 하지만 걸어서 삼십 분 내로 왔다 갔다 할 수 있을 정도의 거리만큼은 되었다.

신속의 물약이 없이도 말이다.

애슈턴은 커다란 언덕에 있는 동굴 쪽으로 각도를 맞춰 비행을 했다. 용을 숨기기에 완벽한 장소였다. 용의 발바닥이 땅에 닿자 제타는 그제야 안심했다.

제타는 돌에 앉아 쉬었고, 애슈턴과 용은 숨바꼭질을 했다. 애슈턴이 선인장이나 언덕, 동굴에 숨으면 용이 냄새를 맡아서 애슈턴을 찾았다. 둘이 노는 모습은 꽤나 귀여웠다. 숨바꼭질을 마치고 둘은 엎치락뒤치락하며 놀았다. 둘 중 하나가 다른 하나를 거의 죽일 뻔한 지 한 시간도 채 지나지 않았지만 말이다.

제타는 한숨을 쉬었다. 그건 사고였다. 일생에 한 번 있을 법한 사고.

제타는 작업대를 안전한 곳에 놓았고, 통나무를 나무판으로 만든 뒤 그걸로 화살을 만들 막대기를 만들었다. 얼마나 필요할까? 백 개? 천 개?

"뭐 해?"

애슈턴이 제타에게 다가와 물었다. 애슈턴 바로 뒤에서 이를 지켜보던 용은 막대기에 엄청난 관심을 보였다. 막대기가 쌓여가자 제타는 손이 얼얼해졌다.

"화살을 만들고 있어."

"멋지다! 할머니하고 할아버지가 괴물의 날 전야제 축제를 위해 닭을 많이 준비하실 거야. 내가 닭 털 많이 가져다줄게."

애슈턴은 주머니를 뒤졌다.

"우선 이거라도 써."

"정말? 잘됐다."

제타는 미소를 지었다. 우민들에게 공격을 받아 어려운 상황에도 마을 사람들이 축제 준비를 한다는 말이 반갑게 들렸다.

"축제 때 가면 쓰기엔 이젠 나이가 너무 많지?"

제타가 물었다.

"응, 그럴 것 같아. 그런데 리프트하고 레인이 수레 꾸미는 걸 도와도 된다고 했어."

제타는 환하게 웃었다. 제타도 예전에 리프트와 레인의 가족 수레를 꾸미는 일을 도운 적이 있었다. 그리고 그게 처음이자 마지막이었다. 쌍둥이들의 부모님은 굉장히 엄격했다. 그래서 사소한 것 하나까지도 모두 완벽해야만 했다. 그해 쌍둥이 가족은 레드스톤 횃불로 눈이 반짝거리는 거대한 동굴 거미를 만들었다. 수레를 만들 때 참고할 무시무시한 거미 박제도 갖고 있었다. 가족의 거미는 무척 컸는데, 수레를 움직이기 위해서는 다섯 명이나 필요할 정도였다. 각자 다리를 한 쌍씩 맡고, 한 명은 머리를 맡아 고개를 움직였으며 송곳니로 가득한 입을 열었다 닫았다 했다. 결국 쌍둥이 가족은 이등을 차지했고, 이후 육 개월간 제타는 그들로부터 일등을 도둑맞았다, 일등 트로피는 우리 것이어야 했다 등의 불만을 들어야만 했다.

휴.

"행운을 빌어 주마."

제타가 작게 중얼거렸다.

"부싯돌이 필요하니까 나중에 마저 만들지 뭐. 먼저 가는 게 어때? 나는 오늘 밤 늦게 갈 거야."

애슈턴은 용에게 코를 비비며 인사하고는 길을 떠났다.

제타는 할 일이 너무도 많았다. 돌 곡괭이를 꺼내서 채굴할 만한 자갈을 찾을 때까지 동굴을 살폈다. 그 과정에서 부싯돌을 몇 개 얻었다. 조금씩 준비가 되어 갔다. 화살을 만든 후 제타는 주머니에서 치유의 물약을 꺼냈다.

마법의 화살촉은 어떻게 만드는 거지? 제타는 화살촉을 물약에 담갔다. 아무 일도 일어나지 않았다. 제타는 작업대 위에서 온갖 종류의 물약을 조합해 시도해 봤지만 마법 화살을 만들 수는 없었다.

"재료가 부족한 것 같아."

제타가 옆에서 몸을 동그랗게 말고 있는 용에게 말했다.

용은 제타를 보고는 콧방귀를 뀌었다. 콧구멍에서 보랏빛 독약이 조금 새어 나왔다. 제타에게 닿을 만큼은 아니었지만 제타를 긴장시키기에는 충분했다.

"그것 좀 그만해. 말했잖아, 그 콧김은 너나 실컷 맡으라고!"

그때 제타는 전에 고모가 드래곤의 숨결과 독약에 대해 이야기했던 것이 기억났다. 제타는 용의 앞에 조그맣게 형성된 보랏빛 구름으로 달려가 갖고 있는 모든 병에 그것을 조심스럽게 담았다. 이제 제타는 실험을 할 준비를 마쳤다. 하지만 집에 가서 조금이라도 잠을 잔 후 채굴 훈련을 받으러 가야 했다.

제타는 졸리긴 했지만 곡괭이도 바로 잡지 못하는 사람들을 가르치고 있는 마일로의 수업을 최선을 다해 들었다. 기본 수업이긴 해도 배울 점도 있었다. 그리고 마일로가 연습 시간을 줬을 때 제타는 두 개의 철 광맥을 찾아냈다. 제타는 우선권을 외쳤고 철 두 블록을 얻었다. 이제 제타는 철 곡괭이를 만들기에 충분할 만큼 철을 얻었다. 마일로도 놀란 듯했다.

수업 후 제타는 침대에 누워 쉬고 싶었지만, 화살이 저절로 만들어지지 않는다는 걸 알기에 서둘러 집으로 돌아가 옷장에서 양조기를 꺼냈다. 그 안에는 아직 블레이즈 가루가 있었고, 몇 번의 시도 끝에 잔류형 물약을 만들어 냈다. 제타는 양조기를 아버지가 숨겨 놓은 곳에 다시 갖다 놓으며 자신이 집에 왔었다는 걸 아버지가 눈치채지 못하길 바랐다. 제타는 친구들에게 좋은 소식을 전하기 위해 집을 나섰다.

제타는 마을 외곽에 있는 동굴에 도착했다. 리프트는 제타 어머니의 공책을 참고해 양궁 기계를 만들었다. 한편 레인은 용이 급강하해서 코로 갑옷 거치대를 공격하는 방법을 가르치고 있었다. 용은 아주 정확하게 공격을 했다. 제타는 용의 거대한 날개가 퍼덕이는 소리를 듣는 게 좋았다. 갑옷 거치대가 차례차례 넘어지면서 부서졌다. 레인은 사랑스럽게 용의 콧잔등이를 쓰다듬어 준 다음, 갑옷 거치대 조각들을 주워서 다시 거치대를 만들고 훈련을 계속했다.

"용한테 전투 훈련을 시키는 건 아니지?"

제타가 레인에게 물었다.

"이 점에 대해서는 지난번에 이야기했던 것 같은데."

"나도 알아."

레인이 대답했다. 그 순간, 용은 어서 빨리 거치대를 세우라는 의미로 레인을 슬며시 밀었다. 레인이 용을 엉덩이로 툭 치자, 용은 레인의 얼굴을 핥았다.

"하지만 용이 얼마나 정확하게 공격하는지 봐 봐. 게다가 저 거치대들을 손쉽게 처리해 버리는 거 봤지? 그러니까 가능성을 열어 둬도 좋을 것 같아."

제타는 혼자 투덜거렸다. 다만 제타도 레인과 용이 꽤나 귀엽다는 걸 인정할 수밖에 없었다.

"너 주려고 화살 좀 만들었어."

제타는 화살 열두 개를 리프트에게 건넸다.

"잘 쓸게."

리프트는 이렇게 말하면서도 정신은 온통 도표와 계산에 집중한 듯 보였다.

"애슈턴은 어디에 있어?"

"축제 준비 때문에 할아버지랑 할머니를 돕고 있어. 뭐 필요한 거 있어?"

제타가 물었다.

"내가 누르라고 할 때 이 버튼을 눌러 주면 좋을 것 같은데."

리프트는 기계 반대편으로 걸어가면서 블록과 블록 사이에 구불구불하게 놓인 붉은 먼지 더미를 확인했다.

"좋아, 지금이야."

제타가 버튼을 누르자, 흐릿한 붉은 먼지에서 밝게 빛이 났다. 구불구불한 먼지 사이에는 온갖 잡동사니가 있었다.

"아!"

리프트는 뭔가를 깨달은 듯 먼지가 빛을 내지 않는 부분을 가리켰다.

"문제를 찾았다. 고마워."

리프트는 기계를 손본 후 위에 달린 상자에 화살을 넣었다.

"자, 실험할 준비 됐지?"

제타는 고개를 끄덕였다.

"레인, 전에 말한 것처럼 과녁을 세워 줄래?"

리프트는 활쏘기 기계 주변을 다시 한 번 돌며 말했다.

레인은 기계에서 구 미터 떨어진 곳에 갑옷 거치대를 세워 둔 후 재빨리 몸을 피했다.

"이제 쏠게. 하나, 둘, 셋!"

리프트가 버튼을 눌렀다. 그러자 작은 발광석 램프에 불이 들어왔다. 하지만 아무 일도 일어나지 않았다.

"음……."

제타가 입을 열려고 했다.

"기다려."

리프트는 손가락을 들어 올리며 제타를 조용히 시켰다. 그 순간 화살이 폭풍처럼 빠른 속도로 쏟아지듯 날아갔다. 슝, 슝, 슝. 화살은 공기를 가로질러 연달아 과녁에 꽂혔다. 불과 몇 초 동안이었지만 먼지가 가라앉자 화살이 한가득 꽂힌 갑옷 거치대가 보였다. 이 정도의 맹공격이면 아무리 우민들이라도 살아남지 못할 것이다.

"정말 멋지다!"

제타가 폴짝폴짝 뛰면서 말했다.

"이것보다 화살을 열 배 더 만들어 줘. 그러면 마을을 지키기 위해 용이 필요 없을지도 몰라. 마을을 지키기 위해 용을 사용하지는 않을 거야."

제타가 반복했다. 고장 난 녹음기처럼 말이다.

"독을 묻힌 화살은 잘 진행되고 있어?"

레인이 물었다.

"거의 다 됐어. 오늘 안에 완성될 거야."

레인은 고개를 끄덕이며 제타의 표정을 읽으려 했다.

"네가 독약을 묻힌 화살을 만들겠다고 해서 물어본 거야. 그리고……."

"알았어. 빨리 만들어 줄게, 됐지?"

아휴.

"여하튼 너는 리프트하고 먼저 집으로 돌아가. 부모님이 전야제 퍼레이드를 연습하고 싶어 하실 텐데."

"용이랑 둘만 있을 수 있겠어?"

레인이 물었다.

"원한다면 나도 남아서……"

"아니야, 괜찮아. 혼자 있을 수 있어."

제타는 곡괭이도 제대로 휘두르지 못하는 아홉 명의 광부들과 온종일 부대끼고 온 터라 혼자만의 시간을 보내는 것도 괜찮을 것 같았다. 광산에서 하마터면 곡괭이에 이마를 찍힐 뻔하기도 했으니 말이다.

제타는 삽을 던지는 기계에 삽을 채워 넣고 용이 삽을 쫓아 달리는 모습을 지켜봤다. 용은 물어 온 미치를 공급기 위에 올려서 삽을 발사시켰다. 그렇게 몇 번이나 반복을 거듭했다.

기계가 삽을 발사하는 소리는 왠지 마음을 진정시켰다. 제타도 자신이 잠에 빠지는지 알아차리지 못할 정도였다.

하지만 제타가 다시 눈을 떴을 때는 발사 소리가 멈춰 있고, 용은 어디에도 보이지 않았다.

16장

제타는 미친 듯이 동굴 주변을 살피며 용을 찾았다. 모래 언덕은 물론이고, 상식적으로 용이 들어갈 수 없는 장소들까지도 샅샅이 찾아봤다. 하지만 어디에도 없었다. 더욱 최악인 것은 용의 흔적조차 없다는 것이었다. 이번에는 분명 용이 날아서 도망을 친 것이다.

또 탈피를 한 걸까? 이렇게 빨리? 어떻게 이렇게 부주의할 수 있지?

제타는 친구들에게 도움을 요청해야 했다. 분명 애슈턴은 제타에게 화를 낼 것이다. 제타는 애슈턴을 마주하고 싶지 않았다. 하지만 최악의 상황을 만들지 않으려면 애슈턴이 필요했다. 제타는 온 힘을 다해 할아버지 농장으로 달려갔다. 집 안으로 달려 들어가자 헛간에서 이상하게 구구구구 하는 소리가 들렸다. 애슈턴이 닭들을 흩어 놓을 때 내는 소리였다. 제타는 그리로 달려갔다. 하지만 문을 당기려 하자 걸쇠가 걸려 있었다. 여태껏 걸쇠가 걸려 있던 적이 한 번도 없었는데 말이다.

안에서는 웃음소리와 걸걸한 소리가 들려왔다. 제타는 문을 두드렸다. 웃음이 멈추고 쉿 하는 소리가 들렸다.

"누구세요?"

애슈턴의 목소리였다.

"나야. 안에 누구 있어? 할 말이 있는데."

잠금장치가 풀렸다. 문이 열리며 무표정한 얼굴의 애슈턴이 보였다.

"누나가 하려는 말이 뭔지 알 것 같아."

애슈턴은 툴툴거리듯 말하더니 제타를 헛간 안으로 데리고 들어간 다음 문을 닫았다.

잔뜩 겁을 먹은 듯한 닭들은 서까래 위로 올라가 있었다. 커다란 건초 더미 뒤로 검은색 꼬리를 본 제타는 그제야 어떤 상황인지 이해가 됐다.

용이 이곳으로 찾아온 것이다.

"용이 어떻게 이 헛간까지 오게 된 건지 설명해 줄래?"

애슈턴이 물었다.

제타는 말을 더듬거렸다.

"그게…… 내가 깜빡 잠이 들었나 봐. 그동안 채굴 훈련도 받고 화살도 만들고 용도 돌보느라 일이 너무 많았잖아."

"괜찮아."

애슈턴이 말했다. 애슈턴 역시 제타에게 미안했는지 좀 전의 비난하는 듯한 태도는 사라지고 어느새 제타를 이해한다는 듯 말했다.

"그래도 그동안 용을 찾는 연습을 해서 다행이야. 그렇지 않았으면 용이 어디로 갔을지 누가 알았겠어."

"아무한테도 들키지 않았지?"

제타가 물었다.

"할아버지한테 거의 들킬 뻔했어. 할아버지하고 들판에 나가 있었는데, 멀리 하늘에서 검은색 점이 우리를 향해 날아오는 걸 봤거든. 내가 서둘러 할아버지께 괭이를 갈아야 한다고 말씀드려서 다행히 용이 도착하기 전에 할아버지는 괭이를 갈러 다른 곳으로 가셨어. 그런 다음에 최대한 빨리 용을 데리고 이 헛간으로 온 거야. 자칫하면 들킬 뻔했지 뭐야. 정말 아찔했어. 앞으로 더 조심해야겠어."

제타는 고개를 끄덕였다.

"나한테 투명화 물약이 몇 개 더 있어. 만약 용이 이 물약을 한 병 마시면 들킬 염려 없이 동굴로 데리고 갈 수 있을 거야."

애슈턴은 어깨를 으쓱해 보였다.

"그래도 용을 가까이 두는 게 낫지 않을까? 우리 모두 지칠 대로 지쳤잖아. 동굴까지 왔다 갔다 하는 것도 힘들어."

"용을 여기에 데리고 있겠다는 소리는 아니지? 어떻게 숨길 건데? 밤이고 낮이고 이 헛간에 꼼짝 없이 갇혀 있어야 하는데, 용이라고 그걸 좋아할까?"

애슈턴은 미소를 짓더니 바닥에서 종이를 한 장 집어 조심스럽게 꽃을 만들었다. 그러고는 그걸 용의 콧속에 넣었다. 용은 코를 킁킁거렸다. 애슈턴이 뿔 뒤를 살살 긁어 주자 용은 콧속에 낀 종이를 잊은 듯했다. 제타는 한참을 어리둥절해했지만 이내 그것이 무엇을 의미하는지 이해할 수 있었다. 며칠 후면 괴물의 날 전야제 축제가 열릴 것이었다. 그날은 거대한 종이 꽃으로 장식한 괴물 모양의 수레를 들고 사람들이 마을을 행진한다.

"그건, 용을 수레처럼 만들겠다는……."

제타는 회의적으로 말했다.

"안 될 게 뭐가 있어? 완벽하잖아. 언젠가는 마을 사람들에게 이 용에 대해서 말해야 해. 축제 퍼레이드에서 일등을 차지한 다음에 말하는 게 어때? 우리가 이 용을 얼마나 잘 다루는지 보여 줄 수 있잖아. 온갖 재주들도 선보이고. 그러면 시장님도 마을이 급습을 당할 때 용이 얼마나 도움이 될지 알 거야."

제타는 머리를 절레절레 흔들었다. 배가 살살 아파 왔다. 또 이럴 순 없어.

"우리는 이 용이 우리를 보호해 줄 거라고 믿을지 말지를 결정해야 해."

애슈턴은 심각한 얼굴로 말했다.

제타는 어쩌면 그게 가장 두려운 것일지도 모르겠다. 자신이 저지른 가장 큰 실수로부터 좋은 결과가 나올 수도 있다는 믿음 말이다. 잘못을 잘못으로 갚으면 일을 바로잡을 수도 있다? 아니지, 이건 아니야. 하지만 제대로 옳은 일을 하면 큰 잘못을 상쇄할 수 있을 것이다. 제타는 사람들에게 비밀을 털어놓으면 얼마나 속이 시원할지 상상했다.

"알겠어."

제타가 말했다.

"위험한 발상이긴 하지만 그래도 네 말이 옳아. 만약 우리가 용을 믿어야 한다면 진심으로 믿어야 해. 그리고 무엇보다 나는 널 믿으니까……. 해 보자."

애슈턴은 신이 난 듯이 허공에 대고 주먹을 휘두르더니 짧게 소리를 질렀다. 그러자 주변에 있던 닭들이 짜증을 냈다.

"미안해, 살마, 넬라!"

애슈턴이 닭의 목을 간지럽히며 말했다. 화가 풀린 닭들이 애슈턴 손에 머리를 비벼 댔다.

"어쩌면 리프트와 레인 부모님과 함께 수레 만드는 걸 그만둘 수 있는 좋은 핑곗거리가 될 수 있을 것 같아."

"벌써 거기까지 생각한 거야?"

제타가 웃음을 참으며 물었다.

"엘더 가디언에 가시를 얼마나 많이 박아야 하는지 알아?"

애슈턴이 물었다.

제타는 고개를 저었다.

"열두 개. 그 가시들은 일정한 간격으로 박아야 하고, 길이는 모두 정확히 육 밀리미터여야 해. 또 그것들은 정확하게 똑같은 순간에 움직여야 해. 만약 4, 5, 6, 7번 가시를 담당하는데 일 초라도 늦게 움직이면……. 아무튼 작년 퍼레이드 때 레드스톤 횃불이 떨어지는 바람에 일등을 놓친 이야기를 들어 봐야 해."

애슈턴은 숨을 깊게 내쉬며 한숨을 쉬었다.

"미안해, 아직도 그 생각만 하면 조금 예민해져서."

"아니야, 이해해. 그러면 우리만의 수레 만들기로 하자."

"여기저기에 꽃을 좀 붙이면 될 것 같아. 용한테 조금 장식을 해 주면 좋잖아. 그리고 만약 누군가 우리에게 왜 맨날 헛간에 있냐고 물으면 수레를 준비한다고 하면 돼. 문제없을 것 같아."

제타는 탄식을 내뱉었다. 물론 완전히 거짓말은 아니지만 사촌 동생이 자신처럼 반쪽짜리 진실을 말한다는 게 썩 기쁘지는 않았다.

제타는 자신의 손에 오버월드의 운명이 달린 듯한 기분이 들었다. 제타는 그길로 농장으로 가서 사탕수수를 가능한 한 많이 가져왔다. 다시 헛간으로 돌아온 제타는 그걸로 종이를 만들었다. 애슈턴은 보라색 콘크리트 가루를 그 종이에 뿌렸다. 오직 축제 때만 볼 수 있는 시에나 듄스의 오랜 전통이다. 반짝이는 보라색 종이는 용의 검은색 비늘과 잘 어울릴 것이다. 그리고 둘은 밤늦게까지 꽃을 접었다.

그때, 누군가 헛간 문을 두드렸다.

"누구지?"

애슈턴과 제타가 동시에 말했다.

"제타? 무슨 일이야? 왜 동굴에 안 갔어?"

레인의 목소리였다.

"그리고 그건 어디에 있어?"

리프트가 덧붙였다.

제타는 꽃을 접는 데 너무 정신이 팔린 나머지 쌍둥이들에게 작전 수행을 헛간에서 하기로 했다는 말을 하는 걸 잊어버렸다. 제타는 문으로 달려가 걸쇠를 풀었다. 제타는 혹시라도 이곳을 보고 있는 사람이 있는지 확인하기 위해 문밖을 두리번거렸다. 그리고 쌍둥이들을 안으로 데리고 들어왔다. 쌍둥이들은 꽃으로 뒤덮인 용을 본 후 서로를 쳐다봤다.

"이건 아니야."

레인이 말했다.

"나는 못 해."

"애슈턴하고 이야기를 해 봤어."

제타가 말했다.

"네 말이 맞아. 용은 마을을 보호하는 데 도움이 될 수 있을 거야. 우리는 그동안 용과 가까이서 지내 왔고, 또 그만큼 용을 믿을 수 있잖아. 그 믿음을 축제 퍼레이드 때 보여 주는 거야."

"아니, 그래, 네 말은 나도 이해해. 그런데 나는 이 일이 물리적으로 불가능하다고 말하는 거야. 만약 꽃을 더 접었다가는 병이 날 거야."

레인이 말했다.

"멋진 생각 같아."

리프트가 말했다.

"그런데 한 가지 문제가 있어."

"뭔데?"

애슈턴이 걱정스러운 얼굴로 물었다.

"너희는 분명 일등을 차지하게 될 거야. 그러면 나하고 레인은 우리 부모님이 또 우승을 빼앗겼다고 화를 내는 걸 일 년 내내 들어야 한단 말이지. 하지만 그걸 참아 낼 정도로 가치가 있는 일이니까. 마을 사람들도 우리가 용을 데리고 얼마나 열심히 훈련을 했는지 알 필요가 있어. 우리에게 고마워할 날이 반드시 올 거야."

"레인, 괜찮아?"

제타는 정말로 속이 안 좋아 보이는 레인에게 물었다.

"응."

레인은 문을 향해 뒷걸음질을 치며 말했다.

"나가서 신선한 공기 좀 마셔야겠어. 조금 이따가 돌아올게. 아니, 한참 걸릴 수도 있어."

그리고 레인은 밖으로 나갔다.

리프트는 한숨을 쉬었다. 자신의 쌍둥이 형제 때문에 짜증이 나고 약간 당황한 듯 보였다. 하지만 제타는 이해할 수 있었다. 축제 기간에는 다들 예민해진다. 축제 준비는 꽤나 피곤한 일이기 때문이다. 그리고 시에나 듄스처럼 작은 마을에는 걸리적거리는 사람, 도움이 필요한 친구나 친척 혹은 연휴 인사를 하는 척하면서 남에 대한 소문을 퍼트릴 기회를 엿보는 사람들이 있었다.

감당하기 버거울 때도 있다. 제타는 고모가 어떤 사람인지 정확히 알고 난 후, 더 고모가 그리웠다. 제타는 아버지도 언젠가 고모를 그리워하는 날이 오면 좋겠다고 생각했다. 고집불통인 아버지와 고모는 한 번 그은 선을 넘지 않았다. 하지만 언제까지고 그렇지만은 않을 것이다.

"레인이 준비되면 도와줄 거야."

제타가 말했다. 제타는 리프트와 레인만큼은 자신의 고모와 아버지처럼 사이가 틀어지지 않길 바랐다.

"나 질문이 있어."

리프트는 이리저리로 꽃 장식을 한 용을 살펴보며 말했다.

"보통 수레는 종이와 대나무로 만들잖아. 몇 사람이 들 수 있을 정도로 가볍게 말이야. 그런데 이 용은 어떻게 거리로 들고 갈 거야? 못해도 몇 톤은 될 텐데."

애슈턴은 눈을 반짝거렸다.

"누군가가 그걸 물어봐 주길 바랐어! 다리와 날개에 끈과 막대기를 붙여서 마치 우리가 용을 조종하는 것처럼 보이게 만들 거야."

애슈턴은 용을 옆으로 불러 보여 줬다. 애슈턴은 끈을 잡아당겨 용의 발목으로 가져가 대나무 막대기를 묶었다. 그런 다음 끈을 부드럽게 당기자 용은 끈을 묶은 쪽 다리를 들어 올렸다.

"우리끼리 살짝 연습해 봤거든."

애슈턴이 설명했다.

"그런데 이걸 해내려면 제타 누나하고 나 말고 적어도 두 사람이 더 필요해."

이 말을 하며 애슈턴은 간절한 눈빛으로 리프트를 쳐다봤다.

리프트는 고개를 저었다.

"나는 못 해. 너네한테 지는 것만으로도 부모님이 엄청 화를 내실 텐데, 우리가 너희를 도왔다는 걸 알면 진짜로 가만히 계시지 않을 거야."

"믿을 만한 사람이 없단 말이야."

애슈턴이 부탁했다.

"용은 이미 우리를 알고 있어. 그리고 우리를 믿고 있잖아. 게다가 이건 이기고 지는 문제가 아니야. 우리 마을을 구하는 문제가 달린 일이라고."

"내가 이걸 고민하고 있다니, 믿을 수가 없다."

리프트가 짜증을 내며 말했다. 리프트는 애슈턴으로부터 막대기와 끈을 받은 뒤 그것을 살짝 들어 올렸다. 용은 애슈턴에게 그랬던 것처럼 끈을 당긴 쪽 발을 들어 올렸다.

"알았어, 할게. 하지만 나는 날개 부분을 맡을 거야."

애슈턴이 미소를 지었다.

"좋았어. 이제 레인만 설득하면 돼."

제타는 이 일이 얼마나 민감한 문제인지 잘 알고 있었다. 그래서 홀로 밖에서 울타리 위에 올려놓은 화분을 향해 활을 쏘고 있는 레인에게 갔다. 정말 놀라울 정도로 정확한 실력이었다. 레인이 현재 최상의 컨디션이 아님에도 불구하고 말이다. 제타는 레인의 시선이 닿지 않는 곳에 서 있었다. 하지만 레인은 제타가 가까이 왔다는 걸 눈치채고 있었다.

제타는 날아가는 화살을 쳐다봤다. 그리고 레인은 화살을 다시 주워 와 다시 쏠 준비를 했다.

"나 아직도 독 묻힌 화살을 기다리고 있어."

레인이 제타에게 말했다.

제타는 어깨를 축 늘어트렸다. 제타는 자신이 독 묻힌 화살을 거의 만들었단 걸 알고 있었고, 레인이 진짜 하고자 하는 이야기를 피하기 위해 일부러 화살 이야기를 꺼냈다는 것도 알고 있었다.

"괜찮아?"

제타가 물었다.

레인은 고개를 끄덕였다.

"응."

"나한테는 말해도 돼. 우리는 평생지기잖아. 꽃 때문에 놀라게 해서 미안해."

"그것 때문이 아니야⋯⋯."

"그럼 너희 부모님 때문에 그래? 부모님하고 일하는 게 힘들 수도 있지."

제타가 말을 이었다.

"내가 너희 부모님께 말씀드려 볼게. 내가 말씀드리면 이해해 주실 수도 있잖아."

"아니, 부모님 문제는 괜찮아. 물론 여느 해처럼 수레에 집착을 하시긴 하지만 그 정도로 큰일은 아니야. 다른 때와 다를 바 없다는 듯 행동하시거든. 이제 마을 습격에 대해서 이야기하는 사람은 아무도 없어. 마치 아무 일도 일어나지 않았던 것처럼 말이야. 다들 일상으로 돌아가 축제 계획에 빠져 있어. 우민들이 언제든 쳐들어와서 우리가 사랑하는 모든 것들을 파괴해 버릴지도 모르는데 말이야. 그런데 부모님은 커다란 종이 엘더 가디언의 비율이 정확한지 아닌지만 걱정하고 계신다니까."

"그래, 이해해."

제타가 말했다.

"나도 그동안 용, 광산, 물약에만 정신이 팔려서 이 일에 대해서 깊이 생각해 보질 못했어."

"다시 예전으로 돌아가면 좋겠어. 우리끼리 모험을 다니면서 크리퍼나 걱정하던 때로 말이야."

레인은 건성으로 활을 텅 당겼다. 그리고 말을 이어 갔다.

"그때는 제법 용감한 아이일 수 있었거든."

제타는 레인의 어깨에 손을 얹었다.

"두려워해도 괜찮아. 세상은 무서운 방향으로 변하고 있으니까. 하지만 두려움은 극복할 수 있어. 처음에 네가 얼마나 용을 무서워했는지 기억해?"

"글쎄. 잘 기억나지 않는걸."

레인이 농담을 던졌다.

"나무 위에서 몇 시간을 보내다 보면 관점의 변화가 생겨. 용도 더 이상 크고 무섭지 않게 보이거든. 내 말이 무슨 뜻인지 알 거야."

제타는 고개를 끄덕였다. 자꾸만 배를 긁어 달라는 용을 보고 있으면 실제 용의 거대한 몸집이나 위협은 쉽게 잊게 된다.

"맞아, 그리고 언제나 용감할 필요는 없어. 우리에게는 서로 가 있잖아. 우리가 함께 힘을 합치면 마을을 안전하게 지킬 수 있어. 특히 용이 우리 편에 있는 한 더더욱."

"용만으로 충분하면 좋겠어."

레인은 한숨을 쉬면서 말했다.

"하지만 용으로 수레를 만들겠다는 네 생각도 나쁜 건 아닌 것 같아."

"고마워. 그런데 그건 사실 애슈턴의 생각이었어."

"애슈턴이 그런 생각을 할 수 있었던 건 그 아이는 항상 널 놀 라게 할 방법을 찾기 때문이야. 너는 정말 좋은 사촌 누나야."

제타는 볼이 뜨거워지는 걸 느꼈다. 제타는 언제나 애슈턴에 게 좋은 본보기가 되기 위해 노력했다. 제타는 자라면서 존경 할 만한 사람을 갖는다는 게 어떤 의미인지 잘 알고 있었다. 본 받고 싶을 정도로 모범이 되는 사람 말이다. 제타는 자신이 애 슈턴에게 그런 사람이 될 수 있다는 사실에 기뻤다.

"좋은 소식과 나쁜 소식이 있어."

제타가 레인에게 말했다.

"어떤 것부터 들을래?"

"나쁜 소식부터?"

"나쁜 소식은 용 수레를 움직이기 위해서 한 명이 더 필요하 다는 거야. 그리고 그게 너여야 해."

제타가 미소를 지었다.

"당연히 너는 거절할 수 없어. 안 그러면 우리는 퍼레이드에나갈 수가 없거든. 그리고 우리가 지금까지 해낸 이 모든 걸 보여 줄 기회도 잃게 돼."

레인이 툴툴거리며 물었다.

"물어보기가 무섭긴 하지만 좋은 소식은 뭐야? 부모님이 몇 달 동안이나 공들여 만든 수레를 내팽개친 날 용서해 줄 물약이라도 있는 거야?"

제타가 웃었다.

"내가 만드는 건 그냥 물약이야. 기적이 아니라. 좋은 소식은 우리 마을의 운명이 바로 우리 손에 달려 있다는 거야. 그리고 만약 이걸 성공하면 우리의 이름은 시에나 듄스의 역사에 오래도록 새겨지겠지."

17장

시에나 듄스에는 축제 분위기가 무르익었고, 조그맣게 자른 과일과 갓 구운 고기, 잘 끓인 스튜 냄새가 진동했다. 제타는 토할 것 같았다. 오늘 같은 날엔 아침을 굶어서는 안 된다. 하지만 긴장도 되고 신경이 온통 용에게 가 있어서 음식이 잘 넘어가지 않았다. 제타는 다른 일에는 신경을 끄고 용의 옆으로 갔다. 용은 온통 보라색 종이꽃으로 덮여 있어서 비늘이 보이지 않을 정도였다. 하지만 굉장히 멋있어 보였다. 용은 화려하게 꾸민 자신의 모습을 자랑스러워하는 것처럼 보였다.

아이들은 최선을 다해 퍼레이드 연습을 했다. 얼마나 연습을 했는지 꿈까지 꿨을 정도였다. 악몽에 가깝긴 했지만 말이다. 제타는 용의 왼쪽 뒷다리와 말도 안 되게 긴 꼬리를 맡았는데, 너무 긴장한 나머지 흥분한 용이 꼬리를 흔들어 길 양쪽에 늘어선 매대를 넘어트리고 상점 유리를 부수는 꿈을 꿨다. 그리고

222

용에 부딪힌 사람들이 마을 저편으로 날아갔다.

제타는 용의 꼬리에 묶인 줄이 연결된 대나무 막대를 더 세게 움켜쥐었다. 용이 아무 생각 없이 꼬리를 한 번만 확 튕겨도 손에서 놓칠 걸 뻔히 알면서도 말이다.

"긴장하지 마."

애슈턴이 용의 배 아래에서 제타를 쳐다보며 말했다. 긴장한 표정이 역력했던 걸까?

"누나가 긴장하면 용도 긴장해."

제타는 고개를 끄덕이며 두려움을 삼켰다. 앞서 지나간 수레를 응원하는 소리가 멀리서 들렸다. 아이들의 용 수레는 퍼레이드 참가 신청을 가장 늦게 한 바람에 순서도 가장 마지막이었다. 마침내 앞에 있는 두 대의 수레가 움직였다. 그 수레들 앞에는 거대한 가스트가 있었다. 제타는 뒷모습만 봤을 뿐이지만 무척 인상적이었다. 지금 이 순간 네더 어딘가에서 메릴 고모가 진짜 가스트와 싸우고 있다는 게 믿어지지가 않았다.

종이 가스트 아래에서 네 명의 사람이 그림자처럼 보이도록 온통 검은색으로 된 옷을 입은 채 기다란 대나무 막대를 하늘 높이 들고 이리저리 움직였다. 그러면 가스트는 그대로 움직였고, 길 양옆에 늘어선 관중은 가스트가 불덩이처럼 생긴 주황색과 빨간색의 거대한 종이 뭉치를 내뱉을 때마다 큰 소리로 환호하고 웃었다. 몇몇 어린아이들은 무슨 일이 일어나고 있는지 어리둥절해 울음을 터트리기도 했다. 제타는 처음 축제를 봤을 때 자신이 얼마나 무서워했는지를 기억하며 미소를 지었다. 그

후로는 일 년에 한 번 겪는 약간의 공포를 즐겼다.

레인이 작게 무슨 말을 중얼거렸다.

"괜찮아?"

제타가 미소를 거두고 물었다. 지금은 상황이 달라졌다. 일 년에 한 번 겪는 약간의 공포가 다른 무언가의 감정으로 대체되었기 때문이다. 레인도 그걸 느낀 게 분명했다.

"응, 어서 끝내 버리고 싶어."

레인이 말했다.

일 분 뒤, 바로 앞에 있던 위더 스켈레톤 수레가 움직였다. 제타는 위더 스켈레톤 갈비뼈에 붙은 주크박스를 볼 수 있었다. 거기서 나오는 달그락거리는 뼈 소리가 길을 가득 메웠다. 시에나 듄스 마을 사람들은 그런 섬세함을 좋아했다. 스켈레톤이 검을 관중 가까운 쪽으로 휘두르자, 맨 앞줄에 있던 사람들이 화들짝 놀라며 뒤로 물러섰다.

위험한 상황이 벌어질 때도 있었지만 가장 앞줄에서 퍼레이드를 본 사람들은 일 년 내내 그걸 자랑삼아 떠들어 댔다. 종이 꽃은 가볍기 때문에 다친다 해도 단순 타박상 정도였다. 하지만 만약에 용이…….

제타는 하려던 생각을 멈췄다. 아무 일도 일어나지 않을 것이다. 용은 완벽하게 움직여 줄 것이다.

마침내 제타와 친구들이 등장할 차례였다. 제타는 최대한 밝게 미소를 지으며 앞으로 걸었다. 대나무 막대기를 손으로 꽉 움켜쥐고 용이 걸을 때마다 위로, 아래로 움직였다. 동시에 꼬리도 앞뒤로 흔들어 줬다. 생각보다 용을 움직이는 데 더 많은 노력이 필요한 척 연기를 해야 했다. 협동심이 생명이었다.

즉시 감탄이 터져 나왔다. 관중 사이에는 엔더 드래곤 분장을 한 아이들도 있었는데, 그 아이들이 특히나 신나 보였다. 용 수레는 시에나 듄스 축제 중 가장 휘황찬란한 오늘 같은 날에도 대단한 구경거리가 될 정도였다.

애슈턴은 앞에 서서 용의 머리를 왼쪽, 오른쪽, 위, 아래로 흔들며 나아갔다. 아니, 적어도 그렇게 하는 것처럼 보였다. 사실 이 퍼레이드에서의 일은 애슈턴의 신호에 맞춰 움직인 용이 전부 다 한 격이었다. 용은 애슈턴을 완벽하게 따랐다.

"어이쿠!"

그때 제타 앞에 있던 리프트의 비명이 들렸다. 위를 올려다보니 리프트가 날개 쪽 막대를 놓치고 만 것이었다. 용은 이제 혼자 날개를 퍼덕이는 것처럼 보였다. 게다가 날개를 거세게 퍼덕여서 앞발이 땅에서 떨어지기까지 했다.

하지만 관중은 더욱 열성적으로 환호했다. 리프트는 번쩍 뛰어올라 막대기를 도로 잡았고, 애슈턴이 용에게 진정하라고 귓속말을 했다. 그때 갑자기 환호가 시작되었다.

엔더 드래곤! 엔더 드래곤! 엔더 드래곤!

관중은 이미 가장 마음에 드는 수레를 정한 듯했다. 하지만 최고의 수레 상은 맥신 시장이 결정했다. 드디어 제타와 아이들은 마을 광장에 도착했고, 열여섯 개의 수레가 무대로 꾸며 놓은 시청 계단 주변에 자리를 잡고 있었다. 강연단은 시상대가 되었고, 화분에 심어 놓은 선인장들은 양옆에 장식처럼 놓여 있었다. 시상대 앞에는 사암 블록 하나가 놓여 있었다.

"제타! 제타!"

아버지의 목소리가 들렸다.

용이 자리를 잡고 앉자 제타는 몸을 돌렸다. 관중 사이로 자신에게 다가오는 아버지를 보며 제타는 미소를 지었다.

"아주 멋졌단다."

아버지는 가쁜 숨을 몰아쉬며 말했다.

"이것 때문에 그동안 그렇게 비밀스럽게 행동했던 거니?"

제타는 어깨를 으쓱해 보였다.

"놀라게 해 드리고 싶었어요."

아버지의 눈이 반짝였다.

"이해는 하지만 그동안 굉장히 걱정을 많이 했단다. 나는 네가 나한테 중요한 일을 숨긴다고 생각했어. 그런데 전부 이것 때문이었다니, 다행이구나. 아주 잘했다."

제타는 고개를 끄덕였다. 눈가에 눈물이 맺혔지만 꾹 참았다. 제타에게는 이것 말고도 비밀이 더 있었다. 아주 많았다. 하지만 조만간 모든 사실이 밝혀지게 될 것이다.

시장은 무대에 서서 제타를 향해 환하게 웃고 있었다. 지금껏 제타는 맥신 시장의 노려보는 표정 말고 다른 표정은 본적이 없었다. 어쩌면 지금도 얼굴을 찡그리고 있는 것일지도 모르겠다.

"올해 우승자 결정에 아무도 놀라지 않을 것 같군요."

시장이 말했다.

"하지만 우선 지금처럼 불안한 상황 속에서도 이 축제를 진행하는 게 왜 중요한지 그 이야기를 먼저 하도록 하겠습니다. 이렇게 힘든 상황에서도 굳이 축제를 해야 하는 이유를 이해하지 못하는 사람들도 있었습니다. 또 심지어 올해만큼은 축제를 취소해 달라고 부탁을 하는 사람들도 있었지요. 하지만 힘든 때일수록 우리는 이 오랜 전통을 이어 나가야만 합니다. 우민들은 언제고 다시 쳐들어올 것입니다. 우리의 건물을 부수고, 소중한 것들을 훔치겠지요. 하지만 우리의 정신만큼은 파괴할 수 없을 것입니다."

관중 사이에서 우레와 같은 박수가 터져 나왔다. 제타가 위를 쳐다보자 레인도 박수를 치고 있었다. 어쩌면 시장의 이 말은 진정으로 마을 사람들이 듣고 싶었던 것인지도 모른다. 제타도 시장이 한 말을 되새겼다. 시에나 듄스는 지속될 것이다.

시장은 무대 앞에 있던 사암 블록을 들고 종탑으로 걸어갔다.

"마을 주민들이 밤낮으로 일을 한 덕분에 우리는 일주일 안에 마을을 재건할 수 있었습니다. 그리고 이 사암이 바로 마을 재건을 완성시킬 마지막 블록입니다."

마을의 수많은 건물들처럼 종탑 역시 습격으로 심각하게 훼손되었다. 이제 시장은 사암 블록을 마지막 남은 빈 공간으로 밀어 넣었다. 관중의 박수 소리가 거리를 가득 메웠고, 이 소리는 거의 일 분이나 지속되었다. 박수 소리는 전염성이 있었고, 짜릿했다. 완벽 그 자체였다.

용처럼 말이다.

"그리고 두말할 것 없이 올해 괴물 축제의 우승작은 애슈턴 나이트, 제타 나이트, 레인 솔로몬-리, 리프트 솔로몬-리가 만든 '엔더 드래곤'입니다!"

발표가 끝나자 더 큰 박수가 터져 나왔다. 제타와 친구들은 무대 위로 올라갔고, 애슈턴은 만일의 사태를 대비해 용의 옆에 있었다. 괴물 복장을 한 어린아이들이 용 주변에서 춤을 추며 고사리 같은 손으로 용을 쓰다듬었다. 애슈턴은 용이 아이들을 해칠 거라고는 조금도 걱정하지 않는 듯했다. 용은 이런 관심을 즐겼다. 친구는 많을수록 좋은 거니까.

제타는 무대 가운데에 있는 시상대에서 몇 발자국 뒤에 서 있었다. 그곳에서 제타는 수상 소감을 발표해야 한다. 제타는 너무 긴장해서 심장이 철렁했다. 이제 끝이 다가온다. 기대가 되면서도 무엇보다도 두려운 그 순간이 다가오는 것이었다. 이제 제타는 저 용이 실제 용이라는 사실을 온 마을 사람들에게 밝혀야 하고, 모든 게 뜻대로 흘러가길 바라야 한다.

제타는 환하게 웃고 있는 관중을 쳐다봤다. 그 속에는 할머니와 할아버지도 신나게 손을 흔들고 있었다. 리프트와 레인의 부모님 역시 너무도 자랑스러운 듯 활짝 웃고 있었다. 어쩌면 이 친구들은 괜한 걱정을 한 것일 수도 있다. 제타는 시장에게서 트로피를 건네받았고, 단상 위로 올라갔다.

"안녕하세요!"

꽥 하고 목소리가 터져 나왔다. 제타는 목청을 가다듬고 다시 인사를 했다.

"안녕하세요, 시에나 듄스 여러분. 저희 수레에 열성적인 지지를 보내 주셔서 감사합니다. 많은 사람들에게 힘든 시기였다는 걸 잘 알고 있습니다. 하지만 기댈 수 있는 친구들과 가족이 있다는 것은 감사한 일입니다. 저는 제 친구들을 대신해서 이 상을 받았지만, 리프트와 레인 그리고 특히 사촌 동생 애슈턴이 없었다면 이 일을 해내지 못했을 겁니다."

시장은 미소를 지었고, 부드럽게 제타를 밀어냈다.

"감동적인 수상 소감이구나."

"잠시만요!"

제타가 외쳤다.

"아직 안 끝났어요. 아주 중요한 내용이 빠졌거든요."

시장은 피식 웃더니 콧등에 걸쳐져 있던 안경을 위로 올리고는 종이를 내려다보며 말했다.

"다들 그렇지 않나요! 이제 개인적으로 올해 괴물의 날 전야제 축제의 후원자 여러분께 감사의 인사를 드리고 싶네요. 십오 년 이상 시에나 듄스에 최상품 슬라임 블록을 제공해 준 벤저민 슬라임 가게에 감사를 드립니다. 또 고급 연어와 대구를 완벽하게 요리하는 줄리언 피시앤칩스를 잊으면 섭섭하겠죠? 만약 용감한 기분을 느끼고 싶다면 금요일 특별 복어 요리를 드셔 보세요. 다 드실 때까지도 독에 중독되지 않으면 요리는 무료로 제공됩니다!"

제타는 단상 위로 다시 올라가려고 했지만 맥신 시장은 어금니를 꽉 깨물고 미소를 지으며 또다시 제타를 밀어냈다.

"그만하고 어서 친구들한테 가서 반짝이는 황금빛 트로피를 보여 주렴."

시장이 말했다.

"그리고 오늘 제공된 과일들은 마을의 최고 글로리아나 식료품점에서 후원해 줬습니다! 바다거북 모양의 수박 조각상을 향해 박수 한 번 부탁드립니다! 작품이 따로 없군요! 그리고 오늘 참여해 준 훌륭한 상인들 모두에게 박수를 보냅니다."

또다시 박수가 터져 나왔다.

"저희가 만든 수레는!"

제타가 외쳤다. 말할 기회가 지금뿐이란 걸 알아차렸기 때문이다. 곧 관중은 자리를 뜰 것이고 거리는 텅 비게 될 것이다.

"진짜 엔더 드래곤이에요. 그리고 저희는 저 용이 우리 마을을 보호……."

하지만 제타의 말소리는 관중 소리에 그대로 묻히고 말았다. 그 순간, 머리 위에서 불꽃이 터졌다. 수십 개의 불꽃이 말이다. 녹색, 연녹색, 흰색의 불꽃들이 저녁 하늘을 화려하게 수놓았다. 제타는 불꽃놀이를 잊고 있었다. 어둑해진 밤하늘을 장식하는 불꽃놀이는 이 축제의 가장 중요한 부분이었다. 제타가 용을 쳐다보았다. 용의 눈에는 공포가 가득했다.

엄청난 공포 말이다.

용은 긴장한 듯 꼬리를 흔들었다. 하지만 다들 하늘에만 집중한 나머지 아무도 그걸 알아차린 사람은 없었다. 애슈턴은 용을 진정시키려 했지만 소용없는 일이었다. 용은 거칠게 숨을 내쉬고 날개를 퍼덕이며 애슈턴에게서 도망쳤다. 제타, 리프트, 레인은 각각 대나무 막대를 잡고선 용을 제지하려 했다. 하지만 용의 화만 더 돋울 뿐이었다. 끈이 풀린 용은 몸에 매달린 막대기를 부수고 물어뜯었다. 그러느라 근처에 있던 매대도 부수고 말았다. 굴러떨어진 과일들은 용의 거대한 발밑에서 뭉개졌고, 펄펄 끓고 있던 통이 엎어지면서 그 안에 있던 뜨거운 액체가 용의 꼬리에 쏟아졌다.

용은 괴성을 지르면서 갓 복구한 종탑 벽을 꼬리로 쳐 블록을 무너트렸다. 용이 관중과 소음에게서 도망치자 사암 먼지가 사방에서 일었다. 하지만 도망치기 전 용은 몸을 요란하게 흔들어 비늘에 붙여 놓은 종이꽃 대부분을 털어 냈다. 귀엽던 용 수레는 더 이상 귀여워 보이지 않았다.

뒤이어 비명이 들렸다. 아주 길고 요란한 비명 말이다. 애슈턴이 용의 뒤를 쫓으려 했지만 할머니가 쏜살같이 나타나 애슈턴의 옷깃을 낚아챘다.

"애슈턴, 할미와 이야기 좀 해야겠다."

할머니는 화가 잔뜩 난 얼굴로 말했다.

제타는 뒤를 돌아 아버지를 봤다. 아버지도 제타를 향해 달려오고 있었다. 하지만 아버지에게 잡힐 수는 없었다. 제타는 관중 틈에 섞여 용을 향해 뛰었다. 배가 고파 오자 제타는 몸을 숙여 떨어진 사과를 집었다. 신속의 물약도 더는 없었다. 그래서 애슈턴이 했던 것처럼 펄쩍펄쩍 뛰었다. 속도가 조금이나마 붙는 것 같았다. 하지만 세상이 위아래로 움직이는 것처럼 보여 멀미가 났다. 지금은 멀미를 할 시간이 없었다. 제타는 용이 더 큰 사고를 치기 전에 무슨 수를 써서라도 막아야 했다.

제타는 최대한 빠른 속도로 달려 용의 앞에 섰다. 용이 제타를 내려다보았다.

"멈춰!"

제타는 용을 향해 마치 애슈턴이 된 것처럼 외쳤다.

"멈춰. 기다려. 가만히 있어. 앉아! 멈춰!"

용은 계속해서 제타를 향해 속도를 늦추지 않고 달렸다. 제타는 자신보다 열 배나 몸집이 큰 저 괴물과 기 싸움을 할 때가 아니란 걸 알았다. 하지만 지금 이 순간, 제타에게 어떤 선택의 여지가 있을까.

그때 용이 진짜로 멈춰 섰다. 그러고는 제타를 노려보며 거칠게 숨을 내쉬었다. 용의 눈빛이 차츰 진정되어 갔다. 믿을 수가 없었다. 제타는 용을 안전한 곳으로 데려가기 위해 아직 용의 발에 묶여 있는 끈을 잡았다. 하지만 제타 뒤에서 다른 소리가 들려왔다. 두려움의 소리가 아니었다. 용을 잡으려고 혈안이 된 소리였다. 뒤를 돌아보니 십여 명의 마을 사람들이 있었다. 다들 손에 검을 들고 용을 향해 걸어오고 있었다.

그리고 저 검들은 종이꽃으로 만들어진 게 아님이 분명했다.

18장

"용을 데리고 떠나야 해!"

할머니한테 붙잡혀 있던 애슈턴이 제타를 향해 외쳤다.

"당장! 용을 타고 날아가!"

날아? 용을 타고? 혼자? 전에도 한 번 해 본 적이 있으니 이번
에도 할 수 있을 것이다. 제타가 용의 옆으로 다가갔지만 용은
제타를 무시했다. 커다란 보라색 눈이 반짝였다.

"저기, 겁먹은 건 알겠는데 나도 무서워. 만약 네가 날 태우지
않으면 우리 둘 모두에게 곤란한 일이 일어날 거야."

비명 소리가 점점 가까워졌고 날카로운 검의 끝이 곧 그들에
게 닿을 것처럼 가까워지고 있었다. 시간이 충분하지 않다고
생각한 제타는 마지막 남은 투명화 물약을 꺼내서 용의 입을 강
제로 벌린 뒤 약을 먹이려 했다. 깜짝 놀란 용은 제타에게 콧김
을 뿜었고, 제타는 뒤로 물러섰다. 제타는 용이 자신에게 독을

뽐진 않을 거라 생각했지만 확신할 순 없었다.

"제발, 제발 이 약을 마셔."

제타가 간절하게 부탁하며 다시 한 번 시도해 봤지만 용은 날개를 활짝 펴고 펄쩍 뛰었다. 그러는 바람에 식료품점 창을 깨고 말았다. 식료품점 진열장에는 신선한 달걀이 가득 담긴 상자가 가지런히 쌓여 있었는데, 용이 또 한 번 날개를 퍼덕이자 그것들이 쏟아지면서 길바닥으로 굴러떨어졌다. 그와 동시에 수십 개의 달걀이 병아리로 부화하면서 길거리는 온통 병아리들의 깃털로 범벅이 되었고 삐악삐악 울음소리가 가득했다. 부화하지 않은 달걀들은 그대로 깨지면서 길바닥에 끈적끈적하고 미끄덩한 자국을 남겼다. 쫓아오던 마을 사람들은 병아리 떼와 달걀 범벅을 보고 멈춰 섰다. 그러고는 가까이 다가가려 했다가 달걀을 밟고 미끄러져 넘어지면서 서로 뒤엉켰다.

그때 제타는 대장장이 가게가 바로 앞에 있다는 사실을 깨달았다. 대장장이의 가게에는 최고의 곡괭이와 검, 도끼가 있었다. 제타는 창가에 진열된 철로 만들어진 삽을 보았다. 그리고 지금 그 창은 용이 난리를 치는 통에 깨져 있었다.

어쩌면 저 삽이 제타에게 마지막 비장의 무기가 되어 줄 수 있을지도 모른다. 제타는 조심스럽게 깨진 유리창 사이로 손을 뻗어 삽을 쥐었다. 그러고는 용이 볼 수 있도록 높이 삽을 들었다. 비록 미치는 아니었지만 용은 그 삽에 관심을 보였다. 제타는 삽을 들고 달렸고, 용은 제타를 따라갔다. 제타는 마을에서 멀어질 때까지 멈추지 않고 계속 달렸다. 동굴 근처까지 달려간 제타는 이곳에 오래 머물 수 없다는 걸 알았다. 시장은 곧 수색대를 보낼 것이고, 수색대는 분명 이곳까지 찾아올 것이다. 그래도 잠깐 숨을 돌리기에는 안성맞춤이었다.

"미안해."

제타가 입을 뗐다.

"널 위험에 빠뜨릴 생각은 없었어. 불꽃놀이를 깜빡 잊어버린 거 있지. 그러니 날 용서해 주면 좋겠어."

용도 안정을 취하는 듯했다. 그러고는 제타에게 콧방귀를 뀌었다. 아마도 제타를 용서하기까지는 오랜 시간이 걸릴 듯했다. 제타는 지금까지 용을 두 번이나 실망시켰다. 어쩌면 지금은 실패를 인정해야 할 때인지도 모르겠다. 메릴 고모의 집으로 용을 데리고 가야 할지도. 그리고 만약 용이 제타를 등에 태우지 않는다면 고모 집까지 아주 많이 걷게 될 것이다.

제타는 우선 용과 가까워져야 했다. 어떻게 하면 빨리 용의 신뢰를 얻을 수 있을까? 이것부터가 잘못된 질문일지도 모른다. 신뢰는 빨리 얻을 수 있는 게 아니다. 하지만 마을 사람들이 용을 사냥하겠다고 혈안이 된 지금, 어떻게 천천히 신뢰를 쌓을 수 있단 말인가? 제타는 깊게 숨을 내쉬며 마음을 진정시켰다. 용이 자신을 불편해하던 애슈턴의 말이 떠올랐다.

제타는 근육의 긴장을 풀고 찡그린 얼굴 대신 미소를 지었다. 그리고 다가올 몇 시간 뒤를 걱정하고 조바심을 내는 대신 자신을 즐겁게 해 줄 일들을 떠올렸다. 다만 그 몇 시간 뒤까지 자신이 살아 있을지는 모르겠지만 말이다.

제타는 용을 향해 뒤를 돌아서 곧장 삽 던지는 기계로 갔다. 미치는 기계 안에 여전히 잘 들어가 있었다. 제타는 미치를 꺼내 위로 몇 번 던진 다음 봉처럼 휙휙 돌렸다. 미치를 돌리면서 짤막한 노래도 지어 불렀다.

용아, 용아. 너는 친구니, 적이니? ♪
어쩌면 영원히 알 수 없겠구나.
기반암처럼 단단하고, 밤처럼 까매.
너의 눈은 보랏빛으로 밝게 빛나. ♩
부디 어서 날 용서해 주고,
하늘 높이 달을 향해 날아가자꾸나. ♫
이젠 날 믿어 줘, 떠날 시간이야.
용아, 용아. 너는 친구니, 적이니? ♪

제타의 뒤에 있던 용은 콧방귀를 멈췄다. 하지만 제타는 돌아보지 않았다. 그리고 노래를 계속 부르면서 미치를 던졌다. 마침내 부드러운 발자국 소리가 가까워지자 제타는 노래를 멈췄다. 용은 아기 때 말고는 들려주지 않았던 가르랑거리는 소리도 작게 냈다. 여전히 제타는 모르는 척했다. 대신 작게 노래를 흥얼거렸고, 삽을 천천히 돌렸다

용은 이제 제타에게 굉장히 가까워졌고, 제타도 목덜미에 용의 숨결이 느껴졌다. 용은 제타가 삽을 던져 주길 바라는 것처럼 크게 가르랑 소리를 냈다. 하지만 제타는 던지지 않았다. 대

신 하늘 위로 아주 높이 삽을 던졌다가 잡았다. 용은 조심스럽게 제타의 등을 밀었다. 제타는 뒤로 돌아서서는 용을 보고 놀란 척 연기를 했다.

"어머!"

제타가 말했다.

"안녕, 용아."

제타는 미소를 짓고는 다시 뒤를 돌아 미치를 몇 번 더 위로 던졌다. 그러자 용이 제타의 앞으로 가더니 제타를 마주했다. 용은 발을 바닥에 대고 등을 쭉 펴더니 꼬리를 앞뒤로 흔들며 놀자는 자세를 취했다.

"내가 다시 좋아졌니? 너를 쓰다듬게 해 주면 이거 던질게."

제타는 이렇게 말하면서 손등을 내밀었다. 용은 작게 콧방귀를 뀌었지만 제타가 다가가도 물러나지 않았다. 제타는 최대한 천천히 다가가서 용의 콧등을 쓰다듬고는 다시 뒤로 물러나서 삽을 던졌다. 용은 삽을 향해 달려가더니 그것을 물고 와 제타의 발밑에 놓았다.

"잘했어! 이번에는 네 뿔 근처를 쓰다듬을 거야. 괜찮아?"

제타는 그렇게 말한 뒤 이번에는 두 번 쓰다듬었다. 그러고는 다시 삽을 던졌다. 제타는 용의 목 뒤를 쓰다듬을 수 있을 때까지 차근차근 다가갔다. 그리고 용의 등에 올라탔다가 몇 초 뒤 다시 내려왔다. 거의 오십 번 정도 삽 던지기 놀이를 하면서 제타는 조금씩 더 가까이 다가갔고, 용의 등에 삼 분 동안 앉는 데 성공했다. 그렇게 용이 등에 탄 제타를 신경 쓰지 않게 되었을 때 제타는 용을 쓰다듬어 줬다.

날이 어두워지자 제타는 멀리서 횃불을 볼 수 있었다. 사람들은 여전히 사막에서 제타와 용을 찾고 있었다. 이들은 점점 가까워지고 있었다.

"용아, 그동안은 내가 인내심을 갖고 행동했지만, 이제는 정말 날아야 해."

제타는 애슈턴이 그랬던 것처럼 앞으로 몸을 기대서 비행 명령을 내렸다. 하지만 용의 날개는 꿈쩍도 하지 않았다. 제타는 다시 몸을 앞으로 기대고는 뒤꿈치로 슬쩍 용을 쳤다. 그러자 등에 탄 제타가 못마땅한 듯이 용이 씩씩거렸다.

"미안, 미안해!"

제타는 횃불에서 눈을 떼지 못한 채 말했다. 사람들은 제타와 용을 향해 오고 있었다. 들킨 게 분명했다.

"용아, 제발, 제발!"

제타가 다시 몸을 앞으로 기대자 용의 움직임이 느껴졌다. 거대한 날개를 펼쳐 퍼덕였고, 얼마 지나지 않아 날개가 일으킨 바람이 제타의 얼굴을 때렸다. 제타와 용은 공중에 떠 있었다. 환상적인 기분이었다. 용은 제타와 평생 합을 맞춰 왔던 것처럼 제타의 명령에 따랐다. 제타는 고모네 집으로 곧장 갈까도 생각했지만 사람들이 그곳에 찾아올 게 분명했다. 제타는 안전하게 숨어 있을 곳을 생각하느라 용을 탄 채 같은 자리를 빙빙 돌았다. 그때 하늘 높이 떠 있는 달이 신호처럼 빛을 비췄다. 이렇게 용과 함께 날 수 있다는 건 정말이지 환상적인 일이었다.

다만 얼마 후면 이런 기쁨도 끝이 날 거라는 걸 제타는 알았다. 메릴 고모가 여행을 마치고 집으로 돌아왔을 것이고, 그러면 제타는 용과 작별을 해야만 했다. 제타는 용에게 이름을 지어 주지 않은 걸 다행이라고 생각했다. 이름까지 지어 줬다면 용과 이별하기가 그만큼 더 어려워졌을 테니 말이다.

제타는 눈가를 훔쳤다. 이건 분명 눈물이 아니다. 바람이 너무 세게 얼굴을 때려서 그런 것뿐이다. 용을 타고 사막을 샅샅이 살피면서 안전하게 숨을 만한 장소를 찾아다니던 제타는 돔 지붕이 달린 고층 건물을 발견했다. 주변에 사람들이 많이 모여 있었다. 동물도 많았다. 이상했다. 시에나 듄스 가까이 다른 마을이 있다는 이야기를 들어 본 적이 없었기 때문이다. 게다가 이건 마을도 아니고, 달랑 건물 한 채뿐이었다.

그 건물이 궁금해진 제타는 자세히 살펴보기 위해 용을 낮게 날도록 했다. 하지만 안 보는 게 나을 뻔했다. 제타를 올려다보는 성난 잿빛의 얼굴들, 바로 우민들이었다. 그곳에는 수십 명의 우민들과 몸이 근질근질해 보이는 파괴수들이 묶여 있었다. 제타는 저들이 어디를 향하고 있는지 정확히 알 것 같은 아주 불길한 예감이 들었다.

19장

제타는 마을로 돌아가서 자신이 본 것을 맥신 시장에게 알려
야 했다. 하지만 지금으로써는 시장이 제타의 말을 믿을 리 만
무했다. 게다가 증거도 없었다. 제타는 자신이 해야 할 일을 정
확히 알았다. 우민들의 전초 기지로 가서 자신이 본 게 사실임
을 증명할 수 있도록 아무거라도 집어 와야 했다. 제타는 용을
조종해 우민들의 전초 기지에서 떨어진 커다란 모래 언덕의 뒤
편에 착륙했다. 제타는 용에게 미치를 던져 놀아 준 후 가만히
있으라고 명령을 내렸다. 용은 제타를 향해 미소를 짓고는 삽
의 끝자락을 깨물었다.

그리고 제타는 투명화 물약을 꿀꺽 들이켠 후 간질간질한 기
분이 들 때까지 기다렸다. 제타는 이제 투명 인간이 되었다. 완
전히 투명해진 것이다. 밑을 내려다보니 또 장화가 보였다. 아
차. 제타는 장화를 벗어 주머니 속에 넣어 두었다. 장화마저 없

이 제타는 맨몸이 되었다. 그렇지만 제타에게는 선택의 여지가 없었다.

제타는 사막을 걸어서 우민들의 말소리가 들릴 정도로 전초 기지 가까이 다가갔다. 저들이 하는 말을 알아들을 순 없었지만 왠지 화가 난 듯했다. 평상시보다도 더 말이다. 제타의 친구들과 마을 주민들에게 두들겨 맞은 게 아직도 수치스러운 걸까? 어쩌면 그럴 수도 있겠다. 이번 습격은 지난번보다 몇 배나 규모가 컸다. 제타의 조그만 마을을 쳐부수기 위해 몇몇 다른 종족도 모여 있었다. 이대로 두면 시에나 듄스는 단 몇 분 만에 함락되고 말 것이다.

제타는 눈을 크게 뜨고 증거가 될 만한 것을 찾았다. 그때 도끼와 석궁이 가득한 상자를 발견했다. 하지만 그건 누구나 만들 수 있었다. 그래, 깃발이 제격이었다. 전초 기지 돌벽에 성난 잿빛 얼굴과 퍼렇게 번쩍이는 눈이 그려진 깃발 하나가 기대어져 있었다. 하지만 제타가 앞으로 몇 걸음 다가가자 약탈자들 중 하나가 그 깃발을 집어 머리 위로 들어 올렸다. 이로써 깃발을 가져가는 건 불가능해졌다. 그러면 파괴수의 안장이 좋을까? 제타는 저런 안장을 만들 사람은 아무도 없을 거라고 생각했다. 그리고 저렇게 고약한 악취를 재현해 낼 수도 없을 것이다. 마치 곰팡이 핀 퇴비 통 바닥에서 나는 냄새와 비슷했다. 아니, 그보다 더했다.

울타리 너머에서 파괴수 몇 마리가 서성이고 있었지만, 우민들이 그 주변을 돌아다니고 있어서 별로 신경을 쓰지 않고 있었다. 제타는 천천히 그리고 조용히 축사를 향해 걸어갔다. 다른 우민들과는 복장이 다른 우민이 제타 가까이로 다가왔다. 이 우민은 기다란 검은색 예복에 금띠를 두르고 있었다. 우민은 팔짱을 끼고 무아지경에 빠진 듯 가만히 서 있었다.

제타는 이상하다고 생각했지만 서둘러 이 우민 옆을 지나갔다. 그 순간 우민의 머리가 제타를 향해 움직였고, 크게 뜬 두 눈은 제타가 있는 곳을 뚫어져라 쳐다봤다. 하마터면 제타는 소리를 지를 뻔했다. 다행히 제타는 참아 냈다. 그런 뒤 주먹으로 입을 막고 계속 걸어갔다. 투명화 물약은 다행히 아직 효력을 발휘하고 있었지만, 굳이 위험하게 한곳에 필요 이상 오래 머물고 싶진 않았다.

축사에 도착한 제타는 아무도 보는 사람이 없다는 확신이 들자 빗장을 열어 안으로 들어갔다. 안에는 다섯 마리의 파괴수가 거대한 발굽으로 흙을 파고 있었다. 제타는 비록 자신이 투명 인간이 되긴 했지만 천하무적이 된 것은 아니며, 열 개의 뾰족한 뿔이 자신의 주변에 있다는 걸 스스로에게 상기시켰다.

제타는 파괴수들 가운데 좀 더 유순해 보이는 녀석을 골랐다. 이건 마치 크리퍼들 중 폭발력이 그나마 약한 크리퍼를 고르는 것과 비슷한 일이긴 했다. 조금만 놀라게 해도 파괴수는 제타를 짓밟아 버릴 수 있었으므로 천천히 안장을 풀었다. 안장이 벗겨지면서 땅바닥에 떨어졌다. 제타는 혹시라도 누군가가 쳐다보고 있진 않을까 주변을 살폈다. 안장은 스스로 풀려 떨어진 것처럼 보였을 것이다. 제타는 조금 기다렸다가 바닥에 떨어진 안장을 파괴수의 발에서 멀리 옮겼다. 옮길 때는 아주 천천히 움직였다. 거의 기어가는 것처럼 보일 정도였다. 안장이 혼자 움직이면 당연히 의심을 살 테니 말이다.

마침내 제타는 안장을 단단히 접어서 치마 속에 숨겼다. 투명화 물약 덕분에 안장도 보이지 않았다. 그 후 제타는 돌아온 길을 거슬러 갔다. 반 정도 갔을 때 나팔 소리가 들렸다. 우민들은 커다란 깃발을 들고 있는 우민 주변으로 모두 모였다.

습격 대장인가? 그 우민이 뭐라고 말하는지 알 수는 없었지만 강렬하고 확신에 찬 목소리로 말하는 것임에는 분명했다. 다른 침략자들은 고개를 끄덕이며 동의의 의미로 기침을 내뱉었다. 다들 화가 잔뜩 나고 무언가에 혈안이 되어 있는 듯 보였다.

한 가지 다행스러운 점은 모든 우민들이 대장한테 집중을 하고 있어서 들어올 때보다 빠져나가기가 훨씬 쉬웠다는 것이다. 파괴수의 안장은 크기가 커서 치마 속에서 계속 미끄러져 내렸다. 제타는 혹시라도 안장을 떨어트릴까 봐 겁이 났다.

이제 몇 걸음만 더 가면 끝이란 생각이 들 때쯤, 제타 앞으로 마녀가 지나갔다. 마녀는 제타 앞에 그대로 멈춰 서더니 제타를 향해 악을 질렀다. 제타는 자신이 다시 보이기 시작한 것이라 생각했다. 하지만 여전히 팔과 다리는 투명했다. 분명 저 마녀는 제타를 느낀 것이다. 아니면 제타의 피부 위에 흐르는 보일 듯 말 듯한 마법의 가루를 알아본 것일 수도 있다. 마녀는 제타에게 병을 던졌다. 발에 병을 맞은 제타는 달렸다. 갈 길이 먼 것은 아니었지만 땅이 제타의 발목을 붙잡고 늘어지는 것만 같았다. 제타는 앞으로 뛰어갔다. 아니, 걸어갔다. 아주 천천히.

마녀가 던진 병은 감속의 물약이었다. 마녀는 또 무언가 치명적인 것처럼 보이는 병을 던졌지만 제타는 다행히 피했다. 그 물약은 땅바닥에 떨어졌고, 모래 위에 넓게 퍼졌다. 제타는 공격을 피해 도망쳤다.

이제 다른 우민들도 제타의 존재를 알게 되었고, 화살들이 제타의 귀를 스치며 날아들었다. 하지만 다행히도 감속의 물약 효과가 사라졌고, 제타는 재빨리 모래 언덕 뒤 임시 안식처에 몸을 숨길 수 있었다. 제타는 용의 등에 올라타 공중으로 최대한 빨리 날아갔다. 이제 증거가 손에 있었다.

제타는 시에나 듄스로 돌아갔다. 용과 함께 등장할 수는 없기 때문에 제타는 용을 어딘가 안전한 곳에 숨겨야 했다. 아무도 들여다보지 않은 그런 곳에 말이다. 사막을 가로지르는 그레이트 리프트가 눈에 들어온 순간, 아이디어가 떠올랐다. 아주 나쁜 생각이었다. 하지만 그래야만 했다.

일주일 전, 리프트가 보여 준 오래된 사막 피라미드는 절벽 측면에 가려져 있어서 걸어서는 찾아가기가 어려웠다. 하지만 용과 함께라면 그리 어려운 일이 아니었다. 제타는 용을 거기에 착륙하게 했다. 갑작스러운 용의 무게 때문에 전체 구조물이 아래 용암으로 떨어지지 않길 바라면서.

피라미드는 엉망진창이었다. 용이 들어갈 정도로 커다랗게 정면 벽의 반이 없어져 있었다. 수백 년 동안 아무도 찾지 않은 이 피라미드 안에는 대체 뭐가 숨어 있을까? 제타는 그 답을 찾기 위해 안으로 들어갔다. 횃불에 불을 켜고 산산조각이 난 문지방을 밟았다.

용은 겁먹은 강아지처럼 쭈그린 채로 제타 뒤에서 살금살금 움직였다.

"우리 둘 다 무서워할 순 없잖아."

제타가 말했다.

용은 제타를 향해 콧방귀를 뀌며 제타를 안으로 밀었다. 제타의 발은 조금도 움직이지 않았다. 안은 아주 오래전에 부서진 듯 보였고, 사암 바닥에는 커다란 분화구가 있었다. 보물을 찾기 위한 약탈자의 짓일지도 모르겠다. 이곳에는 아무것도 없었지만 용이 편안하게 머물기에는 충분히 컸다.

제타는 어두운 구석에서 거미가 움직이는 소리를 들었다. 첫 번째 거미는 문제없이 해결했지만, 두 번째 거미는 경고 없이 나타나 제타를 물었다. 용은 거대한 발로 그 거미를 뭉개 버렸다. 그리고는 냄새를 킁킁 맡고 흠칫 놀랐다.

"잘했어. 좀 전의 습격 규모를 보니까 앞으로 한 백 번 정도는 더 그렇게 해 줘야 할 것 같아. 잘 들어. 넌 당분간 여기에 있어야 해. 움직이면 안 돼. 아무 데도 가면 안 된다고. 내 말 알아듣겠어?"

제타가 말했다.

용은 가르랑 소리를 내더니 제타의 몸에 코를 비볐다.

"뿔 긁어 줄까? 원하는 게 그거야? 알겠어. 네가 날 살려 줬으니 긁어 줘야지."

제타는 용의 머리 위로 난 회색 뿔 뒤를 긁어 줬다. 그러고는 한숨을 쉬었다. 제타는 계획처럼 용을 애완동물로 생각하지 않으려 했다. 하지만 문제는 제타가 이제 용을 **친구**로 생각하기 시작했다는 것이다.

용은 다시 가르랑거리더니 제타의 얼굴을 핥았다. 생각한 것처럼 끔찍한 느낌은 아니었다.

"곧 돌아올게. 기억해. 아무 데도 가면 안 돼!"

제타는 용이 쫓아오지 않는 걸 확인하면서 천천히 방을 나갔다. 용은 그 자리에 가만히 있는 것처럼 보였다. 좋았어. 제타는 얼굴에 미소를 띠고 용이 꼬리로 돌무더기 바닥을 치는 모습을 지켜봤다. 제타는 자신이 얼마나 겁을 먹었는지 용이 눈치채지 못하길 바랐다.

제타는 최대한 빨리 곡괭이로 계단을 만들어서 절벽을 타고 올라갔다. 발밑으로 돌이 부서져서 협곡 아래 용암 속으로 떨어졌지만 못 본 척했다. 마침내 제타는 평지에 발을 붙였다. 그러고는 있는 힘을 다해 달렸다. 신속의 물약은 없었지만 아드레날린이 들끓는 덕분에 묵직한 파괴수의 안장을 들고도 **빠르게** 달렸다.

사막 위로 협곡이 깊게 나 있었다. 하지만 제타와 아버지 사이의 골만큼 깊지는 않았다. 제타는 시장에게 가기 전에 아버지부터 찾아가야 했다. 제타는 아버지를 설득하기로 했다. 그러기 위해서는 아버지에게 먼저 진실을 털어놔야만 했다.

드디어 마을이 보였다. 아직까지 습격의 징후는 없었다. 우민들이 시에나 듄스를 습격하려면 꽤 먼 거리를 움직여야 했다. 시에나 듄스 사람들이 대비할 수 있을 정도로 시간이 충분하기만을 바랐다.

제타는 아버지가 용을 찾아다니지 않고 집에 있길 바라며 문을 두드렸다. 자신의 집에 들어가기 전 허락을 받으려니 기분이 이상했다. 하지만 지난 며칠을 생각해 보면 제타는 집이 낯설게 느껴졌다. 아버지가 굳은 얼굴로 문을 열었다.

"시장님이 널 찾고 계시단다."

아버지는 툴툴거리듯 말했다.

"그 괴물이 일으킨 피해에 대해 누군가는 책임을 져야지. 내가 묻지는……."

"묻지 않으셔도 돼요. 말씀드릴 거거든요. 전부 다요."

아버지는 깊은 한숨을 쉬더니 옆으로 비켜서서 제타에게 집 안으로 들어오라는 사인을 보냈다. 제타는 아버지의 눈을 보며 모든 걸 말했다. 처음 물약 연습을 하던 때부터 물약에 대한 도움을 얻기 위해 고모를 찾아간 일, 엔더 드래곤의 알을 깨게 된 일까지. 아버지는 그 부분에서 가장 놀랐고, 제타의 이야기가 계속될수록 더욱 움찔했다. 입 밖으로 말을 꺼내고 나니 그제야 제타는 자신이 얼마나 위험한 상황에 놓인 것인지 깨달았다. 또한 모두를 얼마나 위험한 상황에 빠트린 것인지도 말이다.

"엔더맨과 싸웠니?"

아버지가 물었다. 제타는 비록 잘 싸우진 못했지만 고개를 끄덕였다.

"우민들의 전초 기지에 몰래 들어갔단 말이냐?"

아버지는 파괴수의 안장을 들고 있었다. 그걸 코로 가져가 지독한 냄새를 맡고는 얼굴을 찡그렸다. 안장을 직접 본 이상, 아버지는 제타의 말을 부정할 수 없을 것이다.

제타는 또 고개를 끄덕였다.

"그리고 우리 마을을 거의 부술 뻔한 그 괴물이 이번에는 마을을 보호할 준비가 됐다는 말을 하는 거니?"

제타는 기회를 엿보며 또 한 번 고개를 끄덕였다.

"저희는 엔더 드래곤을 정말 제대로 훈련시켰어요. 분명 습격 때 도움이 될 거예요. 지금 백 명이 넘는 우민들이 마을을 향해 쳐들어오고 있어요. 그러니까 빨리 전투 준비를 할 수 있도록 시장님을 설득해야 해요. 리프트, 레인, 애슈턴 그리고 저는 아직 어리지만 도움이 될 만한 좋은 생각이 있어요."

"그 좋은 '생각'이란 게 존재해서는 안 되는 용과 쓸데없는 마법이라면⋯⋯."

"쓸데없지 않아요, 아빠. 그게 바로 이 세상의 이치예요. 세상은 계속 변해요. 물론 변화는 무서운 것일 수도 있지만, 모험을 할 기회를 주고 우리가 살고 싶은 삶을 상상하고 창조할 수 있게 해 줘요. 엄마는 그걸 아셨어요. 메릴 고모도 알고 있고요. 모래에 숨어서 변화가 일어나지 않기를 바라고만 있을 수는 없어요. 이제는 행동을 해야 할 때라고요!"

아버지는 오랫동안 말을 하지 않았다. 이렇게 침묵만 하고 있을 시간이 없었다. 하지만 제타는 때로는 서두를 수 없는 게 있다는 걸 알았다. 아버지가 받아들이기에 이 일은 너무도 큰일이었던 것이다.

"알겠다."

마침내 아버지가 입을 뗐다. 그리고는 옷장으로 걸어가더니 문을 열고 상자를 꺼냈다. 그러자 작은 문이 모습을 드러냈다. 아버지는 문 옆에 버튼을 놓고 문을 열었다. 안에 숨겨져 있던 상자에서는 빛이 났다. 아버지가 상자를 닦았을 거라고 제타는 생각했다. 아버지는 양조기를 꺼내서 말없이 제타에게 건넸다. 제타가 아버지에게 감사하다고 말하려는 순간, 아버지는 상자에서 또 무언가를 꺼냈다. 작은 은색 별이었다.

제타는 몇 번 눈을 깜박거렸다.

"그게 뭐예요?"

제타가 물었다. 그때 제타의 머릿속에서 무언가가 떠올랐고, 그것의 정체를 곧 알 수 있었다. 하지만 제타는 아버지가 그것에 대해 말해 주길 원했다.

"네더의 별이란다. 네 엄마가 위더를 죽이고 얻은 것이지. 이걸로 신호기를 만들어서 광부들이 더 빨리 일을 마칠 수 있도록 하겠다는 말을 하곤 했다. 아마 너라면 이걸 어떻게 사용해야 하는지 알 것 같구나. 네 엄마의 발명 공책을 가져간 것도 너일 테니."

제타는 고개를 끄덕였다.

"죄송해요. 아빠에게 허락을 받았어야 했는데 말이에요."

"괜찮단다. 네 엄마도 네가 가지길 원했을 거야. 네가 얼마나

용감하고 열정적인지 네 엄마가 볼 수 있다면 분명 자랑스러워
했을 거란다.”

아버지는 미소를 지었다.

“네가 자랑스럽구나.”

제타는 그 말을 듣는 순간 가슴이 쿵쾅거렸다. 네더의 별만큼
이나 소중한 말들이었다. 제타는 아버지가 손에 쥐여 준 반짝
이는 별을 쳐다봤다.

이제 제타와 아버지는 맥신 시장을 설득하기만 하면 됐다.

"안 돼요. 절대 안 됩니다. 우리는 마을을 보호해야 한다는 이유로 마법을 사용하지 않을 거예요. 특히 네가 쓰는 마법은 더더욱 사용하지 않을 거란다."

시장은 자신이 화를 내고 있는 대상이 제타라는 걸 분명히 밝히기라도 하듯 손가락으로 제타를 콕 집어 가리켰다. 제타는 생각했다.

'치. 딱 한 번 몸을 반만 투명하게 만들었다고 이렇게까지 하다니. 물론 퍼레이드 수레인 척했던 고삐 풀린 용 사건도 있긴 하지만, 살면서 한두 번쯤 실수 안 하는 사람이 어디 있어?'

"제타는 사실을 말하고 있습니다."

제타의 아버지는 시장의 발치로 파괴수의 안장을 던졌다.

"우리가 자신의 말을 믿지 않을까 봐 목숨을 걸고 우민 기지에 가서 이 증거까지 가져왔어요. 우리는 갖고 있는 모든 방법

251

을 총동원해야 합니다. 그렇지 않으면 시에나 듄스는 이대로 끝나 버릴지 몰라요."

"벽이 우릴 보호해 줄 것입니다."

맥신 시장이 말했다.

"그리고 제이든 대장과 전사들을 부르고 궁수들을 관측 탑에 보낼 겁니다. 제타의 용기는 가상하나 자신이 이 오버월드 전체를 구할 수 있다고 착각하면서 날뛰도록 둘 수는 없습니다!"

"저는 오버월드 전체를 구하려는 게 아니에요."

제타는 자신을 노려보는 시장에게 물러서지 않고 말했다.

"저는 마을을 돕고 싶을 뿐이에요. 저도 마을의 일원이니까요. 그리고 이 마을은 제 삶의 한 부분이기도 해요. 그 정도 이유면 충분하지 않나요?"

시장은 이를 꽉 물었다. 하지만 눈빛은 한층 부드러워졌다.

"그건 그렇게 쉬운 문제가 아니란다. 시에나 듄스 사람들은 좋아하지 않을 거야. 이곳에서는 마법을 쓰지 않잖아."

"시장님은 이 마을의 시장이잖아요. 사람들은 시장님을 믿어요. 시장님의 말을 들을 거라고요."

제타는 시장을 똑바로 쳐다보며 옳은 결정을 내려 주길 간절히 바랐다. 결정을 내려야만 하는 순간이었다. 심장이 뛰었다. 시장은 제타를 믿어야만 했다.

"좋아. 뭐가 필요하지?"

침묵하던 맥신 시장이 마침내 이렇게 물었다.

"우선 마을 창고에 들어가야 해요."

제타는 어머니의 공책을 뒤적이며 철, 에메랄드, 금, 다이아
몬드 같은 진귀한 블록으로 만든 피라미드 위에 달린 신호기를
보여 줬다.

"보관하고 있는 모든 광물 블록들이 필요해요."

시장은 고개를 저었다.

"하지만 광물을 낭비할 수는……."

"마을을 지키지 못하면 그게 다 무슨 소용이에요."

제타는 시장의 말을 끊었다.

"엄마가 만드는 방법을 잘 적어 뒀어요. 만약 이 피라미드를
충분히 높이 지으면 힘을 강화할 수 있고 재생의 효과도 얻을
수 있을 거예요."

"알겠다. 그리고 또 뭐가 필요하니?"

시장은 순응했다.

"물약과 양조기를 만들 수 있는 블레이즈 가루가 필요해요.
그것으로 화살에 쓸 물약과 일반 물약을 만들 수 있어요. 유리
병도 아주 많이 필요해요. 물도요. 리프트가 자동으로 화살을
발사하는 기계를 만들 수 있어요. 그리고 TNT 대포도……."

제타는 마지막 부분에서 움찔하긴 했지만 계속해서 요구 사
항을 늘어놨다.

"그것들을 만들 수 있는 재료들이 모두 필요해요. 그걸 다 만
들고 나면 리프트가 벽을 따라 설치하도록 도와줄 거예요. 도
움을 줄 수 있는 사람들을 불러 주실 수 있어요?"

맥신 시장은 이렇게 엄청난 양의 요구에도 멈칫하지 않았다.

마침내 시장은 진지하게 제타의 말을 수용하는 듯했고, 제이든 대장을 불러 전사들에게 업무를 분산시켰다. 제타의 계획을 성공시키기 위해 광부, 건축업자, 상인 등 다양한 사람들이 모였다. 대장장이 코라는 필요한 사람들에게 자신의 가게에 있는 도끼와 검을 모두 기부했다.

그리고 물론 엔더 드래곤이 마을을 지킬 테지만 제타는 그 부분에 대해서는 가만히 있기로 했다. 맥신 시장의 인내심을 시험하고 싶지 않았기 때문이다.

제타는 맥신 시장을 따라 시청 창고 문으로 갔다. 시장은 제타에게 뒤를 돌게 한 뒤 근처 상자에 비밀스러운 물건을 넣었다. 상자가 끼익 소리를 내며 닫히자 벽 뒤에서 레드스톤 장치가 접근을 허용하기 위해 넣은 물건이 옳은 것인지 분석하는 소리가 들렸다.

마침내 피스톤 장치가 된 문이 열렸고, 제타는 창고 안을 넋을 놓은 채 바라봤다. 약탈자들에게서 마을의 광물들을 안전하게 보호할 수 있도록 장치를 발명한 어머니가 자랑스러웠다. 벽에는 수십 개의 상자가 줄지어 놓여 있었고, 온갖 귀한 광물들의 이름이 적혀 있었다. 제타는 어머니의 공책을 들여다봤다. 사 층 높이의 피라미드를 짓기 위해서는 백예순네 개의 광석이 필요했다.

상자에서 꺼내어진 철 덩어리는 여러 사람들의 도움을 받아 블록으로 만들어졌고, 시장은 재고 조사를 했다.

"부족할 것 같구나."

시장이 제타에게 말했다.

"하지만 걱정하지 않아도 된다. 우리 마을은 무슨 일이든 가능하게 만드니까. 필요하면 내가 집집마다 돌면서 철 덩어리를 내어 달라고 부탁하마."

맥신 시장이 이제 완전히 같은 편이 되었다는 생각이 들자 제타는 저절로 안도의 한숨이 내쉬어졌다. 시장은 제타에게 블레이즈 가루를 만들 블레이즈 막대기를 주었다. 제타는 친구들과 애슈턴을 부르기 위해 달려 나갔고, 아이들은 이미 시청 계단을 올라오고 있었다.

"소식 들었어."

리프트가 말했다.

"우민들이 쳐들어오고 있다면서. 그것도 아주 많이."

레인이 말했다.

"용은 어디에 있어?"

애슈턴이 말했다.

"안전한 곳에 있어."

제타가 말했다.

"그레이트 리프트에 있는 오래된 사막 피라미드 안에 있어. 애슈턴, 네가 데리고 오면 좋겠어. 길은 레인이 안내해 줄 거야. 이번 침입의 규모는 대단히 커. 하지만 이번에는 반드시 이길 수 있어. 다 같이 힘을 합치기만 하면 돼. 그러니까 용을 마을로 데리고 오면, 내가 말하기 전까지는 일단 헛간에 둬."

"알겠어!"

큰 소리로 대답한 애슈턴이 레인을 끌고 마을 북쪽 끝으로 갔다.

"리프트, 사람들을 데리고 화살 쏘는 기계를 최소 네 개 정도 만든 다음 벽에 세워 줘. TNT 대포도 필요해. 제이든 대장님이 어떤 위치에 세우면 전략적으로 도움이 될지 알려 주실 거야."

"그렇게 할게, 대장."

리프트는 머리를 끄덕이며 대답했다. 그리고 제타는 홀로 남았다.

제타는 마을 창고로 돌아가 양조기를 여덟 개 만들었다.

양조기 속도를 따라가는 게 버거웠지만 최대한 많은 물약을 만드는 게 중요했다. 시장의 보조들은 물이 든 병을 계속해서 가져왔다. 제타에게 필요한 양보다도 훨씬 많은 양을 갖고 왔다. 제타는 부지런히 일을 했고, 정신이 흐트러지지 않고 집중하기 위해 메모를 해 뒀다.

제타는 잔류형 물약부터 만들었다. 병 속에 모아 둔 드래곤의 숨결을 모두 꺼내고는 우선 독약 그리고 고통의 물약, 나약함의 물약을 순서대로 만들었다. 잔류형 물약이 완성되자 제타는 화살촉의 색이 변하고 마법의 입자들이 발산될 때까지 작업대 위에서 화살을 요리조리 옮기고 움직였다. 성공을 자축할 시간도 없었다. 제타는 보조들에게 작은 유리병과 함께 제조법을 건네주면서 독 묻은 화살을 더 많이 만들 수 있도록 지시했다. 십여 개의 지독한 발효된 거미 눈알 냄새가 진동을 했지만, 불평하는 사람은 아무도 없었다.

이백여 개의 독화살을 만드는 데는 한 시간이 넘게 걸렸다.

드래곤의 숨결이 떨어지자 제타는 이번엔 투척용 물약을 만들었다. 제타는 자신이 직접 전투에 나가 싸우는 것은 크게 도움이 되지 않는다는 걸 알았다. 하지만 물약은 누구보다 잘 던질수 있었고 조준 실력도 나쁘지 않았다. 제타는 운반할 수 있는만큼 화살을 주머니에 넣었고, 시장 보조들에게 나머지 화살을챙기게 한 뒤 마을 광장으로 나갔다.

화살 쏘는 기계는 거의 완성되었다. 제타는 각각의 기계에 화살을 분배했다. 하지만 화살을 장전하는 걸 지켜볼 시간이 없었다. 제타는 나머지 물약을 제이든 대장에게 건넸다. 대장은고마운 마음으로 물약을 받았다.

"대단한 일을 해냈구나, 제타."

제이든 대장이 말했다.

"감사합니다. 독약 묻은 화살이 도움이 되면 좋겠어요."

"도움이 될 거란다. 그리고 이것도."

제이든 대장은 자신의 주머니에서 마법의 활을 꺼냈다.

"한 개의 화살만 있어도 영원히 쏠 수 있단다. 몇 개밖에 만들지 못했으니, 이걸 꼭 네 친구에게 전해 주렴. 이번에는 절대 부러트리지 말고."

제타는 활을 받아 들고 조심스럽게 주머니에 넣었다. 그리고레인을 만나기 전까지는 그것을 절대로 꺼내지 않겠다고 다짐했다. 제아무리 많은 파괴수들이 달려든다고 해도 말이다.

동쪽 벽 끝의 신호기가 거의 완성되어 갔다. 대장장이 코라는있는 힘을 다해 황금 블록을 들고 네 번째 층과 마지막 층으로 가서 쿵 하고 내려놓았다. 코라는 이마의 땀을 훔치고는 마지막 블록을 내려놓은 제타의 아버지 옆에 서 있었다. 유리블록처럼 보였지만 안에는 네더의 별이 들어 있었고, 다이아몬드처럼 반짝반짝 빛이 났다. 마침내 신호기가 완성되었다.

하늘 위로 곧게 솟은 흰색 불빛이 천천히 돌았다. 모두가 넋이 나간 듯 쳐다봤다. 하지만 신호기의 아름다움에서 깨어나자 제타는 아무것도 달라진 게 없다는 걸 깨달았다. 힘이 세지거나 빨라지지도 않았다.

제자리에서 뛰어 봤지만 땅에서 겨우 폴짝거리는 수준이었다. 평소처럼 말이다.

아무 일도 일어나지 않은 것이다.

"작동하지 않는 것 같아."

코라는 아래 있는 제타를 향해 외쳤다.

"내 생각엔 한 단계가 빠진 것 같구나."

"작동하지 않다니, 무슨 말이에요?"

제타가 피라미드를 오르며 물었다. 제타의 장화가 잘 다듬어진 귀중한 블록 위에서 미끄러졌다. 제타는 조심스럽게 올라가 코라 옆에 서서 그녀와 함께 어머니의 공책에 있는 그림을 살펴봤다. 모든 게 올바로 설치된 듯 보였다. 제타는 책장을 넘겼다. 하지만 그것은 마지막 장이었다.

"음……."

제타는 부담감을 느꼈다. 모두들 제타가 해결 방법을 알 거라 기대하며 쳐다보고 있었다. 물론 제타는 해결할 수 있을 것이다. 단지 시간이 필요할 뿐이었다. 하지만 지금 제타에게 유일하게 없는 게 시간이었다. 피라미드 위에 서 있던 제타는 장벽 너머를 바라봤다.

잿빛의 성난 얼굴이 거의 보일 정도로 약탈자들은 마을 가까이 와 있었다. 습격 대장은 우민 깃발을 높이 들고 있었다. 일제히 쿵쿵 발소리를 내며 다가오는 우민들 때문에 제타는 발밑 피라미드가 살짝 흔들리는 게 느껴졌다. 습격 나팔이 울렸고, 우민들은 공격을 예고했다. 시에나 듄스를 둘러싼 거대한 벽 안은 너무나 고요했다. 제타의 귀에 돌을 부수는 곡괭이질처럼 쿵쾅거리는 자신의 심장 소리가 들려왔다.

21장

　몇 초 후, 종탑이 울렸다. 몇 분 전까지만 해도 각자의 위치에
서 만반의 준비를 갖춘 듯했던 사람들이 별안간 우왕좌왕했다.
사방에서 비명이 터져 나왔고, 제이든 대장의 부대도 대형이 흩
어졌다.

　슬라임 수확자 벤저민은 검을 쓰는 법을 까먹기라도 한 듯 두
번이나 검을 떨어트렸다. 제타는 벤저민이 오랜 세월 동안 베
어 낸 슬라임 블록만 해도 수천 개는 되지 않을까 생각했다. 하
지만 그런 벤저민조차도 긴장을 한 듯 몸을 바들바들 떨었다.

　제타는 이해할 수 있었다. 천천히 튀어 다니는 슬라임 블록
은 사실 큰 위협거리가 되지 않는다. 그리고 행여 슬라임 블록
에 포위되는 일이 생긴다고 해도 거기서 벗어나는 건 크게 어렵
지 않을 것이다. 하지만 지금 수평선 위로 모습을 드러낸 저 위
협에서는 벗어날 방법이 없었다. 수백 명의 우민들과 괴물들이

시에나 듄스를 향해 천천히 다가오고 있었다. 그 모습은 마치 슬로 모션이라도 걸린 듯했고, 그걸 본 마을 사람들은 두려움과 공포로 혼비백산이 되었다.

잠시 후 레인과 애슈턴이 숨을 헐떡이며 도착했다.

"용을 찾을 수가 없어."

애슈턴의 목소리가 갈라졌다. 제타는 애슈턴의 깊은 갈색 눈동자에서 고통스러움을 엿볼 수 있었다.

"여기저기 다 찾아보고 아무리 불러 봐도 어디로 가 버렸는지 없었어."

"이럴 수가. 아니면 지난번처럼 너를 찾으러 간 걸지도 몰라."

제타가 애슈턴의 어깨에 손을 올리며 위로를 했다. 제타는 고개를 들어 하늘을 쳐다봤다. 이 순간만큼은 용이 급강하해서 약탈자들을 향해 보라색 독을 퍼부어 주길 바랐다. 제타는 용이 거짓말과 방치 그리고 도주에 진력나 조용한 삶을 살기 위해 떠난 게 아니길 바랐다. 말로만 친구인 아이들과 자신을 잡으려는 마을 사람들에게서 벗어난 그런 조용한 삶을 위해 말이다.

"어쩌면."

애슈턴이 말했다. 애슈턴의 목소리는 제타만큼이나 자신이 없는 듯했다.

"용 없이도 우리가 할 수 있는 최선을 다해야 해."

제타가 말했다. 제타는 레인에게 마지막 독약 화살을 건넸다. 레인이 옅게 미소를 지었다.

"겨우 하나야?"

화살을 살피며 레인이 물었다. 화살촉은 흰색이 아니라 녹색으로, 작은 마법 입자들이 그 주변을 떠다니며 반짝이고 있었다.

"적어도 열두 개 정도는 될 줄 알았지."

"하나면 충분해."

제타는 자신이 예상치 않게 활을 망가뜨리기 전에 재빨리 레인에게 그것을 건넸다.

레인은 기절할 듯 기뻐했다.

"세상에! 이거 마법 활이야? 고마워!"

"제이든 대장님한테 고마워해. 나중에. 지금은 우선 마을을 지켜야 하고 저 신호기를 작동시킬 방법을 찾아내야 해. 설명서가 여기서 갑자기 끝나 버렸거든. 엄마는 분명 필기를 잘해 놓는 분인데……. 실수로 이렇게 된 게 아니야."

"음……."

애슈턴이 자신의 공책을 꺼내 열어 보이며 말했다.

"누나, 이걸 한번 보는 게……."

제타는 애슈턴을 밀어냈다.

"미안한데 애슈턴, 지금은 네 괴물 그림을 볼 시간 없어."

"괴물 그림이 아니야."

애슈턴이 공책을 제타 앞으로 내밀었다. 괴물 그림이 아니었다. 신호기였다. 그리고 신호기를 작동시키는 설명이 함께 적혀 있었다.

제타는 애슈턴의 낡은 공책을 닫았다. 겉표지도 어머니의 공책과 거의 똑같았다.

"이거 어디서 났어?"

"몇 년 전에 누나가 집에서 나를 돌봐 준 적이 있었잖아. 그때 옷장에서 발견했어. 누나가 날 두고 잠들어 버렸을 때."

제타는 머리를 흔들었다. 그러나 어린 애슈턴에게 화를 낼 시간이 없었다. 제타는 그 즉시 아버지에게 달려가서 공책을 건넸다. 아버지는 공책에 적힌 내용을 자세히 살피더니, 철 덩어리를 신호기에 놓았다.

그러자 마치 마법 충격파 같은 충격이 제타를 강타했고 눈 주변이 떨려 왔다. 그리고 얼마 지나지 않아 제타는 강력해진 힘을 느낄 수 있었다. 다만 이번에는 좀 더 자연스러웠다. 힘자랑을 하고 싶은 기분 같은 건 들지 않았다. 자신에게 부여된 힘으로 최대한 좋은 일을 해내고 싶은 마음뿐이었다.

리프트는 기계로 달려갔고, 레인은 아슬아슬한 사다리를 타고 관측 탑 꼭대기로 올라갔다. 그렇게 다들 각자의 위치로 갔고 제타는 애슈턴을 쳐다봤다. 용에게 명령을 내리는 일 말고는 애슈턴이 할 일은 딱히 없었다.

"애슈턴, 시장님을 도와서 전투에 참여하지 않는 사람들을 마을 창고로 안내해. 특히 할머니와 할아버지를 모시고 가. 두 분이 얼마나 고집이 센지 알잖아."

애슈턴은 한숨을 쉬며 고개를 끄덕이고는 자리를 떠났다.

"백 명 정도라고 한 줄 알았는데."

관측 탑 위에서 레인이 조준한 화살 끝에서 눈을 떼지 않고 말했다.

"분명 백 명 정도였어."

제타는 레인이 있는 곳으로 올라가며 대답했다. 탑 위에 올라선 제타는 재빨리 적의 수를 세어 봤다. 대충 봐도 이백 명은 되어 보였다. 그리고 괴물들 사이에는 열두 마리의 파괴수가 있었다.

"다른 부족도 합세했나 봐."

"괜찮아. 우리 계획은 완벽해. 다만 시간이 꽤 걸리겠어."

레인이 말했다.

제타는 레인의 말을 믿는다는 듯 고개를 끄덕였다. 레인에게는 무한한 희망이 있었다. 무한한 믿음. 그리고 이제는 무한한 화살도 있었다. 힘든 싸움이 되겠지만 마을 사람들은 모든 준비가 되어 있었다. 게다가 괴물들은 TNT 대포가 발사되는 쪽으로 걸어오고 있었다.

"리프트, 준비됐어?"

제이든 대장이 다른 탑에서 외쳤다.

"네, 대장님!"

리프트가 대포 옆 자신이 있어야 할 자리에서 크게 소리쳤다. 제타는 여전히 시장이 이 모든 걸 허락했다는 걸 믿을 수 없었다. 시장이 자포자기의 심정으로 허락했다는 걸 알았기 때문에 기분이 이상하기도 했다.

"명령만 내리세요!"

대장은 곧바로 손을 아래로 내리고는 소리쳤다.

"TNT 대포 발사!"

리프트는 2연발 대포에 불을 붙였고, 붉은 TNT 막대가 빛나자 뒤로 물러났다. 두 개의 TNT 블록이 거의 동시에 엄청난 속도로 괴물들을 향해 날아갔다. 우민들은 공격에 대응할 시간조차 없었다. TNT는 땅에 닿자마자 완벽한 순간에 터졌다. 뿌연 먼지 구름과 파편 조각들로 하늘이 가득 찼다. 탑에 있던 사람들은 환호를 질렀다. 하지만 모래 먼지가 사라지자 여전히 엄청난 수의 침략자들이 눈에 들어왔다. TNT 대포의 효과는 훨씬 커야 했다. 분명 대포는 완벽하게 발사되었다.

제타는 뭐가 잘못된 것인지 알 수 없었다. 그 순간 제타는 약탈자 무리에서 두툼한 붉은 입자 안개에 둘러싸인 뾰족한 검정 모자를 발견했다. 마녀였다. 마녀들은 침략자들을 치유하기 위해 사방으로 투척용 물약을 던지고 있었다.

"TNT 대포 발사!"

제이든 대장이 다시 한 번 외쳤다.

이번에도 대포는 아무런 문제없이 발사되었다. 하지만 약탈자들은 흩어져서 공격에 대비했다. 대포는 스무 명가량의 약탈자들을 처리했지만 그보다 훨씬 많은 수의 나머지는 피해를 입지 않았다. 세 번째 TNT 대포는 약탈자들의 머리 위로 날아가버려서 최소한의 피해 밖에 입히지 못했다. 고개를 푹 숙인 리프트는 기가 죽어 보였다. 자신이 원하는 만큼 대포가 효과를 발휘하지 못해서인 듯했다. 그래도 대포는 최소한이나마 약탈자들에게 피해를 입혔고, 우민들은 겁을 냈다. 그것만으로도 충분히 가치가 있었다.

약탈자들은 이제 대포를 발사하기에는 너무 가까이 다가와 있었다. 하지만 그것은 또한 그들이 최고 궁수들의 사격권 안에 들어왔단 것을 의미했다. 레인은 세 개의 화살을 발사했고 화난 변명자에게로 날아가 꽂혔다. 세 번째 화살이 꽂히자 변명자는 연기가 되어 사라졌다.

"잘 쐈어."

제타는 레인이 일반 화살을 사용하는 걸 보며 말했다.

"그런데 독을 묻힌 화살은 어쨌어?"

"독을 묻힌 화살로는 무한 쏘기가 안 돼. 하지만 이 활도 굉장히 강력해서 마법의 화살이 없어도 되겠어."

레인은 투지가 넘치는 말투로 말하며 활을 또 조준했다.

"한 명 죽였고, 이제 백오십 명 정도 남았네."

"무기가 있는 놈들부터 죽여."

제이든 대장이 말했다.

"화살 쏘는 기계 준비!"

제타는 더 이상 친구를 방해하고 싶지 않았다. 그래서 화살 쏘는 기계 조작판으로 달려가고 있는 리프트를 살폈다. 조작판에는 각각의 기계를 조작하는 네 개의 레버가 있다. 리프트는 네 개의 기계를 작동시키기 위해 레버들을 잡아당겼다. 붉은 먼지가 빛을 냈고 잠시 후 발사가 시작되었다. 엄청난 양의 화살이 제타의 눈으로 따라가기도 힘들 만큼 무서운 속도로 날아들었다. 하지만 약탈자들은 화살을 피해 이리저리 흩어졌고, 화살은 대부분 땅에 꽂히고 말았다.

우민들은 공격을 맞받아칠 정도로 더욱 가까워졌고, 탑을 향해 석궁을 들었다. 그들이 쏜 화살은 슝 하고 제타를 스쳐 탑 지붕에 꽂혔다. 그런데 또 다른 화살이 날아와 제타의 어깨에 꽂혔다. 고통의 비명이 새어 나오기 전, 제타는 신호기의 효과가 따뜻한 목욕물처럼 온몸에 퍼지는 걸 느꼈다. 그리고 즉각 치유가 되었다. 제타는 어깨에서 화살을 뽑아 아무렇지 않게 옆으로 던졌다.

이제 약탈자들은 풋내기 궁수들이 쏴도 맞힐 수 있을 정도로 가까워졌다. 제타도 그들을 향해 투척용 물약을 던졌다. 하지만 마녀가 치유의 물약을 던졌기 때문에 제타의 물약은 효과가 없었다.

제타는 물약을 더 낭비하는 대신 뒤로 물러서서 적군을 살폈다. 제이든 대장은 무기를 든 약탈자부터 제거하도록 궁수들에게 명령을 내렸다. 그 결과, 예복을 입은 이상한 우민들만 남았다. 녹색으로 빛나는 그들의 눈을 자세히 들여다본 제타는 대장의 명령이 잘못되었단 걸 알 수 있었다.

"예복을 입은 우민들을 향해 쏴야 해요."

제타가 제이든 대장에게 말했다.

"저들에게 무슨 계획이 있는 게 분명해요."

그렇지 않다면 이런 과격한 전투에서 어떻게 저렇게 평온한 얼굴을 할 수 있겠는가.

제이든 대장은 다가오는 약탈자들을 유심히 살폈다. 대장 역시 그들의 잿빛 얼굴과 팔짱 낀 차분한 모습 뒤 위험을 감지한

게 분명했다.

"계획 변경."

대장이 전사들에게 외쳤다.

"예복 입은 우민들부터 제거한다!"

명령을 내린 대장이 감탄한 얼굴로 제타를 돌아봤다.

"잘 발견했다, 제타. 앞으로 나한테 필요한 게 있으면 언제든 말만……."

"저들이 무언가를 소환하고 있습니다!"

전사들 중 한 명이 외쳤다. 예복 차림의 우민들이 걸음을 멈추고선 팔을 들어 올려 큰 원을 그리듯 움직이고 있었다. 그러자 땅에서 송곳니가 난 입들이 솟아나더니, 벽 아래로 이동해 그 근처에 있는 전사들을 물어뜯었다. 제타는 저런 광경은 한 번도 본 적이 없었다. 난데없이 나타난 저 입들은 살에 굶주려 있었다. 복수를 하러 온 것이었다. 마을 사람들은 겁에 질렸다. 하지만 신호기 덕분에 그들은 재생되었고, 순식간에 나을 수 있었다.

예복을 입은 우민들은 또 한 번 소환 의식을 했고, 그와 동시에 하늘에 창백한 잿빛 새들이 가득 모여들었다. 새들은 탑을 향해 급강하하면서 마을 사람들에게 폭격을 퍼부었다. 자세히 보니 새가 아니었다. 제타는 저것들이 작디작은 검을 지닌 징그러운 날개 달린 악마임을 알 수 있었다. 너무 작아서 순간 무서움도 잊을 정도였다. 그중 한 마리가 제타의 이마를 검으로 공격했다. 검은 비록 작았지만 통증은 일반 검과 비슷했다.

"아야!"

제타는 벌레를 쫓듯 툭 치면서 소리를 질렀다. 하지만 그것들은 더 많이 몰려왔다. 제타는 주머니에서 도끼를 꺼낸 뒤 그것들을 향해 휘둘러서 레인과 다른 궁수들이 저 성가신 녀석들 때문에 방해받지 않도록 했다. 하지만 그때 한 마리가 레인의 등을 검으로 베었고, 그 때문에 레인이 쏜 화살이 옆 탑에 있는 제이든 대장을 맞힐 뻔했다.

"죄송해요!"

레인이 외쳤다. 레인과 다른 궁수들은 곧 또다시 완벽한 조준으로 저 성가신 괴물들을 제거해 나갔다. 그리고 레인은 또 다른 주문을 외우고 있는 예복 차림의 우민을 향해 활을 쐈다. 화살은 황금 장식이 된 예복을 찢었고, 우민은 사라졌다.

하지만 적은 아직도 많이, 아주 많이 남아 있었다. 그리고 지금 저들은 벽 바로 옆으로까지 다가와 있었다.

"활 내구성이 절반으로 떨어졌어."

레인이 화난 듯 외쳤다.

"벌써?"

제타는 이렇게 말하며 탑에 있는 상자들을 확인했다. 물약도 몇 개 남지 않았다. 제타는 물약 하나를 집어 들었다.

"그럼 함께해 보자. 내가 이걸 던지면 너는 마녀가 치유를 하기 전에 약해진 적군부터 쏴."

레인은 고개를 끄덕였다. 둘은 그렇게 예복 입은 우민들을 처리해 나갔다. 그때 아래에서 비명이 들려왔다. 제타는 서둘러

탑 옆으로 가 아래를 쳐다봤다. 벽에는 소규모의 전사들이 벽이 무너지면 그 주변을 방어하기 위해 모여 있었다. 그런데 갑자기 땅에서 송곳니가 난 입들이 솟아나 그들의 발을 부러뜨리자 당황한 것이다.

제타는 머리를 저었다. 그러고는 예복 차림의 우민들을 향해 더 많은 물약을 던졌다. 이제 몇 명 안 남았다. 레인은 남은 우민들을 처리했다. 하지만 곧바로 파괴수가 테라 코타 벽을 뚫어 버렸다.

테라 코타 덩어리가 우수수 떨어지면서 모래 바닥에 온갖 색의 모자이크가 생겨났다. 상황이 더 불리하지만 않았어도 제타는 그걸 보며 아름답다 생각했을 것이다.

탑 아래에서 전투가 벌어졌다. 제이든 대장은 계속해서 명령을 내렸고, 기진맥진한 전사들을 정렬시켰다. 전사들은 돌검을 들고 마녀, 약탈자, 변명자, 파괴수와 싸웠다. 전사들은 저들을 상대로 지지 않고 잘 싸우는 듯했지만, 뚫린 벽 사이로 계속해서 괴물들이 밀려들었다. 신호기는 도움이 되었지만 전투가 감지 범위 밖을 벗어나면 효과를 발휘하지 못했다.

제타는 자신에게 남은 마지막 치유와 재생의 물약을 제이든 대장과 전사들을 향해 던졌다. 물약은 도움이 되었다. 하지만 신호기의 강화 효과에도 불구하고 제타의 물약은 필연적인 결과를 늦추는 수단일 뿐이라는 게 점점 분명해졌다. 아무도 입 밖으로 내진 않았지만, 사실 약탈자들은 그 수도 훨씬 많았고 전투력도 높았다.

"후퇴!"

제이든 대장이 외쳤다. 단순 명령이었지만 이 명령이 떨어진 순간 제타의 영혼이 찢어지는 듯했다. 어쩌면 제타의 희망은 무한하지 못했던 모양이다.

제타 발밑의 탑이 흔들렸다. 제타는 아래를 다시 쳐다봤다. 파괴수가 탑을 머리로 들이받고 있었다. 탑은 잘 부서지는 테라 코타로 만들어져 있었기 때문에 오래 버티지 못할 것이다. 제타가 서 있던 바닥은 이미 금이 가서 몇 초나 버틸지 알 수 없었다.

잠시 후 제타 밑에는 더 이상 바닥이란 게 없었다. 그저 테라 코타 먼지와 허공뿐이었다. 제타는 탑이 무너지고 있고 자신이 추락 중이란 걸 깨달았다.

22장

사방이 깜깜했다. 온몸이 아팠다. 제타는 주변에서 파편 조각이 움직이는 걸 느꼈다. 그리고 자신의 몸을 짓누르고 있던 블록 조각들이 치워졌다. 제타는 신선한 공기가 얼굴을 감싸는 걸 느꼈고, 자신을 옮기는 손길을 감지했다. 제타는 그 손들이 부디 자신을 안전한 곳으로 옮기는 것이길 바랐다.

"제타, 나야."

리프트의 목소리였다.

"마을 창고로 후퇴하는 중이야. 그 안이라면 안전할 수 있을 거야."

리프트는 기가 꺾인 목소리였다. 제타는 창고에 가면 안전할 거란 걸 알고 있었다. 창고의 벽은 철 블록으로 되어 있어서 제 아무리 성난 파괴수라 할지라도 뚫고 들어올 수 없을 것이다. 제타는 눈가에 묻은 먼지와 오물을 닦아 냈다. 눈을 뜨자 자신을 쳐다보고 있는 리프트가 보였다. 리프트의 뒤로 레인이 보였는데, 상처투성이에 피를 흘리고 있었다. 하지만 그것 말고는 괜찮아 보였다.

제타와 친구들은 무너진 건물과 마지막까지 승산 없는 싸움을 하고 있는 전사들의 외침을 무시한 채 시청을 향해 갔다. 전사들은 끝없이 쳐들어오는 약탈자들을 향해 검을 휘두르며 마을 사람들이 안전하게 대피할 시간을 벌어 주고 있었다.

아이들은 천천히 시청 계단을 올라가서 창고가 있는 뒤쪽으로 갔다. 문이 활짝 열려 있었고, 안에는 마을 사람들이 많이 모여 있었다.

'애슈턴은 어디 있지?'

정신을 차린 제타가 가장 먼저 든 생각이었다. 안에서는 사람들이 저마다 자신의 가족을 찾고 있었다. 제타는 뼈 마디마디가 아픈 걸 참고 까치발로 서서 애슈턴을 찾을 수 있길 바라며 사람들 사이를 살폈다.

정신없는 대화들 사이로 제타는 후퇴 명령을 내리는 제이든 대장의 목소리를 들을 수 있었다. 대장의 목소리는 점점 가까워졌다. 끝이었다. 전투는 끝이 난 것이다. 시에나 듄스는 우민들의 손에 넘어간 것이다. 우민들이 마을의 보물을 훔쳐 갈까? 건물을 모조리 부숴 버릴까? 마을을 떠나긴 할까?

마침내 애슈턴을 발견한 제타는 안도의 한숨을 내쉬었다. 아무리 전투 중이라지만 애슈턴은 그 이상 넋이 나간 듯 보였다.

"애슈턴!"

제타가 소리를 질렀다. 제타는 애슈턴에게 달려가 꽉 끌어안았다.

"괜찮아?"

애슈턴이 고개를 저었다.

"아니, 그러니까 내 말은, 난 괜찮아. 그런데 할머니와 할아버지를 못 찾겠어. 아직 밖에 계신 게 틀림없어. 농장으로 할머니와 할아버지를 모시러 갔는데 뒤따라오시겠다면서 먼저 가라고 하셨거든. 그런데 아무리 찾아봐도 여기 안 계셔. 그리고 삼촌도 보이지 않아."

제타의 아버지는 아직 제이든 대장과 전사들과 함께 싸우고 있을 것이다. 하지만 애슈턴의 말대로 할머니와 할아버지는 이미 창고에 도착했어야 했다.

제이든 대장이 마지막까지 남은 전사들을 데리고 창고에 도착했다. 그런데 제타의 아버지는 그들 사이에 없었다. 시장은 철 블록으로 된 창고 문을 닫기 위해 레버를 당겼다.

"잠시만요!"

제타가 맥신 시장에게 말했다.

"할머니, 할아버지 그리고 아빠가 안 계세요."

"기다릴 수 없단다."

시장이 말했다. 극심한 공포의 순간에도 애석하다는 듯 부드러운 말투였다.

"우리는 미리 경고를 했다. 이제 문을 닫아야 해."

제타는 할머니와 할아버지가 얼마나 고집이 센지 알고 있었으므로, 두 분이 농장을 떠나지 않았을 것 같은 불길한 느낌이 들었다. 농장은 할머니와 할아버지의 집이었고, 두 분은 싸워 보지도 않고 포기할 분들이 아니었다.

제타와 애슈턴은 눈빛을 교환했다. 이 둘은 자신들이 지금 당장 해야 할 일을 알고 있었다.

"농장에 갈 거야."

제타가 리프트와 레인에게 속삭였다.

"할머니와 할아버지가 아직 거기에 계셔."

"우민들을 우리가 어떻게 피해 가는 게 좋을까?"

리프트 역시 그곳을 뛰쳐나가고 싶었는지 몸을 위아래로 들썩거리며 물었다.

"우리?"

제타가 물었다.

"너 혼자 가게 두지 않을 거야."

"동감이야."

레인이 말했다.

"하지만 계획이 있어야 해."

레인이 철문을 가리켰다. 철컹하는 소리와 함께 피스톤이 늘어나면서 문이 닫히려 했다. 제타와 친구들은 문이 닫히기 직전 미끄러지듯 그곳을 빠져나왔고, 아이들 등 뒤로 문이 쾅 하고 닫혔다. 그 소리에 제타는 뼈가 오들거렸다.

"물약이 다 떨어졌어."

제타는 그렇게 말하며 문밖을 훔쳐봤다. 여전히 수십 명의 우민들이 마을을 부수고 있었다. 상점을 약탈하고 집에 불을 질렀다. 복수에 목이 마른 듯했다. 아무리 투명화 물약이 있다 해도 밖에 나가지 않는 게 안전할 것 같았다.

제타는 주머니 속을 들여다보고는 자신이 잘못 본 것이길 바랐다. 주머니 안에는 미치와 철 곡괭이뿐이었다. 제타는 곡괭이를 꺼냈다.

"우민들 사이를 지나갈 수 없으면 그 밑으로 지나가는 수밖에."

제타는 시청의 사암 바닥을 팠다. 몇 개의 블록을 파 내려간 후, 최대한 빨리 농장을 향해 직선으로 땅을 팠다. 몇 분 후 제타는 뼈를 울리는 강력한 신호기의 울림을 느낄 수 있었다. 하지만 농장에 가까워질수록 신호가 약해졌다. 신호기의 범위에서 멀어진 것이다. 이제 제타는 팔이 아파 왔다. 하지만 속도를 늦추지 않았다. 친구들은 제타의 뒤를 따르고 있었다. 사방이 어두컴컴해서 제타는 아무것도 볼 수 없었지만 최대한 집중을 하려고 노력했다.

얼마나 많이 왔을까? 오십 블록? 육십 블록? 제타는 채굴한 숫자를 기억하려 했다. 최근 광산에서의 훈련 덕분에 제타는 돌 곡괭이 대신 철 곡괭이를 가질 수 있었다. 제타는 무아지경의 상태에 이르렀다. 곡괭이질 소리가 제타의 지친 심신을 달랬다. 마일로가 가르쳐 준 것처럼 말이다. 구십팔, 구십구. 백.

아이들은 이제 충분히 멀리 왔다. 제타는 만약의 경우를 위해 몇 블록을 더 팠다. 그러고는 방향을 탐색하기 위해 위로 올라갔다. 모래 대신 흙에 머리를 부딪쳤다. 이건 좋은 신호였다. 밀밭까지 왔다는 뜻이기 때문이다. 몸을 숨기기에도 완벽했다. 제타는 우민 몇 명이 서성대는 소리를 들었다.

"활 상태는 어때?"

제타가 물었다.

"별로 안 좋아."

레인이 찡그리며 말했다.

"몇 발은 더 쏠 수 있어야 할 텐데. 당근밭 근처에 있는 우민 세 명을 제거해 줘. 그러면 할아버지 집까지 곧장 달려갈 수 있을 거야."

레인은 고개를 끄덕인 후 우민들을 향해 활을 신중하게 조준했다. 한 발이라도 실수를 해선 안 됐다. 휙, 휙. 우민 두 명을 맞혔다. 하지만 세 번째 화살을 쏘려고 할 때 활이 부서졌다. 남은 우민은 주변을 더 경계했다. 저 우민을 죽이지 않으면 다른 우민들이 몰려올 것이다.

"내가 처리할게."

리프트가 검을 꺼내며 말했다. 제타는 직접 뛰쳐나가고 싶은 마음을 꾹 참으며 고개를 끄덕였다. 제타의 팔은 계속해서 땅을 파느라 슬라임 블록처럼 흐느적거렸다. 삼십 초 후, 리프트는 어깨를 구부리며 돌아왔다. 여전히 울적해 보였다.

"처리했어. 적어도 이번에는 제대로 해냈어. 이제 가자."

친구들은 할머니와 할아버지의 집으로 달려갔다. 제타는 리프트 옆으로 다가가 말했다.

"TNT 대포 일로 속상해할 거 없어. 너는 최선을 다했어."

"아니야. 더 잘할 수 있었어."

리프트가 대답했다.

"훨씬 더 잘할 수 있었어. 화살 쏘는 기계도 별로였어."

"기계들은 다 도움이 됐어."

제타가 말했다.

"다음번에는 더……."

"다음번은 없을 수도 있어. 나 때문에."

리프트가 말했다.

제타는 친구를 위로하고 싶었지만 집 현관에 가까워졌을 때 창밖으로 접시가 날아들었다. 하마터면 애슈턴이 그 접시에 머리를 맞을 뻔했다.

"할머니! 할아버지!"

애슈턴이 외쳤다.

"저희예요! 문을 열어 주세요!"

이번에는 창밖으로 대접이 날아왔고 리프트의 어깨를 쳤다.

"아야!"

리프트가 비명을 질렀다.

"우리를 속이려는 우민들인지 어떻게 알아!"

할아버지가 소리를 질렀다.

"마법 주문을 외우는 걸 이 두 눈으로 똑똑히 봤단 말이야! 우리한테 마법을 부리고 있는 걸 수도 있잖아!"

"농장에 있는 닭 이름들을 모조리 댈 수 있어요!"

애슈턴이 외쳤다.

"아마 우민들이라면 모를 걸요! 모브, 쓰리 페더스, 얼린, 터커, 살마, 넬라 그리고……."

문이 활짝 열렸고, 할머니는 애슈턴의 옷깃을 잡아당겼다.

"밖에서 왜 소리를 지르고 있는 거니? 난리 난 거 안 보여?"

"하지만, 할머니……."

"'하지만, 할머니' 할 시간이 없단다."

할머니가 말했다.

"어서 안으로 들어오렴."

할머니는 나머지 아이들에게도 외쳤다. 제타와 친구들은 서둘러 안으로 들어갔다.

"아빠도 안에 계세요?"

제타가 물었다.

할아버지는 고개를 끄덕였다.

"우리를 마을 창고로 데리고 가려고 했지만 우리는 여기서 농장을 지키겠다고 했지. 절대로 저 우민들에게 항복하지 않을 거란다!"

할아버지는 생감자를 집었다.

"이 감자를 던질 힘이 남아 있고 폐가 움직여 숨을 쉴 수 있는 한 말이지!"

"네 아빠는 지금 사탕무밭에서 씨앗을 모으고 있어!"

할머니는 돌팽이를 검처럼 쥐고선 말했다.

"우리가 다시 농사를 시작할 수 있을 만큼 넉넉히 모아 온다고 했단다. 하지만 우리는 다시 시작하고 싶지 않아! 저 괴물들이 우리의 오랜 노고를 짓밟는 걸 보고만 있을 수는 없다!"

할머니는 괭이를 사납게 두어 번 휘두르는 바람에 애슈턴의 머리를 거의 칠 뻔했다. 애슈턴은 할머니가 괭이를 마음껏 휘두르도록 벽 쪽으로 물러났다. 그때 현관문이 열렸고, 할아버지는 침입자를 향해 아주 강하고 날쌔게 감자 세 알을 던졌다. 제타는 할아버지의 공격력에 흠칫 놀랐다.

"저예요!"

제타 아버지의 목소리였다. 아버지는 이마를 문지르며 안으로 걸어 들어왔다. 제타는 아버지의 이마에 조만간 감자 모양으로 멍이 들 거라고 생각했다.

"씨앗을 모아 왔어요. 이제 안전하게 시청으로 가야 해요."

제타가 고개를 끄덕였다.

"제가 시청에서 농장까지 이어지는 땅굴을 파 놨어요. 그 굴을 통해 가면 돼요."

창고 문은 이미 닫혔지만, 아버지라면 시장이 문을 열어 주도록 설득할 수 있을지 모른다.

아버지의 눈썹이 둥그레졌다.

"네가 여기까지 땅을 판 거니?"

"누나가 땅 파는 모습을 보셨어야 해요. 마치 땅굴 파는 기계 같았어요!"

애슈턴이 말했다.

"땅굴로 가는 것도 쉽지는 않겠는걸."

레인이 창문 밖을 훔쳐보며 말했다.

"놈들이 몰려들었어. 땅굴과 우리 사이 주변에 우민들이 여럿 있어. 전부 무장을 했고."

제타도 창밖을 내다봤다. 레인의 말이 옳았다. 다섯 개의 잿빛 얼굴들이 땅굴 입구를 서성이고 있었다. 둘은 석궁을 갖고 있었고, 나머지 셋은 도끼를 들고 있었다. 해 볼 만하긴 했다. 적어도 파괴수나 예복을 입은 우민, 마녀는 없었으니 말이다.

"자, 우리한테 어떤 무기가 있지?"

제타가 물었다.

"내 활은 망가졌어."

레인이 말했다.

"내 검도 망가지기 일보 직전이야."

리프트가 말했다.

"한두 번 휘두르면 끝이야."

"나한테는 수백 개의 감자가 있단다."

할아버지는 통을 탁탁 치며 말했다. 마치 그 통 안에 올해 캔 감자가 아닌 TNT 블록이 가득 차 있기라도 한 듯 자랑스럽게 그 옆에 서 있었다.

"물약도 다 떨어졌고 곡괭이도 망가졌어. 남은 거라고는 미치뿐이야."

제타는 삽을 들며 말했다.

애슈턴의 얼굴에 다시금 고통이 드리워졌다. 제타도 마음이 아팠다. 인정하고 싶진 않았지만 제타는 용이 마음에 들었다.

용은 제타와 친구들의 한 부분이 되었지만, 이제 사라지고 없다. 제타가 한숨을 쉬었다.

"그럼 무기가 없다는 이야기네. 하지만 아이디어가 없는 건 아닐 거야. 우리한테는 마을 최고의 장난꾸러기가 있잖아."

제타는 리프트를 쳐다보며 말했다,

"제타, 지금은 리프트의 장난을 받아 줄 때가 아니란다."

아버지가 말했다. 아버지는 이중 확장 피스톤으로 자신을 화장실에 가둔 리프트의 장난을 떠올리면 아직도 언짢은 듯했다.

"아빠, 잘못 알고 계신 거예요. 지금이야말로 완벽한 때예요."

제타가 말했다. 리프트의 화살 기계와 TNT 대포는 비록 바라던 것처럼 작동하진 않았지만, 리프트가 그 누구보다 잘하는 게 하나 있었다. 장난과 남 속이기. 저 우민들은 곧 무엇이 닥쳐올지 모를 것이다.

"리프트, 만회할 기회를 원한다면 지금이 바로 그때야!"

리프트의 얼굴에 미소가 번졌다. TNT 대포로 잃은 자신감이 다시 돌아오는 듯했다.

"장난이라면 자신 있지!"

리프트는 할머니를 향해 몸을 돌렸다.

"할머니, 모루(대장간에서 불린 쇠를 올려놓고 두드릴 때 받침으로 쓰는 쇳덩이) 있어요?"

"몇 개 있지. 그런데 대부분 망가졌단다."

할머니가 말했다.

"상관없어요. 모루를 가져다주세요."

리프트는 할머니에게 명령을 내렸다. 하지만 이내 자신이 실례를 범했다는 걸 깨달은 리프트는 다시 말했다.

"모루를 가져다주실 수 있을까요, 나이트 할머니?"

리프트는 애슈턴을 쳐다봤다.

"애슈턴, 당근밭 근처 모래밭에 구덩이를 파 줘."

리프트는 제타에게 넘겨받은 삽을 애슈턴에게 건넸다. 나머지 사람들에게도 일거리를 줬다. 그리고 자신은 농장 주변에 가서 재료를 가져와 우민들을 속일 덫을 만들었다. 십오 분 후, 다들 자신이 맡은 구역에서 준비를 마쳤다. 우민들의 수는 아까보다 더 많아졌다. 분명 여기 사람이 있다는 게 알려진 듯했다. 우민들은 쉬운 공격 대상에 굶주려 있었다.

하지만 제타가 있는 한 어림없었다.

23장

제타는 미끼가 되고 싶지 않았다. 하지만 리프트는 이 복잡한 작전을 진두지휘해야 했고, 아버지와 레인은 아직도 덫을 만들고 있었다. 할아버지는 달리기가 느렸고, 할머니는 성격이 급했다. 그리고 애슈턴에게 이런 위험한 일을 시킬 수 없었으니, 결국 미끼가 될 사람은 제타 자신밖에 없었다.

제타는 모래를 밟지 않기 위해 조심스럽게 자기 자리로 가 섰다. 그러고는 우민들을 향해 외쳤다.

"어이! 약탈자들! 에메랄드 놓고 갔어!"

제타가 돌을 집어 들었다. 달빛을 받은 돌은 초록색으로 반짝거렸다.

우민들은 눈을 번뜩였고 성난 울음소리를 냈다. 그들은 활과 도끼를 치켜들고 제타를 향해 달려들었다. 두려움에 사로잡힌 제타는 피해야 한다는 것마저 잊을 뻔했다. 제타는 두려움을 떨쳐 내고 날아오는 화살을 가까스로 피했다. 화살은 닭장 울타리에 꽂혔다. 닭들은 꽥꽥 난리를 쳤고, 사방에 깃털이 날렸다. 하지만 금세 별일 아니라는 듯 다시 울타리 안을 여유롭게 거닐었다.

제타는 계속 도망쳤다. 자신에게 어머니의 낡은 가죽 장화 말고 보호 장비가 더 있다면 얼마나 좋았을까 생각했다. 그때 화살 하나가 제타 옆을 슝 하고 지나갔다. 하지만 이제 우민들은 모래밭에 거의 근접해 있었다. 우민들이 모래밭을 밟으면, 나머지는 모래에게 맡기면 됐다.

우민들이 모래를 밟는 순간, 그들은 땅 밑으로 떨어지게 될 것이다.

앞장서서 오던 다섯 명의 우민이 덫에 걸렸다. 땅 밑으로 떨어진다 해도 목숨을 잃을 만큼 깊진 않았지만, 그렇다고 재빨리 빠져나올 수도 없을 것이다. 이제 제타는 돼지 여물통으로 달려갔다. 여물통은 천장이 낮고 벽이 트여 있는 곳에 놓여 있었고, 청소하기 쉽도록 바닥이 사암으로 되어 있었다. 거기에 스무 개가량의 압력판을 미로처럼 늘어놓았다.

제타는 리프트가 알려 준 방향을 정확히 기억해 내려고 애를 쓰며 조심스럽게 발을 디뎠다. 오른쪽에서부터 다섯 번째 블록에서 시작해서 앞으로 세 블록을 간 후, 왼쪽으로 두 블록 그리고 앞으로 세 블록. 오른쪽으로 두 블록. 아니, 세 블록이었나?

제타는 기억을 끄집어내기 위해 잠시 멈췄다. 방향이 잘못 되었는지 제타 주변은 온통 압력판이었다. 뒤로 돌아가는 길 말고는 방법이 없었다. 제타는 심장이 빠르게 뛰는 걸 느꼈다. 하지만 사실은 그게 심장 뛰는 소리가 아니라 달려오는 우민들의 거센 발소리였음을 깨달았다. 제타는 덫을 작동시키고 싶지 않았다. 하지만 몇 블록을 가야 하는지 도무지 기억이 나지 않았다. 세 블록만 가면 흙이 나온다. 잘하면, 아주 잘하면 그 정도는 점프를 해서 건널 수 있을지도 모른다.

어쩌면 말이다.

제타는 블록 가장 끝자락으로 물러선 다음, 짧은 거리를 달려 있는 힘껏 점프를 해서 압력판을 건넜다. 그리고 여물통 반대편에 착지했다. 그 순간, 좀 전까지만 해도 제타가 서 있던 자리로 화살이 날아왔다. 휴.

화가 난 우민들은 여물통이 있는 곳으로 건너왔다. 하지만 아무도 사암 바닥에 놓여 있는 압력판을 인지하지 못했다. 세 명이 압력판을 밟자 주변에 있던 네 개의 사암 블록이 솟구치면서 우민들을 가둬 버렸다. 도끼를 든 두 명은 더 이상 위협이 되지 않았지만, 석궁을 들고 있는 우민은 제타를 향해 활을 쐈다.

그때 화살 하나가 제타의 허벅지에 꽂혔다. 제타는 고통의 비명을 질렀다.

남은 우민들이 제타를 향해 돌격했다. 하지만 그때 어디선가 감자가 날아와 우민들의 머리를 명중했다. 이윽고 또다시 감자가 날아왔다. 짜증이 난 약탈자들은 툴툴거리며 감자가 날아온 감자밭 쪽으로 방향을 틀었다.

제타는 현관 쪽에서 더 큰 비명 소리를 들었다. 할머니였다.

할머니가 갈아 놓은 괭이의 날이 날카롭게 빛났다. 할머니는 괭이를 휘둘러 제타를 쏜 우민을 베었다.

"할머니, 조심하세요!"

제타가 소리쳤다. 할머니는 우민을 향해 괭이를 휘둘렀다. 우민은 반격하려 했지만 할머니가 너무 가까이 있었다. 할머니는 연기가 되어 사라지는 우민을 보며 미소를 지었다. 그리고 그 자리에는 석궁과 화살 몇 개만 남았다. 할머니는 짓궂은 눈빛으로 그것들을 집었다. 제타는 할머니가 자신의 편이라는 사실에 안도감을 느꼈다.

"그걸 레인에게 주세요."

제타는 고통에 움찔거리며 말했다.

"그럴 수는 없지."

할머니는 이렇게 말하고는 할아버지를 공격하기 위해 감자밭으로 달려가는 우민들 중 한 명을 겨냥했다. 제타는 도망치는 할아버지의 모습을 봤다. 할아버지는 빨리 달리지 못하기 때문에 우민들에게 금방 따라잡히고 말 것이다. 할머니는 활을 쐈고, 화살은 우민의 등에 정확히 맞았다. 곧이어 할머니가 쏜 두 번째 화살을 맞은 우민도 연기가 되어 사라졌다.

제타는 할머니가 석궁을 내려놓은 뒤 다시 괭이를 들고 남은 우민 둘을 공격하러 달려가는 모습을 지켜봤다. 할아버지는 쫓아오는 우민들을 향해 계속해서 감자를 던졌다. 그 광경을 본 제타는 웃어야 할지 울어야 할지 알 수가 없었다. 아니면 무서워해야 할지도. 할머니는 즉시 마지막 남은 우민 두 명을 해치웠다. 하지만 농장 쪽에서 들려오는 울부짖는 소리에 할머니 얼굴에서 미소가 완전히 사라졌다.

더 많은 우민들이 이쪽으로 몰려오고 있었던 것이다.

"집 안으로 들어가야 해요!"

제타가 발을 끌며 말했다. 통증이 엄청났지만 그래도 걸을 수는 있었다. 제타는 농장이 신호기에서 가까웠다면 좋았을 거란 생각을 했다. 그래도 다리의 통증은 조금씩 가라앉고 있었다. 제타는 다리를 절뚝거리며 집으로 향했다. 안전한 곳으로 대피해야 한다는 생각에만 집중하느라 자신이 밟는 땅이 어떤지는 자세히 살펴보지도 않았다. 제타가 현관문을 열기 위해 팔을 뻗자 찰칵 하는 소리가 들렸다. 천장에서 낡은 모루 세 개가 떨어지는 찰나, 리프트가 잽싸게 제타를 잡아당겼다.

"이 덫은 이제 못 쓰게 됐네."

리프트가 말했다.

"고마워, 그런데 덫이 더 필요하게 생겼어."

제타가 농장을 가리켰다. 우민 스무 명가량이 모여 있었다.

"다들 안으로 들어오세요!"

리프트가 서둘러 사람들을 안으로 데리고 들어가며 외쳤다. 할아버지와 할머니, 아버지와 레인도 달렸다. 모두 집 안으로 들어오자 리프트가 문을 닫았다.

"자, 이제 우리는 팀을 나눠서 여길 빠져나갈 방법을 생각해야 해요. 만약 저 녀석들의 주의를 딴 데로……."

제타는 말을 하다 말고 갑자기 주변을 두리번거렸다.

"잠시만, 애슈턴은 어디 있지?"

제타는 창문으로 달려갔다. 밖에서 홀로 삽 하나를 들고 우민들과 대치하는 애슈턴의 모습을 본 제타는 파랗게 질렸다.

"애슈턴이 밖에 있어요! 애슈턴을 구해야 해요!"

제타는 다리의 통증도 잊은 채 문을 열고 농장으로 달려갔다. 부디 농장까지 무사히 도착할 수 있기만을 바랐다. 그런데 그런 다음에는 어쩌지? 밀 다발로 우민들을 공격하기라도 하겠다는 거야? 상관없었다. 제타는 애슈턴에게 가야만 했다.

그때 갑자기 바람이 거세졌고, 사막에 폭풍이 불기라도 하듯 공기가 갈라지는 느낌이 들었다. 들판의 밀대가 불길하게 흔들렸다. 하지만 시에나 듄스에는 비가 온 적이 없었다. 마을 역사상 단 한 번도 말이다. 무언가 거칠게 펄럭이는 소리가 들렸고, 제타와 애슈턴은 동시에 위를 올려다봤다. 밤하늘을 배경으로 검은 용의 모습이 보이길 간절히 바랐다. 제타는 별들 사이에 섞여 있는 보라색 눈을 발견했다. 그런데 그 눈들이 점점 가까워졌다.

제타는 자신들을 돕기 위해 용이 와 준 것만으로도 안도감을 느낄 수 있었다. 하지만 급강하하는 모습을 보고 나니 그제야 용이 얼마나 크고 무섭게 생겼는지 알 수 있었다. 용은 이전보다 몸집이 두 배나 커졌고, 제타가 알던 강아지 같은 모습은 그 어디에도 없었다. 등골이 서늘해지면서 제타의 안도감은 두려움으로 변했다.

저 용은 괴물 중에서도 가장 사나운 괴물이었다.

"또 탈피를 했어!"

제타와 애슈턴이 동시에 말했다. 용은 제타와 애슈턴에게서 멀리 떨어져 있는 우민들을 향해 독을 내뱉었다. 보라색 구름 속에 갇힌 우민들은 고통에 몸부림치다가 사라졌다. 용은 뚫리지 않는 비늘로 뒤덮인 자신의 몸을 향해 끝없이 화살을 쏘아 대는 우민들을 향해 또 한 번 급강하를 했다. 행여 아팠다 할지라도 용은 티조차 내지 않았다.

대신 기다란 검은색 주둥이로 우민들을 날려 버렸다. 우민들은 비명과 함께 농장 저편으로 날아갔고, 돼지우리에 떨어진 뒤 연기가 되어 사라져 버렸다.

용이 꼬리로 우민들을 많이 처리해 준 덕분에 이제는 변명자들이 몇 명 남지 않았다. 애슈턴은 미치를 들었다. 삽의 손잡이가 변명자의 도끼질을 막았다. 변명자는 애슈턴을 향해 으르렁 대더니 그가 들고 있던 삽을 빼앗아 반으로 쪼개 버렸다. 애슈턴은 무방비 상태가 되고 말았다.

변명자가 남은 미치 조각을 땅에 던지자 용은 분노의 울음을 토해 냈다. 그 소리에 제타의 고막이 울렸고 온몸이 경직됐다. 마치 수천 마리의 요란한 박쥐들이 할머니와 할아버지 집의 창문이 깨질 때까지 고음으로 울어 대는 것 같았다.

"뒤로 물러나, 애슈턴!"

제타가 애슈턴에게 소리쳤다. 하지만 제타의 목소리는 용의 울음소리에 파묻혔다.

"뭐라고?"

애슈턴이 되물었다.

용은 자신이 가장 좋아하는 장난감을 부순 변명자를 보랏빛 이글거리는 눈으로 뒤쫓았다. 용은 콧방귀를 뀌고는 날개를 퍼덕이며 하늘 높이 올라간 후 날개를 몸에 바짝 붙여 하강했다. 제타는 용이 속도를 줄이지 않는 걸 알아차렸다. 오히려 속도가 점점 붙는 듯했다.

제타는 애슈턴에게 어서 피하라는 몸짓을 했다. 애슈턴은 주둥이를 땅으로 박을 듯 날아오는 용을 피하기 위해 재빨리 몸을 던졌다.

하지만 그 자리에 그대로 서 있던 변명자는 용에게 그대로 깔려 뭉개졌다. 용은 거기서 멈추지 않았다. 용은 땅을 헤집어 놨고, 밀밭은 흙구덩이로 난장판이 되어 버렸다. 마침내 용은 고개를 들었다.

농장에 있던 우민들은 모두 도망쳤다. 용은 여전히 화가 나 보였다. 애슈턴은 겨우 나무 조각만 남은 미치를 집어 들고 용을 향해 몇 발자국 걸어가서 손을 뻗었다. 그러나 제타가 애슈턴을 잡아끌었다.

"꿈도 꾸지 마!"

제타가 애슈턴에게 소리쳤다.

"방금 무슨 일이 일어났는지 못 봤……."

"용이야, 우리 용."

애슈턴이 간절하게 말했다.

제타는 고개를 흔들었다. 어쩌면 한때는 그랬을지도 모르지만, 더 이상은 아니었다. 용은 다시 날아오르더니 헛간을 통과했다. 여전히 분노를 표출하고 있는 듯했다. 그리고 드디어 수평선을 향해 날아갔다. 피해는 상당했지만 다행히도 마을 사람들은 여기 없었다. 사람들은 모두 안전하게……

"안 돼."

용이 다시 마을을 향해 날아가는 걸 보며 제타가 외쳤다. 물론 제타도 확신하진 못했다. 확신하고 싶지 않았다. 하지만 용은 시청을 향해 날아가는 것처럼 보였다.

제타는 눈을 깜빡였다. 다시 눈을 떴을 때는 이미 용이 시청 건물을 박아 건물의 반이 사라지고 없어져 버린 후였다. 사암 블록과 테라 코타 블록이 사방으로 흩어졌다. 그래도 창고는 부서지지 않은 듯 보였다. 제타는 하늘을 날고 있는 용을 쳐다 봤다. 거대한 날개가 어찌나 세게도 퍼덕이는지 제타가 서 있는 자리에서도 나부끼는 바람을 느낄 수 있을 정도였다.

용은 아직 마을에 남아 약탈을 벌이고 있는 우민들을 찾아 한 명씩 들어 올렸다. 그러는 과정에서 또 종탑이 부서졌다. 끔찍한 불협화음이 구슬프게 시에나 듄스에 가득 울려 퍼졌다. 화가 잔뜩 난 용은 주둥이로 남은 약탈자들을 처리했고, 한때 북적이던 마을 광장에는 돌무더기와 모래 더미만 가득했다. 우물도 사라졌고 온전한 건 아무것도 없었다. 먼지가 제타의 폐를 채웠다. 제타는 기침을 하며 힘겹게 숨을 쉬었다. 서 있기조차 힘들었다.

우민들의 약탈은 막았다지만 얼마나 큰 대가가 뒤따른 거지?

이 고통스러운 질문에 대한 답을 생각하기도 전에 제타는 또다시 마을로 향하는 용의 모습을 보았다.

"용, 멈춰."

제타가 힘없이 중얼거렸다.

"멈추란 말이야!"

이번에는 크게 외쳤다. 용이 보라색 눈을 가늘게 뜨고는 슬쩍 제타를 쳐다봤다. 그러나 다시 무너지기 일보 직전인 시청을 향해 움직였다. 우민들을 모조리 처리한 후에도 용은 공격을 멈출 생각이 없어 보였다. 제타는 몸을 돌리고 싶었다. 저 광경을 지켜볼 수가 없었다. 이건 모두 제타의 탓이었다. 제타는 고모의 집에 가지 말아야 했다. 용의 알을 만지지도 말아야 했다. 그리고 이 모든 일들을 오랫동안 비밀로 간직하지 말아야 했다.

이제 제타가 할 수 있는 일이라고는 그저 용이 마을을 부수는 모습을 지켜보는 것뿐이었다.

용이 시청 가까이 다가갔을 때, 무언가 하늘에서 반짝였다. 아까 예복을 입은 우민이 불러낸 날개 달린 악마 같은 건가? 아니, 그렇다고 하기에는 너무나 컸다. 사람의 모습이었다. 그리고 그 사람은 메릴 고모처럼 보였다. 무시무시한 속도로 날아오느라 고모의 흰머리가 요란하게 날렸다. 고모는 부딪히기 직전에 멈춰서 우아하게 땅에 발을 내딛었다. 그러자 날개처럼 달린 고모의 망토가 펄럭였다.

"어? 어떻게?"

제타는 여전히 숨을 쉴 수가 없었다. 자신이 무엇을 본 것인지 알 수가 없었다.

"겉날개."

제타는 애슈턴이 공책에 적어 두었던 것을 떠올리며 중얼거렸다. 엔드 시티의 날개 말이다. 그게 뭔지는 알 수 없지만.

제타를 노려보는 메릴 고모의 눈빛은 사막에 기다란 협곡을 낼 정도로 날카로웠다. 하지만 그것도 잠시뿐이었다. 용이 급강하를 하면서 마을 창고를 부수려 했다. 고모는 귀에 거슬리는 휘파람을 불더니, 엔더맨의 비명 같은 목을 긁는 목소리로 알 수 없는 말을 외쳤다.

용은 고모를 힐끗 쳐다보고는 콧방귀를 뀌었다. 그러고는 땅에 박기 직전에 멈춰서더니 천천히 몸을 돌려 이번에는 제타를 향했다.

제타는 도망치기 위해 몸을 돌렸지만, 그때 고모가 제타의 목덜미를 잡아끌었다.

"그대로 있어."

고모가 속삭였다.

"용에게 두려움을 들키면 안 돼."

제타의 눈이 더욱 커졌다. 어떻게 두려움을 들키지 않을 수 있지? 그 어느 때보다도 두려운 순간이었다. 바들바들 떨며 자리를 지키고 있던 제타는 마치 토할 것 같은 기분이었다. 하지만 그 자리에 있었다. 용은 가늘게 뜬 눈으로 또다시 제타를 쳐다봤다. 그런 다음 제타의 머리 바로 위로 날아갔다. 그 순간 제타는 모래 폭풍에 갇힌 것만 같았다.

제타는 주저앉고 싶었지만 굳게 서 있었다. 다 끝났다고 생각한 그때, 용의 꼬리 제일 끝자락이 제타의 머리를 툭 하고 쳤다. 용으로서는 최대한 부드럽게.

며칠간 제타는 두통에 시달릴 것 같았다.

용은 한때는 종탑이었던 돌무더기 위에 내려와 앉았다. 날개는 계속 퍼덕였다. 용은 여전히 목을 긁는 듯한 소리로 말을 하고 있는 메릴 고모를 쳐다봤다. 마침내 용은 진정했고, 당황스러우면서도 약간은 창피해하는 듯 보였다.

"마을 광장 한복판에 어째서 거의 다 큰 엔더 드래곤이 나타났는지 설명해 줄래?"

고모는 그제야 제타에게 말했다.

"잘못된 선택의 연속이었어요."

아직 충격이 가시지 않은 제타가 겨우 이렇게 말했다.

"하지만 절 구해 줬어요!"

애슈턴이 뒤에서 달려와 외쳤다.

"그리고 용은 남은 우민들을 해치웠어요. 만약 용이 그들을 해치우지 않았으면 무슨 일이 일어났을지 몰라요."

애슈턴이 가까워질수록 용의 꼬리가 들썩거렸다. 마치 애슈턴을 알아보기라도 한다는 듯이 말이다. 하지만 제아무리 애슈턴이라도 감히 용의 눈을 똑바로 쳐다보진 못했다. 더 이상 이 용을 친구라고 할 수는 없었다. 지금은 용의 파괴력이 억제되었지만 언제 또 그런 본능이 나올지 모를 일이었다.

"제타가 농장을 구했어."

할머니가 말했다.

"그래, 제타가 우릴 구하러 돌아오지 않았다면 농작물은 모두 망가졌을 거야."

할아버지는 할머니 옆에 곧게 서 있었다. 여전히 손에는 감자를 쥐고 용을 매섭게 노려보면서. 리프트와 레인은 고개를 끄덕였다. 마을 창고 안에 있던 사람들도 하나둘 밖으로 나왔다. 대부분 용에게서 멀찍이 떨어져 있었지만. 그때 맥신 시장이 다가왔다.

"제타가 마을을 구했어요. 제타의 아이디어 덕분에 우리는 스스로를 지킬 기회를 얻었죠."

시장은 제타의 아버지를 쳐다보며 항상 둘이 주고받는 다 안다는 듯한 눈빛을 교환했다.

"어쩌면 시에나 듄스에도 마법이 필요할지도 모르겠구나, 제타."

아버지는 제타의 이름을 불렀지만 눈은 메릴 고모를 바라보고 있었다.

"내가 틀렸어. 이 마을에는 물약 제조사가 필요해. 아니, 물약 제조사 둘이 필요해."

그 말을 들은 메릴 고모는 반듯하게 서서 목청을 가다듬으며 눈가를 훔쳤다.

"눈에 모래가 들어갔네."

고모가 괜스레 투덜거렸다.

"어쨌든, 이 엔더 드래곤을 원래 있던 곳으로 데려다줘야 해. 여기에 머물 순 없으니. 그나마 엔더 드래곤이 최종 탈피 단계를 거치지 않아서 시에나 듄스에는 다행이었어. 아니, 오버월드 전체에 다행이지."

메릴 고모가 떠나기 위해 몸을 돌렸다. 고모는 손가락 두 개를 입에 갖다 대고는 용을 향해 휘파람을 불려 했다. 하지만 직전에 제타가 고모를 불렀다.

"고모! 잠깐만요!"

제타는 상점으로 달려가 물건들 사이에서 돌삽을 찾아냈다. 그런 다음 계산대에 외상이라고 쓴 쪽지를 급히 남기고는 제이든 대장을 향해 달려가 귓속말을 했다. 제타가 대장에게 필요한 걸 말할 때가 된 것이다. 대장은 고개를 끄덕이더니 삽을 들고 서둘러 갔다.

"다들 그렇게 말해 줘서 고마워요. 하지만 여러분이 없었다면 결코 해내지 못했을 거예요. 우리는 다 같이 우민들에게서 약탈을 막아 냈어요. 우리가 함께 해낸 거예요."

제타는 한숨을 쉬고 말을 이었다.

"그리고 모두에게 죄송하단 말도 하고 싶어요. 아빠, 사실을 숨겨서 죄송해요. 메릴 고모, 고모의 물약을 망가트리고 용의 알을 깨뜨려서 죄송해요."

"위더를 만들 뻔했던 것도 까먹으면 안 되지!"

리프트는 언제나 그렇듯 도움이 되지 않았다.

298

"그래, 그것도."

제타는 어깨를 으쓱해 보였다.

"내가 친 사고에 너희를 끌어들여서 미안해. 그리고 마을을 엉망으로 만든 것도 죄송해요. 하지만 블록을 다시 쌓고 모든 건물을 다시 정비할 때까지 아무 데도 가지 않고 여기에 머물면서 여러분을 도울게요."

때마침 제이든 대장이 삽을 들고 다시 달려왔다. 마법이 부여된 삽은 보라색으로 빛나고 있었다. 모두 놀라운 눈으로 삽을 쳐다봤다.

"네 말대로 4단계로 수선해 왔단다."

대장은 기사 작위를 수여하듯 제타에게 삽을 건넸다.

제타는 재빨리 대장에게 감사의 인사를 한 후 삽을 받았다. 그리고는 주머니에서 석탄 조각을 꺼내 삽에 웃는 모양의 눈과 입을 그려 얼굴을 만들어 주었다. 미치를 대신할 순 없겠지만 높은 단계의 마법 부여를 했으니 용이 아무리 이빨로 물어뜯어도 한동안은 버텨 줄 것이다.

"무엇보다 용에게 믿지 못해서 미안하단 말을 하고 싶었어."

제타는 용에게 몇 발자국 다가갔다. 반짝거리는 삽을 보자 용은 적대감이 사라진 듯했다. 제타는 용기를 내 조금 더 가까이 갔다.

"너는 멋진 용이야. 알을 깨길 잘했단 생각을 잠깐 했을 정도로 말이야. 그렇지 않았으면 널 만나지 못했을 테니까."

제타는 침을 삼켰다.

"물론 진짜 잠깐 동안이었지만."

제타는 삽을 메릴 고모에게 건넸다.

"이걸 가지고 저희는……."

"설명하지 않아도 돼."

고모가 눈을 찡긋해 보였다.

"엔더 드래곤을 길들이는 게 이번이 처음은 아니거든."

고모는 주머니에 삽을 넣었다.

"제타, 수고 많았어. 너만 괜찮다면 종종 우리 집에 들러 주면 좋겠는데."

"당연히 괜찮죠!"

제타는 이렇게 말한 후 아버지를 쳐다봤다.

"그래도 되지요?"

아버지는 졌다는 듯 고개를 끄덕였다. 하지만 행복한 표정이었다.

"다음 달이 창립자의 날이야."

아버지가 고모에게 말했다.

"혹시라도 그날 우리와 함께 축제를 즐기고 싶다면 누나를 위해 한 자리 빼놓을게."

"생각해 볼게, 칼."

고모가 말했다.

"그때까지 돌아올 수 있다면 말이야."

"어디서 돌아와요?"

애슈턴이 물었다. 애슈턴은 용이 마을을 부순 후에도 용에 대한 걱정뿐이었다. 제타도 용이 걱정되었다. 마음 한편으로는 용을 떠나보내고 싶지 않았다. 제타는 저 용이 어쩌면 시에나 듄스의 수호자가 될 수도 있다는 생각을 포기하고 싶지 않았다. 만약 조금만 더 용을 훈련시키면 어떠한 위협에도 마을을 안전하게 지켜 줄 수 있을 텐데.

하지만 친구들과 가족 그리고 마을 사람들을 둘러본 제타는 마을은 이미 스스로를 안전하게 지키기 위한 모든 걸 갖추고 있단 사실을 깨달았다. 마을 사람들은 자신이 가진 기술과 서로를 아끼는 마음을 모아 모두 하나가 되어 마을의 번영을 이뤄 낼 것이다.

"어디냐고? 내가 보기에 넌 이미 어딘지 아는 것 같은데."

고모는 애슈턴을 향해 윙크를 했다.

감사의 말

　지금으로부터 삼 년 전, 나는 처음으로 나무를 때려 원목을 얻었습니다. 그리고 어두운 저녁, 나의 첫 오두막을 짓기 위해 애를 쓰던 기억이 아직도 생생합니다. 처음 다이아몬드를 채굴했을 때의 흥분과 얼마 지나지 않아 해골의 화살에 맞고 용암에 빠져 다이아몬드를 잃었을 때의 고통도 기억이 납니다.

　그 후로도 마인크래프트에서 수많은 모험을 했지만, 특히 이번 모험을 나와 함께해 준 독자들에게 깊은 감사의 인사를 전하고 싶습니다.

　영광스럽게도 내게 이 글을 쓸 수 있게 해 준 마인크래프트 커뮤니티 전체에게 진심 어린 감사를 하고 싶습니다.

　내가 무한한 상상의 나래를 펼칠 수 있도록 샌드박스를 만들어 준 디자이너와 개발자들에게도 감사의 말을 전합니다.

　그리고 더 많은 사람들이 함께 마인크래프트 게임을 즐길 수 있도록 알린 수많은 게임 유저들에게도, 화면 너머에서 멋진 일을 하고 있는 다른 많은 분들에게도 감사드립니다.

마지막으로 날 믿고 글을 맡겨 준 모장과 이 글을 쓸 수 있도록 기회를 준 제니퍼 그리고 멋지게 해낼 수 있도록 도움을 준 알렉스에게 감사한다는 말을 하고 싶습니다.

이 세계를 모두와 함께 공유할 수 있어 매우 행복했습니다.

옮긴이 윤여림

한양대학교를 졸업하고, 이화여자대학교 통번역대학원에서 한불 번역을 공부했다. 현재 유엔제이 번역 회사에서 프랑스어와 영어 전문 통번역사로 활발하게 활동하고 있다. 옮긴 책으로는 《구름사냥꾼의 노래》, 《구름사냥꾼의 노래 2》, 《빅스비 선생님의 마지막 날》, 《굉장한 힘과 운동》, 《벅스》, 《박테리아》, 《마인크래프트: 좀비 섬의 생존자》, 《마인크래프트: 엔더 드래곤 길들이기》, 《마인크래프트: 대혼돈의 무법 지대》, 《마인크래프트: Go! Go! 몹 헌터스》 시리즈, 《마인크래프트: 좀비 섬 최후의 날》 등이 있다.

마인크래프트: 엔더 드래곤 길들이기

1판 1쇄 발행 2022년 2월 14일
2판 1쇄 발행 2024년 12월 16일

지은이 니키 드레이튼
옮긴이 윤여림
발행인 오영진 김진갑
발행처 제제의숲

책임편집 홍혜미 편집팀장 이희자
디자인팀 안윤민 김현주 강재준
마케팅 박시현 박준서 김승겸 김예은 김수연

출판등록 2013년 1월 25일 제2013-000028호
주소 서울시 마포구 월드컵북로5가길 12 서교빌딩 2층
원고 투고 및 독자 문의 midnightbookstore@naver.com
전화 02-332-7706 팩스 02-332-7741
블로그 blog.naver.com/midnightbookstore
페이스북 www.facebook.com/tornadobook

ISBN 979-11-5873-322-3 74840
ISBN 979-11-5873-096-3 세트

MINECRAFT
마인크래프트

마인크래프트 제작사와
세계적 작가들이 손잡은 초특급 어드벤처 시리즈!

1억 2천만 유저를 가진 마인크래프트 게임 제작사 모장(MOJANG)의 공식 어린이 소설 시리즈의 한국어판이 마침내 출간되었다. 세상에서 가장 창의적인 게임이 세계적 작가들의 모험에 찬 환상적인 이야기로 펼쳐진다! 이 시리즈는 각 권 도서가 정식 출간되기 전까지 모든 사항이 극비에 부쳐지는 세기의 프로젝트다.

전 세계 1억 2천만 유저들을 열광시킨
마인크래프트 공식 스토리북

마인크래프트: 좀비 섬의 비밀
마인크래프트: 엔더 드래곤과의 대결
마인크래프트: 네더로 가는 지옥문
마인크래프트: 엔더월드의 최후
마인크래프트: 저주받은 바다로의 항해
마인크래프트 던전스: 우민 왕 아칠리저

마인크래프트: 수수께끼의 수중 도시
마인크래프트: 좀비 섬의 생존자
마인크래프트: 엔더 드래곤 길들이기
마인크래프트: 대혼돈의 무법 지대
마인크래프트: 좀비 섬 최후의 날

★★★★★

 아마존·뉴욕 타임스 베스트셀러
20개국 출간 밀리언셀러
마인크래프트 공식 어린이 소설 시리즈

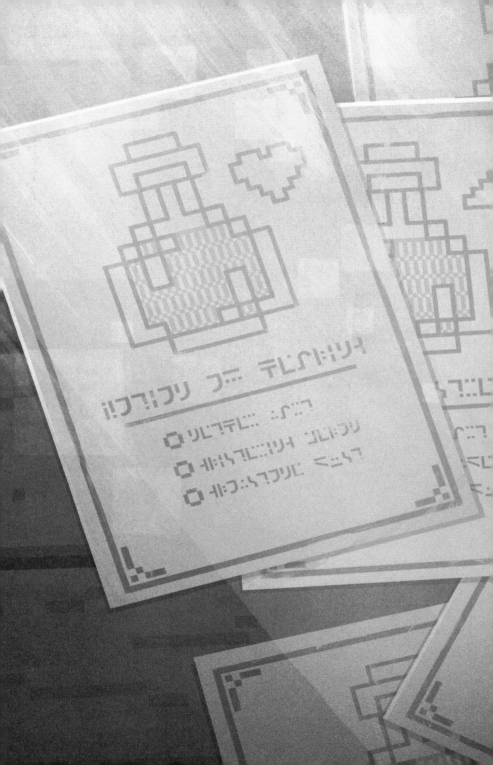